행복한 남자

행복한 남자
김명희 소설

초판 인쇄 | 2015년 08월 10일
초판 발행 | 2015년 08월 15일

지은이 | 김명희
펴낸이 | 신현운
펴낸곳 | 연인M&B
기　획 | 여인화
디자인 | 이희정
마케팅 | 박한동
등　록 | 2000년 3월 7일 제2-3037호
주　소 | 143-874 서울특별시 광진구 자양로 56(자양동 680-25) 2층
전　화 | (02)455-3987 팩스 | (02)3437-5975
홈주소 | www.yeoninmb.co.kr
이메일 | yeonin7@hanmail.net

값 13,000원

ⓒ 김명희 2015 Printed in Korea

ISBN 978-89-6253-169-5 03810

행복한 남자

김명희 소설

일제강점기, 한국전쟁, 거듭되는 흉년… 때로는 거대한 폭력에
때로는 숙명적인 가난에 목숨의 위협까지 느끼면서도
꿋꿋한 의지와 성실함으로 헤쳐 나온 아버지

연인M&B

작가라는 이름을 얻어 듣게 된 지도 짧지 않은 세월이 흘렀습니다. 재능과 성실성을 제대로 갖춘 작가였더라면 열 손가락이 모자랄 만큼의 저서를 남길 수 있는 세월입니다. 불현듯 그 사실을 깨닫고는 많이 부끄러워했습니다. 돌이켜 보니, 저는 참 오랫동안 작가라는 이름의 무게를 애써 외면하고 책임을 회피하며 살았던 것 같습니다. 그 이름으로 저를 불러 주는 이에게는 적당히 그에 맞춰 대답하고, 다른 이름으로 불러 주는 이에게는 또 거기에 맞춰 대답하는 식이었습니다. 작가는 작품으로 이름값을 해야 한다는 걸 모를 리 없었지만, 치열하게 매달리지 못하고 어중간한 경계에 서 있었습니다. 치열하게 매달리지 못할 바에야 절필을 선언하여 스스로를 해방시켜 주는 방법도 있겠으나, 그것 또한 쉽지는 않은 일이라는 것을 그 어떤 일에 영혼을 사로잡혀 본 사람들은 알 것입니다.

　그렇게 느릿느릿, 한 편씩 발표한 단편들이 쌓여서 책을 꾸밀 만하게 된 지 이미 오래건만, 그마저 미루고 있었습니다. 굳이 작가가 아니어도 책을 만들기 쉬운 시대입니다. 책을 읽기보다 고르기가 더 힘들

만큼 출판물이 범람하는 시대에, 나마저 무리해 가면서 대열에 끼어들 필요 있나 싶은 회의도 없지 않았고, 이미 활자화가 된 것들이긴 해도 개별적으로 여기저기 실렸던 글을 한데 묶어 세상에 내보내는 일이 마냥 두렵기도 했습니다. 먹고 살기 바빴고, 소심하여 용기를 못 냈다는 이 모든 핑계는 저의 게으름으로 귀결된다는 것을 잘 압니다.

그것을 알기에 마음이 늘 편치 않았습니다. 그리하여, 어차피 해결해야 할 숙제를 끌어안고 지내느니보다 없는 용기를 짜내는 편이 낫다는 결론에 도달했습니다. 이후에 묶어 내고 싶은 원고나 새로 쓰고 싶은 글이 있어도, 이 묶은 소설들의 집을 한 채 지어 준 다음에야 일이 순조롭겠다는 절박함도 있었습니다. 차라리 최면 같은 상태였죠. 그리하여 흩어져 있던 것들을 모아 다시 읽고 정리하고 몇 편인가는 아깝지만 과감히 버리는 작업을 하며 이 여름을 맞이했습니다.

이런 저의 상태를 간파하고 도와주신, 연인M&B 신현운 대표님 감사합니다. 부족한 글 읽어 주시고 귀한 평론 써 주신 유한근 교수님께 진심으로 감사드립니다. 또, 제 장편소설을 뽑아 주셨던 김원일 선생님, 김주연 선생님, 작고하신 이문구 선생님, '정진을 바란다'던 격려의 말씀을 새삼 의미를 담아 새겨 봅니다. 많이 늦었지만, 그 격려의 말씀은 제 정신과 문학의 삶에 아직도 유효합니다.

상을 탄 것도 아닌데 인사할 곳이 많습니다. 소설문학을 이끌어 주시는 유금호 교수님과 문우들, 전북소설가협회 문우들, 감사합니다. 그 누구보다, 지난해 가을에 먼 곳으로 떠난 내 사랑하는 형제에게, 살아 있는 동안에 이 책을 손에 쥐어 줄 수 있었다면 얼마나 좋아하며 함박웃음을 지었을까 싶어 눈물겹습니다.

앞으로는, 이와 비슷한 회한을 더는 남기지 않도록 해야겠다는 뒤늦은 각오도 해 봅니다. 지금 제 부족한 책을 손에 쥐고 계신 바로 당신이, 지켜봐 주시기 바랍니다.

2015년 6월에
김명희

| 차례 |

팬

 여의도 방송국을 나와 버스 정류장을 향하여 걸을 때, 순옥은 썩 유쾌한 기분이 아니었다. 이런 뒷맛이 싫어서 방송 출연을 피하기로 작심했건만, 바보처럼 말려들고 말았구나 싶은 자괴감이었다.

 며칠 전 깐깐한 여자 목소리의 출연 섭외 전화가 왔을 때, 순옥은 한마디로 거절했다. 그때는 이미 또 다른 여의도 방송과 지방 방송 한 군데에 출연을 해 보았고, 또 하나의 지방 방송국 담당자의 부탁을 거절함으로써 터무니없이 공격을 당한 경험조차 있었다.

 도대체 버티는 이유가 뭐요, 라고 그 남자는 황당하다는 말투로 따져 물었다. 애초에는, 설득이고 자시고 할 것도 없이 전화 한 통이면 간단히 끝날 일로 믿은 눈치였다. 그랬던 것을 두세 차례나 친절과 인내심을 갖고 정중하게 요청한 것도 어딘데, 끝내 싫다고 버티니 부아가 솟구친 모양이었다.

 "요즘 사람들 웬만하면 텔레비전에 얼굴 한 번씩 내비치고 싶어 안달이던데, 도대체 왜 그러세요? 한낱 산골에 살면서 언제 또 이런 기회를 만날 수 있다고, 아니면 당신이 얼마나 잘났기에, 말도 안 되는 배짱을 부리냐고요.”

남자는 여태 보여 주었던 그나마 친절과 겸손이 못내 아깝다는 듯 무례하게 내뱉었다. 아닌 게 아니라, 텔레비전 화면에 얼굴 한 번 내비쳐 보고 싶은 사람이 있다면 다시 오기 어려운 기회를 잡은 셈이었다. 하지만 순옥은 전혀 그런 생각이 없었고, 내키지 않아도 참아 가며 얼굴을 내밀어야 할 만한 이유도 없었다. 그래도 남의 부탁 거절하는 일에 서툰 촌 여자인지라, 막무가내로 버티는 동안에도 자신의 결정을 확신하지 못하고 흔들렸는데, 남자의 얄팍한 인내심이 바닥을 보여 준 덕분에 애초에 뜻한 대로 무사히 넘어갈 수 있었다.

사실, 처음 몇 차례는 멋모르고 휩쓸려서 방송 출연도 하고 여성지 기자랑 인터뷰도 했다. 남들 앞에 그려지는 자신의 존재를 바라보기, 자신을 알아보고 연락을 취해 오는 옛 친구나 생면부지의 친절한 사람들, 이전과는 다른 내용으로 인사를 건네며 다가오는 이웃들. 처음 겪는 그런 일들은, 들뜨고 비현실적인 느낌을 주었다. 그런 과정에서, 순옥은 그 세계가 자기에게서 얻고자 하는 게 무엇인지를 알아챘다. 방송이든 인쇄 매체든, 순옥이 그처럼 가까이 해 보기란 처음이었지만, 그 몇 번만으로도 순옥은 그 세계의 속성이 자신의 성정에 맞지 않는다는 것을 알아채 버렸다.

직업 특성상, 사람들에게 흥미로운 이야깃거리를 끊임없이 제공해야 하는 그네들로서는 당연한 일일 터였다. 가난한 시골뜨기 아줌마로서의 순옥의 현실이 공연히 과장되고, 그 속에서 글을 쓰는 삶은 터무니없이 극적으로 묘사되었다. 어떤 기사에서의 순옥은, 무공해의 이상향에서 욕심 없이 맑은 공기와 이슬만을 먹고 착하고 순수하게 살면서 취미 생활로 고상하게 글도 쓰는 신선놀음 여인네였다. 또 다른 기사에서의 순옥은, 집안일과 자녀 양육은 물론이고 강도 높은 농사일도 도맡아 하여 집안 경제를 이끄는가 하면, 그 가운데에서 소설까지 쓰는 대단한 여인이었다. 그럴 때는 사실보다 터무니없이 가난하고 고달픈 인생으로 묘사되었다.

여성 월간지 여기자가 쓴 기사를 아직 어린 자식들과 한자리에서 읽으며, 순옥은 피식거리며 웃다 못해 폭소를 터뜨렸다. 두 아이도 자기네가 알고 있는 엄마의 일상생활이며 농사일의 실상에 대한 엉뚱한 묘사가 우습다며 배를 잡고 웃었다. 순옥은 푼수처럼 낄낄거리면서도 마냥 씁쓸했다. 먼 길 오신 손님을 그냥 보낼 수 없지 싶어, 잡지사 여기자가 취재 나오기로 한 하루 전날에 장에 가서 점심상 차릴 찬거리도 사다 둔 참이었다. 그런데 당일 이른 아침에 전화를 걸어온 기자는, 순옥의 집에서 한 시간 거리에 있는 도청 소재지에 개인적인 볼일이 있어 서울에서 그리로 직접 내려올 테니 거기까지는 순옥이 좀 나와 주면 어떻겠냐고 간곡히 부탁을 하는 거였다. 크게 바쁜 일도 없는 데다 생면부지의 손님을 집에서 맞이한다는 게 다소 부담스럽던 차였고, 무엇보다 그때는 처음의 멋모르고 휩쓸리던 시기여서 망설임 없이 친절하게 응했다. 그렇게 제 발로 찾아가 만난 젊고도 여려 보이는 여기자와의 대화는, 질문도 대답도 특별할 게 없어서였는지 적당한 시간에 걸쳐 무난히 마무리가 되었다. 그런데 기사가 실린 잡지가 배달되어 왔을 때 순옥은 어리둥절했다. 결코 짧지 않은, 촘촘하게 대여섯 쪽이나 이어지는 주부 작가 박순옥의 기사를 읽어 보니 이거야 숫제 대화에 없던 생뚱맞은 내용으로 꾸며져 있었다. 소설 치고도 개연성 없는 소설이었다.

'아침 해가 뜨면, 그녀는 머리에 흰 수건을 쓰고 손에 호미를 들고, 세 마리의 염소를 몰고 밭으로 나간다. 밭둑에 나란히 서 있는 세 그루의 소나무에 세 마리의 염소를 매 놓은 다음 호미로 한 포기 한 포기 풀을 뽑는다. 그렇게 일을 하다가 피곤해지면, 시원한 바람을 맞으며 밭둑에 앉아 책을 읽는다….'

"밭둑에서 책 읽는 거 좋아하시네. 농사 지어 본 경험이 없으면 집으로 찾아와서 농사일 하는 거 구경이라도 하고 기사를 쓸 일이지."

순옥은 어이가 없었다. 세 마리의 염소와 세 그루의 소나무 부분에서, 아직 초등학생인 두 아이는 제법 냉정한 분석과 비판을 내놓았다.

"이 사람은, 나란히 서 있는 세 그루의 소나무에 세 마리의 염소를 매 놓으면 염소 세 마리 다 위험하다는 걸 모르나 봐."

"맞아 맞아, 지난 일요일에 아랫집 영주네 염소도 낙엽송에 줄이 감겨 쓰러져 있었어. 까딱하면 목이 졸려 죽을 뻔했는데, 우리 아빠가 구해 줬잖아."

그렇게 순옥의 생활은 풍경화 속의 밀짚모자 소녀인 양 목가적이고 비현실적으로 그려졌는가 하면, 어느 부분에 가서는 힘들고 고달픈 농사일을 도맡아 해내어 가난한 집안 살림을 제 힘으로 팍팍 꾸려 나가는 억척스럽고 능력 있는 촌 아낙으로도 둔갑을 했다.

매스컴에 이름자가 나오고 이어서 아는 이들의 인사치레를 받는 따위의, 처음이면서도 정녕 길지는 않을 그 색다른 체험이 재미없어졌다. 매체를 이용하여 돈을 벌거나 그야말로 꼭 유명해져야 할 필요가 있는 이들이 아니라면, 즉 그저 평범한 사람이면서 어쩌다 한 번 매스컴에 이름과 얼굴을 내비칠 기회가 찾아온 경우라면, 싫은 기분을 참아가며 고분고분 움직일 필요는 없다고 순옥은 생각했다. 보통사람이 방송 출연함으로써 얻을 수 있는 일이 즐거움과 자랑뿐일 때, 즐거움과 자랑 대신에 자괴감과 부끄러움에 사로잡힐 상황이라면 출연을 거부해도 괜찮다고 믿었다.

어수룩해 뵈는 촌 여자 순옥이, 감히 이런 생각을 품고서 모처럼 얻게 된 색다른 체험의 기회를 물리치고자 한다는 걸 그네들은 도무지 이해하지 못했다. 그리하여 지방 방송국의 다소 교만한 그 담당자는, 흥분된 음성으로 악담을 퍼부어 놓고 전화를 끊었다.

"거 참, 이상한 아줌마도 다 있네. 남들은 하고 싶어도 못하는 방송 출연을 시켜 준다는데, 똥고집은 왜 부리는 거요? 하긴, 내가 예전부터 글줄이나 쓴다는 사람들을 무척 싫어했어요. 내 주변에도 그런 인간이 몇 있는데, 별 볼일도 없는 주제에 같잖은 자존심들만 허파에 가득 차서는…."

무례한 인간이었다. 그보다는, 무능한 담당자였다. 능력 있는 담당자라면, 기왕에 점찍은 섭외 대상을 그리 쉽게 포기하고 물러나는 게 아니었다. 어느 무명가수가 모처럼 텔레비전 토크 프로에 출연해서 하는 말이, 자기 같은 무명가수가 텔레비전에 얼굴 한 번 내미는 일은 달나라 여행만큼이나 힘들다고 하더라만 역으로, 제작진에 한 번 섭외 대상으로 찍히면 거부하기 또한 얼마나 힘들다는 것을 순옥은 불과 서너 차례의 경험만으로 이미 알아챈 터였다. 그리하여 정신무장을 단단히 하고 처음부터 단호히 거절했건만, 역시나 여의도 방송국은 저력이 있었다. 작가라는 젊은 여자가 밤과 아침을 번갈아 가며 두세 차례 전화 공세를 퍼더니, 종내는 담당 피디가 그녀의 오두막집에 들이닥쳐서 침묵이 대부분인 채 꿈쩍 않는 특유의 화법으로 순옥을 굴복시켰다. 순옥은 그에게, 팔자에 없는 대중매체와의 접촉으로 인한 이즈음의 불편한 심기를 진지하고 솔직하게 털어놓고, 제발 자괴감을 느끼게는 하지 말아 달라고 주문한 다음 어렵사리 서울행 버스를 탔다. 하지만 순옥은 역시 어수룩한 촌뜨기였다. 일이 벌어진 뒤에야 또다시 깨달았지만, 방송을 만드는 작가고 피디고 뭣이고 간에 거기 관여한 인간들 누구도 피를 짜내듯 써 내린 순옥의 작품 따위에는 별 관심이 없었다. 그들의 관심은, 순옥이 처한 상황이 글쓰기와는 상극이라는 걸 부각시키고, 그 지독한 악조건 속에서 생업과 글쓰기를 겸하는 순옥의 인간 승리로 이야기를 짜 맞추는 데에 있었다. 생방송인 〈아줌마 만세〉의 프로그램 성격에서 이미 예견된 일이긴 했다. 농사꾼 아줌마라는 신분은 커다란 약점 취급을 받았고, 커다란 약점을 딛고 글씩이나 쓰는 순옥은 특별히 능력 있는 여인이었다. 자꾸 그런 쪽으로 답변을 유도하는 게 싫어서 어떤 질문에 대해서는 침묵을 지켰더니, 방송이 끝나자 머리를 질끈 묶은 작가가 옆으로 다가와서, 생방송에서 침묵은 쥐약이라고 신경질적으로 내뱉었다. 쥐약이거나 말거나 순옥은 여지없이 자괴감을 느꼈고, 누구 못지않게 생업에 충실한 남편을 모욕한 것만 같아 미안했고, 부끄러움에 사로잡혔다. 그녀는 결심 하나 하는 것으로 스스로를 위로했다.

'앞으로 좋은 작품을 많이 쓰겠어. 그때에 이곳에 오면, 당신들은 나를 오로지 작가로만 상대하게 될 거야.'

순옥은 버스를 타고 독산동에 있는 언니 집까지 가서 들고 내려가야 할 짐을 챙겨 갖고 나왔다. 순옥의 집에서 머지않은 곳에 사는 친정 부모님께 전달해야 할 물건들까지 있어서, 보따리가 제법 크고 무거웠다. 언니네 집 앞에서 좌석버스를 잡아탄 순옥은, 언니가 일러 준 정류장 이름 '예술의 전당 앞'을 되뇌며 일부러 운전기사 뒷자리에 앉았다. 촌 여자 눈에는 서울 거리 어디든 거기가 거기여서 도무지 분간이 어려우니, 운전기사한테 물어봐야만 안심할 일이었다. 얼마쯤 달렸을까, 조바심이 난 순옥이 운전기사에게 부탁을 했다.

"저기 기사님, 저 좀 예술의 전당 앞에서 내리게 해 주세요."

"아, 역시 제가 잘 봤죠? 작가 선생님 맞죠?"

마치 기다리고 있었던 양, 기사가 대뜸 반색을 했다. 순옥은 어리둥절해서 뒤를 한 번 돌아보았지만 자기 말고 그 말을 받아 줄 만한 대상이 보이지 않았다.

"아침에 텔레비전 출연하셨잖아요. 저 그거 다 보고 나오느라고 한참 동안 바빴는데요. 아, 정말 반갑습니다. 아까부터 인사를 건넬까 하다가, 혹시 실수하면 어쩌나 망설이던 중이었어요."

기사는 연신 싱글벙글하며 마치 오래된 친구라도 만난 듯이 순옥을 반가워했다.

"제가 학교 다닐 때에도 워낙 책 읽기를 좋아해 갖고요, 글은 별로 못 써도 문학에 관심이 많아요. 선생님 책 제목이 뭐랬죠? '꽃들의 침묵'이던가? 저 내일 쉬는 날인데 그거 사러 당장 종로서적에 갈 겁니다."

순옥은 우선 당황했지만, 방송시간 30분 동안 겨우 한두 차례 들먹거려진 소설 제목을 정확히 기억하고 있는 데다 그 책을 당장 사러 가겠노라는 기사한테 내심 감격했다.

"아직 책으로 나오지는 않았고요, 아무개 신문에 연재되고 있어요."

"아, 그럼 선생님이 쓰신 다른 책 제목이라도 알려 주세요. 이렇게 작가 선생님을 직접 뵌 것이 보통 인연입니까, 꼭 가서 사 보게요."

순옥은, 아직은 다른 책도 없노라고 말할 수밖에 없었다. 운전기사는 순옥에게, 당선작품을 속히 출판해서 읽게 해 달라고 부탁했고, 순옥은 그러마고 약속했다.

"제가 쉬는 날에는 서점에 자주 들르거든요. 앞으로는 서점에 가면 '꽃들의 침묵' 나왔나 유심히 살펴볼 테니까 빨리 내셔야 해요."

기사는 그렇게 다짐을 받아 놓고서야 운전에만 집중했다. 몇 정류장인가 달렸을 때, 차의 속력이 느려지는가 싶더니, 기사는 낮은 목소리로 재빠르게 말했다. 얼굴은 백미러를 향한 채였다.

"선생님, 여기가 예술의 전당이에요. 얼른 내리세요. 책 꼭 내시구요."

순옥은 역시나 촌사람답게 조금 당황하며 서둘러 차에서 내렸고, 버스는 쫓기듯이 곧바로 떠나 버렸다.

아, 여기쯤에서 이 글을 읽는 당신에게 주문할 것이 있다. 예술의 전당 앞을 잘 모르는 사람이 있다면, 그저 산 아래의 한적한 자리에 외딴 건물이 들어서 있는 데다 그 앞의 찻길엔 보행자라곤 찾아볼 수 없는 텅 빈 풍경을 연상하기 바란다. 최근에 예술의 전당 앞을 가 본 사람은, 십 수년 전의 한산한 풍경으로 되돌아가되 예술의 전당에서 아무런 공연도 전시회도 없는 날을 생각해 달라는 이야기다.

순옥이 버스에서 내려선 그 시각에 예술의 전당 앞에는 정말이지 아무도 없었다. 누구 한 사람이 저만치서 걸어오는가 싶어 길을 물어볼 양으로 고대하고 있으면, 거기 뚫려 있는 지하도 속으로 쏙 들어가 버리고 다시 인적 없는 벌판. 다시 또 한 사람의 보행자가 나타나 조바심하며 기다리면 역시나 지하도 속으로 빨려 들어가기를 되풀이할 뿐이었다. 그리하여 하는 수 없이, 예술의 전당 경비실을 향해 비탈진 진입로를 걸어 올라갔다.

"저 아저씨, 남부터미널이 어느 쪽인가요?"

"남부터미널은 저쪽으로 한참 걸어가야 해요. 조금 전에 나도 봤는데, 시내버스가 왜 정류장도 아닌 데다 사람을 내려놓고 갔는지 모르겠네."

순옥의 크고 묵직한 보따리를 딱한 눈빛으로 살피면서, 경비원은 버스 기사를 탓하는 말투였다. 순옥은 그제야, 운전기사가 정차 규정을 어겨 가며 자신을 예술의 전당 앞에 내려놓고 간 사실을 알아챘다. 예술의 전당 앞에 내려 달라 하니, 큼직한 보따리조차 들고 걸어야 할 순옥의 불편을 조금이나마 덜어 주기 위하여 정류장도 아닌 곳에 친절히 내려 주고 떠난 거였다. 운전기사에게 있어서 순옥은 예술의 전당에 볼일이 있는 '예술가'였고 순옥에게 있어 그는, 조금 전에 환멸과 혐오감 속에 등지고 걸어 나온 대중매체로부터 선물 받은 첫 번째 열혈 팬이었다.

순옥은 무거운 보따리를 들고 남부터미널까지 걸어갈 일이 막막하면서도, 가슴이 따뜻해져 옴을 느꼈다. 과잉 친절을 베풀어 가며 자신을 '예술가'로 대접해 준 그 사람이 진정으로 고마웠다. 집으로 돌아가고 시간이 흐르면, 아줌마 만세, 여의도 방송, 성질 급한 지방방송

피디, 물정 모르는 여성지 기자 등, 지금까지 자신을 잠깐의 흥밋거리로 다뤘던 대중매체에 품고 있던 경계심이 어쩌면 무안함으로 바뀔 것만 같았다. 그러나 역시 그는, 순옥의 작품을 한 줄도 읽은 적 없이 순옥을 예술가로 대접해 준, '대중매체' 팬이었다. 문학이든 예술이든 정치든. 어떤 분야의 흥망성쇠를 좌우하는 주체를 대중으로 친다면, 그 대중의 상당수가 바로 이렇게 만들어지지 않았을까? 대중매체는 그렇게 스타도 만들고 그렇게 바보도 만들며, 그렇게 승자도 만들고 패자도 만들 거였다. 대중은 그런 식으로 주체가 되기도 하고, 그런 식으로 분위기 따라 휩쓸리기도 한다는 것을, 순옥은 새삼스런 기회에 다시 배웠다.

하여튼 순옥은 무거운 짐을 든 채 지하도를 통과하여, 아까 그 버스가 꽁무니를 보이며 사라져 간 방향으로 한참을 걸어갔다. '예술의 전당 앞' 버스 정류장이 바로 그곳에 있었다.

십 수년이 지난 지금도, 순옥은 여전히 소설 쓰는 일을 멈추거나 버리지 않고 있다. 하지만 이런저런 이유로 그와의 약속은 아직도 그저 잊지 않고만 있을 뿐인데, 운전을 쉬는 날에 책방에 들른 그는, 순옥의 장편소설 '꽃들의 침묵'이 나왔나 알아보긴 했을까? 알아보다 지쳐, 그길로 포기하고 말았을까?

노미네 문간방

　노란 불빛을 깃발처럼 매달고 또 한 대의 13번 버스가 다가왔다. 이번에는 틀림없으리라 믿으며, 나는 가로수에 한쪽 어깨를 붙이고 서서 버스 안을 재빨리 살폈다. 하지만 남편의 모습은 보이지 않았다. 내가 집에서 나온 시각은 어제와 비슷했는데, 20분 간격으로 도착하는 시내버스를 어제보다 두 대나 더 보내게 됐으니 오늘 밤 남편의 귀가가 좀 늦다. 그러나 아직은 서 있는 게 지루하지도 않고, 성급하게 남편의 안부를 걱정하지 않아도 좋을 시각이었다. 남편의 일이 좀 늦어졌을 수도 있고, 일을 마치고 나오다 정류장으로 이어지는 공단 어귀의 허름한 대폿집쯤에서 동료들과 잠시 어울렸을 수도 있다. 그 모든 것들을 뿌리치고 남편이 시간 맞춰 내게 달려와야 할 급한 일은 없다. 나는 다만, 두 평 반짜리 방 안에 갇혀 있는 답답함으로부터 놓여 나고자 밖으로 나섰고, 나서 봐야 갈 곳이 없다 보니 매일 밤 남편을 마중 나오는 셈이 됐을 뿐이다. 버스에서 내린 사람들은 곧 여러 갈래로 흩어졌다. 더러는 길을 건너기도 하고 더러는 상점을 기웃거리며 버스가 왔던 방향으로 되짚어 걷기도 하고, 우리 집 방향인 레코드 가게 옆의 골목길로 접어드는 사람도 있었다. 13번 버스는 늘 이 도시의 중심부를 거쳐서 기차역과 새로 생긴 고속버스 터미널 부근을 돌아, 다시 중심부를 통과하고서 종점 가까이의 구석진 이 동네로 돌아왔다. 돌아오는 길목에 공장지대가 있고, 동네 주민의 많은 수가 공장에서 밥을 벌어먹는 까닭에 이 시각쯤 버스에서 내리는 사람들 속에는 공장 근로자들이 많았다. 언제부턴가 나는 그들을 대충 알아보았다. 허름한 잠바 차림에 기름기 부족한 얼굴, 맥없이 처져 보이는 피곤한 어깨. 설령 모처럼 새 옷을 걸쳤을지라도 서글픈 가난이 좀처럼 가려지지 않는 사람들. 내 남편도 마찬가지였다. 그래도 남편은 하얀 치아가 드러나도록 환하게 웃으며, 선거철 군중 앞에 선 입후보자처럼 오른손을 들어 올려 흔들며 다가오곤 했다.

바로 다음에 있는 종점을 향해 멀어지는 버스의 꽁무니를 잠시 지켜보고, 나는 다시 남편이 타고 올 또 한 대의 13번 버스를 기다리기 시작했다. 저만큼, 기찻길과 자동찻길이 나란히 휘감기는 산모퉁이로부터 헤드라이트 불빛의 행렬은 시작되고 있었다. 산은 그 너머의 모든 것을 가로막고 서 있으므로, 장막 뒤에서 무대로 나서는 배우처럼 불빛들은 그렇게 어둠을 젖히고 나타나서는 앞뒤로 행렬을 지으며 달려오고 있었다. 검은 어둠을 헤치고 질주해 오는 불빛들은, 어릴 적에 할머니의 이야기 속에 등장하던 호랑이의 밤눈을 연상케 했다. 밤이면 시퍼렇게 불을 켜고서 먹이를 구하기 위해 마을로 내려온다던 호랑이의 눈. 하지만 첩첩산중 우거진 수풀을 헤집고 나오던 호랑이의 매섭고도 주의 깊었을 움직임과 달리, 차들은 폭발할 듯 분노를 뿜어 내며 떼 지어서 어딘가로 성급히 달려가고 있었다. 그 행렬은 나를 초조하고 겁나게 했다. 그들은 달려가며 악다구니를 썼다. 잘못 걸리면 죽는다고, 재수 없으면 죽는다고. 그 대책 없는 공격성 앞에 밤 열 시가 훨씬 넘도록 내던져지는 남편에의 연민과 함께 두려움이 잠시 나를 사로잡았다. 종종 찾아오는 이런 기분은, 막연하되 결코 가볍지 않았다.

—우린 비록 이렇게밖에 시작할 수가 없었지만, 아이만은 달라야지.

연일 계속되는 야간작업을 걱정하는 나에게, 남편은 말했다.

—아무것도 없지만 젊음은 있으니까. 젊음을 밑천으로 열심히 뛰면, 적어도 우리 아이는 이렇게 고달프고 막막한 삶을 이어받지 않게 할 수 있을 거야.

남편은 그렇게, 아이가 생기지도 않았을 때부터도 자기와 다른 삶을 누리게 될 아이의 꿈을 꾸었다. 처음부터 그래 왔고 앞으로도 여전히 불리할 게 뻔한 삶의 여건을, 앞으로 태어날 아이를 통하여 처음부터 다시 시작한다는 것일까. 그런 꿈으로 위로를 받고 싶은 것일까.

"어이, 그 꽃 나한테 줄 거지?"

조금 전에 버스에서 내렸을 법한 흰색 잠바가 다가와, 느물느물 웃으며 말을 걸었다. 술이라도 한잔 했는지, 처음부터 숫제 반말이었다. 나는 국화꽃 한 송이를 들고 있었다. 우리 집 앞의 아직 건축을 시작하지 않은 공터로 인해, 골목 안에 있는데도 마치 외딴집처럼 덜름해 뵈는 붉은 벽돌의 신축 양옥. 넓지 않은 뜰에는 꽃이 가득 피어 있고 앞으로 조금 튀어나온 동쪽 방의 창가에는 포도 넝쿨이 드리워져 있으며, 그 방에서 더러 피아노 소리가 흘러나오는 집. 오늘 밤에도 그 앞을 지나는 내 발걸음은 은연중에 늦추어져 있었고, 피아노가 있을 동쪽 방의 창에서 부러움과 동경의 시선을 거둘 수가 없었다. 이다음에 마련할 우리 집에는 무슨 꽃들을 심을까? 창가에는 장미와 개나리를, 담 밑에는 해바라기와 나팔꽃을, 장독대 둘레에는 난초와 채송화를, 그리고 집 밖의 담장 밑에는 이 집 안주인처럼 여러 빛깔의 국화를 심어 볼까? 그게 좋겠어, 가을에는 역시 국화가 제격이니까. 그 집 담장 바깥에 흐드러지게 피어 있는 우윳빛 국화꽃 한 송이를 꺾어 들면서, 나는 이다음에 내 집 뜰에 심게 될 꽃 이름을 열 개쯤 짚어 보았다.

"아가씨, 나도 외로운 사람이야."

흰 잠바의 은근한 목소리는 불량기를 머금고 있었다. 나는 시선을 반대편으로 돌렸다.

"나랑 저어기 가서 차나 한잔 할까? 외로운 사람끼리 뭔가 통할 것 같은데."

흰 잠바는 계속 치근거렸다. 나는 귀머거리 행세를 하며, 시거먼 어둠으로부터 불빛들이 불쑥불쑥 튀어나오는 그 모퉁이에 시선을 못 박고 있었다.

미안하지만 난 댁처럼 외로운 사람이 아니야. 조금만 기다리면, 네모난 불빛을 깃발처럼 펄럭이며 13번 버스가 도착할 것이고, 거기에서 내린 한 남자가 하얀 이를 드러내고 웃으며 내게로 온단 말이야. 대통령처럼, 아니 교황처럼, 의젓하게 손을 펴들고서 오직 나만을 향하여 걸어온다고!

그렇게 흰색 잠바를 무시하며 도도하게 서 있는 기분이 제법 괜찮았다. 과연 남편은 반쯤 치켜든 오른손을 약간 흔들어 보이며 내게로 다가왔고, 흰 잠바는 머쓱해져서 슬금슬금 뒷모습을 보이며 멀어져 갔다.

"저 남자가 글쎄, 나더러 차를 마시자는 둥 치근대잖아."

내가 어리광 섞인 고자질을 하면서, 남편의 허름한 감색 잠바 윗주머니에 우윳빛 국화꽃을 꽂았다.

"이 꽃을 뭐, 자기한테 달라나?"

그게 당키나 한 일이냐는 내 말투에, 남편은 퍽 흡족한 듯했다. 불빛이 침침한 골목길에 접어들었을 때 그는 내 어깨에 팔을 두르며 정답게 타일렀다.

"그러게 내 뭐랬어. 마중 나오지 말랬잖아. 심심하면 책 보고 라디오 듣고, 졸리면 자고. 알았지?"

"그래도 자꾸 나오고 싶은 걸. 혼자서 저녁 먹고 나면 나도 몰래 시계를 보게 돼."

짐짓 앳된 소리를 지어내 사랑에 취한 새댁답게 말했지만, 방문을 나설 때의 내 심경이 그리 달콤하고 애틋한 것만은 아니었다. 아니, 어둡고 우울한 그늘이 짙었다. 하지만 남편은, 나의 밝은 대답을 액면 그대로만 받아들였다.

"나 역시 이렇게 당신이랑 함께 집으로 돌아가는 일이 즐겁기야 하지. 그러나 젊은 여자가 혼자서 밤거리에 나와 서 있을 만한 세상이 못 돼."

남편은 잠시 무엇을 생각하는 기색이더니 혼잣말을 했다.

"안 되겠다. 월부로라도 텔레비전부터 들여놔야겠어."

그 말은 나를 놀라게 했다. 텔레비전을 들여놓다니. 그런 것은 지금 우리 형편에 맞지 않는 사치품이었다. 방세와 전기 요금 수도 요금을 주인집에 갖다 바치는 것으로 시작해서, 살아가는 데에 지극히 기본적으로 필요한 지출만을 해도, 남편이 갖다 주는 월급은 언제나 며칠 새로 바닥을 보이곤 했다. 그나마 살림 차리고 산답시고 오며 가며 들르는 손님들 접대하랴, 가난한 시댁의 맏이 노릇하랴, 그렇게 살아 낼 일을 생각하면, 다음 월급날까지의 한 달이란 세월이, 어떻게든 넘어야 할 험준한 산과도 같았다. 텔레비전 월부금을 내려면 적금이라도 깨야 할 판이었다. 하지만 작고 유일한 적금통장은 이 팍팍한 세월로부터 언젠가는 놓여날 수도 있으리라는 가녀린 희망이었고, 지금의 나에게는 텔레비전보다 희망이 필요했다.

"안 돼요, 월부 텔레비전은!"

나는 필요 이상 단호하게 말했다. 내 어깨를 감싸고 있는 남편의 손길에서 슬픔이 전해져 왔다.

—참 검소한 분들이네.

초라한 우리의 이삿짐을 보고 주인 여자가 말했다. 집을 소개해 준 연이 엄마의 말만 듣고서 은연중에 품고 있던 선입견과는 달리, 상냥하고 인정스런 말씨였다. 우리가 신혼 석 달을 보냈던 언덕 위의 사글 셋방을 신축 계획으로 비우게 됐을 때, 옆집에 살던 연이 엄마가 이곳을 소개해 줬다.

—꼭 사글셋방이어야 한다니까, 그리고 방세 요량하면 깨끗한 편이기도 해서 소개는 해 주는데, 그 방을 비우고 나간 사람이 이상한 소리 해서 좀 께름칙하네. 이사 나간 여자 하는 말이, 자기가 딸 하나 키울 땐 괜찮았는데, 그 밑으로 아들을 낳고 나서부터 주인 여자가 자꾸 사사건건 간섭을 하고 눈치를 주더라는 거야. 집주인이면 방세나

받으면 되는 거지 시집살이 시킬 권리까지는 없을 텐데, 이상한 사람도 다 있지. 하긴, 양쪽 말을 다 들어 보기 전에 섣불리 선입견 가질 필요는 없으니까, 그러려니 하고 잘 살아 봐.

나는 너무나 절박한 처지에 놓여 있었으므로 연이 엄마의 수다를 귓가로 흘리고, 다만 우리 형편에 맞는 사글셋방이 나타난 것만을 반가워했다.

주인 여자는 기대 이상으로 상냥하고 친절했다.

"세상에, 요새 사람들이 아니네. 요새 신혼부부들, 빚을 얻어서라도 남 가진 것은 다 갖춰 갖고 시작하려 들던데, 어쩜 이렇게 꼭 필요한 것만 갖고 알뜰히도 시작했네."

웬만한 자취생의 그것만도 못한 우리의 살림살이가 정리된 모양을 보고 주인 여자는 거듭 탄복했다. 환한 낯꽃으로 보나 말투로 보나, 멸시가 숨겨져 있는 헛말 따위는 아니었다.

"하긴 나도 새댁 못지않았어. 그런저런 세상을 다 겪어 낸 다음에야 이만치라도 기반이 닦인 거예요. 사람살이라는 게 그런 것 같아, 너는 얼마만큼의 고생문을 꼭 통과해야 한다고 사주팔자에 타고 나는 법이라서 어쩔 수가 없더라니까."

월급날 방세를 내러 건너갔을 때, 나의 가난을 안쓰러워하며 주인 여자가 위로했다.

"자식 문제도 그래."

묻지도 않는 자식 이야기를 꺼내 놓고 주인 여자는 가느다랗게 한숨을 쉬었다.

"우리 친정어머니가 딸 다섯을 낳고서야 아들 하나를 얻었어. 그 동생을 낳을 때까지 눈물에 한숨에 아들 타령을 어찌나 지겹게 들었던 지, 난 시집가면 아들만 다섯쯤 낳을 거라고 노래를 불렀어. 근데 첫 아이가 딸이었잖아. 어찌나 허전하던지 눈이 붓도록 울었다니까. 내 마음을 알아서 그랬는지, 자기네들도 내심 서운해서 그랬는지, 시아 버지가 이름을 지어 보냈어. 다음에 꼭 아들을 낳으라는, 그렇게 깊 은 뜻이 우리 노미 이름에 담겨 있지 뭐야. 그래 봐야 별수 있나? 팔자 에 자식이 하나뿐인지, 아들커녕 딸도 하나 더 안 생기는 것 봐. 호호 호."

주인 여자는 말끝에 높은 웃음소리를 매달았지만 공허하게 들렸다. 그녀는, 첫딸 이후에 아이를 더 낳지 못한 자신의 처지를 예사롭게 받 아들이지 못하고 있었다.

"하긴, 요샌 둘도 많으니 하나만 낳자는 표어도 나왔잖아. 딸 하나 만 두고서 일부러 병원 찾아가 단산하는 사람도 있다던데, 어찌 보면 되레 잘된 거지, 뭐."

남편이 숙직이라 심심하다면서 세든 아낙네들을 안방에 불러 모은 저녁에, 그녀는 호언했다.

"그렇잖아? 새댁네가 그리 어렵게 시작한 거나, 명훈이네가 두 내외 날마다 일해도 빚 걱정 못 놓는 거나, 조치원댁이 어린 새끼들 두고 집 나와 있는 거나, 내가 아들 하나 낳고 싶어도 못 낳는 거나, 인생은 어 차피 고해야. 고민 없는 사람이 어디 있겠어? 사실, 아들 욕심 그거 하 나 포기하면 나도 남보다 못할 것도 없지 싶어서, 이젠 그만 잊어버리 기로 했어. 딸자식 하나 있는 거 티 없이 곱게 길러 내기도 쉽지만은 않 을 텐데, 괜한 데에 신경 쓰느라 헛세월 보낼 건 없지."

과연 그녀는 이튿날 바로 고물장수를 불렀다. 딸이 중학교 2학년이 되도록 광 속에 모셔 두었던 유아용 도서로부터 유모차와 보행기, 각종 장난감들을 마당 가운데로 수북하게 끌어내 놓고는, 굴다리 너머 고물상 최 씨를 전화로 불러들였다.

"어린애도 없는 집에 웬 애기 물건이 이리 많대요?"

손수레를 끌고 마당에 들어선 최 씨가 말했다.

"많든 어쩌든 모조리 다 가져가세요. 장난감이고 책이고 간에 말짱 다 새 거예요. 참말, 고물이라는 이름이 아깝지, 고운때도 안 묻은 것들이 많으니까. 하여튼 아저씨 다 드릴 테니 실어 보세요."

주인 여자의 말투는 자못 호쾌했다. 고물 아닌 고물들은 종류별로 자리 잡으며 차곡차곡 손수레 위에 실렸다. 잠시 방 안에 들어갔다 나온 주인 여자는, 마루 끝에 오도카니 앉아서 그 모양을 지켜보았다. 소중한 아이와 관련된 추억이 담겨 있을 물건들이고 보면, 그녀의 눈빛에 처연한 감회의 빛이 어려 있다는 건 당연할 수도 있었다. 넓적한 판자를 간 손수레 위에 놀라운 솜씨로 조밀하게 짐이 꾸려지는 모습을, 주인 여자는 꼼짝 않고 지켜보고 있었다. 꾸려진 짐을 묶기 위해 최 씨가 검은 밧줄을 집어 들었을 때, 그녀가 갑자기 새된 소리를 질렀다.

"안 돼요!"

그 소리는 사뭇 다급하고 날카롭고 결의에 차 있었다. 그녀는 댓돌에 놓인 슬리퍼를 뻰 둥 만 둥 끌면서 손수레 쪽으로 종종걸음을 쳤다.

"안 돼요, 아저씨. 미안하지만 그냥 가셔야겠네요. 내가 잠시 생각을 잘못했어요. 우리가 뭐, 그만한 책이나 장난감쯤 새로 못 사 줄 형편이야 아니지만, 새것으로 사 줄 때는 사 주더라도 일단 뒤 봐야겠어요. 닭도 밑알이 없으면 알을 제대로 안 낳는데, 이렇게 싹 쓸어가 버리면 재수 없어서 될 일도 안 될 것 같아요. 미안해요. 노미 동생이 태어날 때까지 만이라도 이거 다시 광에다 들여놓을래요."

뙤약볕 아래에서 자질구레한 짐을 싣느라 등이며 얼굴이 땀으로 범벅된 최 씨가 주인 여자를 보았다. 처음엔 멀뚱한 무표정이었다가 곧, 어이없고 기막히고 분노를 억누르는 기색이 역력해졌다.

"예. 그냥 가 주세요. 제가 그 대신, 빈병이나 고철, 신문지 같은 거 모아지면 다른 데 안 주고 꼭 최 씨 아저씨를 부를게요. 아니, 노미 동생만 태어나면 이것도 바로 다 가져가세요."

땀과 분노로 번득이는 최 씨의 눈길을 피한 채 주인 여자가 낮은 소리로 단숨에 말했다. 고물장수 최 씨가 말없이 손수레 앞쪽으로 돌아가더니, 망설일 것도 없이 손잡이를 휙 치켜올렸다. 치켜올린 손잡이를 위아래로 서너 차례 힘주어 흔들자, 차곡차곡 쌓였던 책이며 장난감들이 무질서하게 쏟아져 내렸고, 그는 몹시 불쾌한 몸짓으로 빈 손수레의 손잡이를 낚아채 끌고 나가 버렸다.

"안 되지. 암, 안 되고 말고. 하찮은 암탉 둥우리에도 밑알을 두는 법인데."

주인 여자가 가늘게 체머리를 흔들며 엉망으로 헝클어진 책들을 주워 모으기 시작했다.

그 후로 나는 더러 주인 여자의 변덕을 불안해하게 되었다.

—새댁, 너를 보면 꼭 친동생 같은 생각이 든다. 우리 영원히 이렇게 한집에 살았으면 좋겠다, 그치? 아이고, 내가 눈치 받을 소리 하는 것

좀 봐. 어서 집 사 갖고 나가라고 하는 게 덕담인 줄 알면서도 내 기분만 생각해서 미안하네.

사실, 주인 여자가 종종 그런 말을 할만치 내가 특별히 잘한 것도 없었다. 그저 다달이 방세 꼬박꼬박 내고, 전기나 수도 요금 부르는 대로 두말없이 준 것 정도였다. 방세는 애초에 정해진 것이지만, 전기나 수도 요금도 주인 여자가 과다하게 청구하는 편은 아니었으니 딴소리할 거리도 없었다.

"새댁, 텔레비전에서 재밌는 거 한다. 신랑이랑 어서 건너와."

텔레비전에 재미있는 게 나온다고 넓은 마당을 가로질러 우리 방문 앞에까지 모시러 오는 주인 여자의 친절은, 사글세 문간방살이 처지에 과분한 것이었다. 그리하여 설사 지독히 가기가 싫더라도, 거절하면 인사가 아니라는 이유만으로 따라나서야 하는 일 또한 내게는 고역이었다. 나도 모르는 사이에 나는, 주인 여자의 비위를 거스르게 되어 미움이라도 살까 봐 비굴하게 겁내고 조바심하고 있었다.

우리 옆방의 조치원댁과 주인 여자는 나이가 비슷해서인지, 둘이 앉으면 얘기가 끝이 없도록 죽이 맞았다. 하지만 실컷 그러다가 조치원댁이 자리를 뜨면, 주인 여자는 금세 새치름하고 쌀쌀맞은 낯으로 바뀌어 흉을 보았다.

"미친년. 글쎄 예전 서방이 어떻게 생긴 위인인지는 몰라도, 새끼를 셋씩이나 두고 집을 나와? 돈이나 있는 놈한테 붙었다면 또 말을 않겠다. 그래 겨우 사글셋방 살면서 노가다 다니는 홀아비한테 미쳐 가정을 버리다니! 하긴, 구석방 아저씨가 좀 말을 자분자분 잘하니. 점잖은 척하면서 은근히 바람둥이 스타일이야. 조치원댁도 봐라, 요염하게 웃는 거 하며, 밝히게 생긴 얼굴이잖아, 호호호!"

주인 여자는 내 얼굴이 빨개졌다고 호들갑을 떨면서 높은 소리로 웃었다.

"아니, 그렇게 부끄러워? 순진하기도 하지. 하여튼 배 아파 낳은 내 새끼들 버리고 집 나와 사는 건 미친 짓이고 비극이야. 그리고 있지, 뒷방 명훈이네 말이야. 방세가 벌써 두 달 차나 밀렸는데 관심은 오로지 명훈이 대학 시험이더라. 내 생각에 공단 같은 데 취직이나 시키면 딱 맞을 것 같더구먼 욕심들은 있어 갖고… 그런저런 사연들을 보자면, 내 처지도 그리 나쁜 편은 아냐. 참, 우리 노미가 이번 월말 시험에서 반 석차 칠 등을 했더라. 일 등은 아니지만 그만하면 꽤 잘한다고 봐야지. 그래, 딸내미 공부도 그만그만하고, 먹고 살 걱정도 별로 없고, 내 맘만 편히 먹는다면야 누구 부러울 것도 없어."

주인 여자가 하는 이야기의 결론은 대개가 그랬다. 다른 사람의 불행을 들먹이고, 흠을 잡아내고, 그리하여 자신이 그보다야 낫다는 우월감을 억지로라도 맛보고서 안심을 하는.

그날은 남편이 쉬는 일요일이었다. 초가을비가 추적거리고 있기도 했지만, 무엇보다 돈이 없는 우리는 도리 없이 방구석에 틀어박히는 수밖에 없었다. 고작해야 남편은 낮잠을, 나는 내일까지 끝내야 할 수출품 스웨터를 뜨고 있었다. 이런 날이면, 우리가 기막히게 가난하다는 사실을 선명하게 자각할 수밖에 없었다.

가난한 친정에서, 가난한 남자와의 결혼을 반대했다. 나는 비웃었고, 대책은 없지만 젊음으로 극복해 낼 수 있다고 믿었다. 적어도, 가난 때문에 마음조차 불행해지지는 않을 자신이 있었다. 하지만 가난의 불편이란 것이, 못 먹고 못 입는 데에만 있는 것이 아니었다.

"가진 것 없이 남편 병 수발 하면서 자식들 키우느라 평생을 고생만 했다. 자식이 장성해도 며느리를 얻어도 변한 것이 없으니, 결국은 한 세상 속아 산 것 아니더냐. 아니, 토요일에 왔다가 일요일에 가면 어때서, 늙은 어미한테 동생들 맡겨 놓고는 나 몰라라 하는 게냐?"

결혼 후 처음 맞이한 시어머니의 생일날, 딴에는 정성껏 차려 올린 아침상 앞에서 시어머니는 한껏 음울한 소리로 심통 섞인 푸념을 늘어놓았다.

"우리 아들은 그런 사람이 아녔어. 그깟 차비 얼마나 든다고, 두 달이 되도록 어미를 보러 안 오는 사람이 아녔어. 십 년이 넘는 세월을 골골하던 제 아버지, 재작년 봄에 세상 버릴 때까지 동네 사람들이 다 말할 만큼 지성으로 약 수발을 했어. 약값을 줘도 그렇고, 살림에 쓸 돈을 줘도 그렇고, 회사 일을 하루 빼먹고라도 직접 와서 어미 손에 쥐어 줬어…"

시어머니는 내가 당신네 아들을 불효자로 만들어 놨다고 단정하고 철부지 아이처럼 칭얼거렸다.

"복도 지지리 없는 인간이 별쭝난 호강이사 바라겠냐만, 명색이 며느리 얻었단 년 생일상이라는 게 아무려면 미역국에 반찬 서너 가지냐? 이래 갖고야 남부끄러워서 이웃 노인네들은 또 어떻게 부를 수 있냐?"

시어머니는 생일상의 초라함을 두고 눈물까지 훔쳐냈다. 나는, 2차 석유 파동의 여파가 그가 근무하는 공장에까지 미쳐서 벌써 월급을 두 달째 못 타고 있다거나, 자고 나면 물가가 15프로 20프로씩 올라 있는 까닭에 하루하루 연명하는 것조차 힘겨우니 당분간은 서운함을 좀 참고 기다려 달라는 말로, 물정 모르는 시어머니의 심통을 가라앉히고 싶었다. 하지만 말은 목구멍에 걸려서 나오지 못했다. 자잘하고 시시콜콜하고 쩨쩨한 이야기들을 늘어놓는다는 게, 뻔뻔하고 청승스럽게 여겨졌다. 젊은 나이에 그처럼 급격히 뻔뻔하고 청승스러워지는 나 자신을 참아 줄 자신이 없었다.

추적추적 질척질척 바람 없이 떨어지는 초가을 비는, 두 평 반의 어둑한 우리 방 안으로 우울을 가득히 몰아넣었다.

"새댁아! 텔레비전에서 야구 중계한다. 신랑 야구 좋아하시잖아. 후딱 모시고 건너와. 아이쿠, 저거, 저거, 홈런이다 홈런!"

눈은 방 안의 텔레비전 수상기에 박혀 있는 것으로 짐작되는 주인 여자의 목소리가, 안방 마루 끝으로부터 날아 들어왔다. 그 흥분된 높은 목소리는, 우리 방 안의 무거운 우울을 한 번에 휘저어 놓았다.

"갈래요?"

나로선 과히 내키지 않는 기분이었지만, 친척집이나 가게 같은 곳의 텔레비전 앞에서 야구 중계에 넋을 빼앗긴 남편의 모습을 몇 번 본 적이 있기에 일감을 내려놓으며 물었다. 주인 여자의 외침으로 옅은 낮잠에서 깨어나 있던 그가 귀찮은 듯 이맛살을 찌푸렸다. 내가 다시 권했다.

"가지 그래요."

"아저씨도 일직이라 집에 없을 텐데 편치 않게 뭘."

"이러고 있는 것보다 나을지 모르잖아."

그 사이에 주인 여자가 서너 차례나 소리를 높였다.

"뭐해? 아, 어서 건너오래도 그러네."

남편이 짜증을 내며 일어나 앉았다.

"이건 과잉 친절이군."

우리가 미적거리고 있으면 필시 주인 여자가 슬리퍼를 끌며 우리 방 문 앞에까지 '모시러' 올 것이고, 그렇게까지 되기 전에 순순히 가 주는 게 문간방살이의 도리이거니 싶었다. 결국 나는, 비싸게 굴어 죄송하다는 낯으로 쭈뼛거리며 안방으로 들어섰다.

"신랑은 안 와?"

그때까지도 마루에 서서 기다리다가 나보다 딱 한 발 앞서서 안방에 들어선 주인 여자가 아랫목 벽을 기대고 앉으며 물었다. 앞문 쪽으로 등을 대고 텔레비전을 보고 있는 노미의 곁에는 샌드위치 몇 쪽이 담긴 접시가 놓여 있었다. 나는 노미의 오른편에 자리를 잡으며 대충 둘러댔다.

"좀 피곤한가 봐요."

그 말이 채 끝나기도 전에 남편이 방 안에 들어섰으므로 나는 조금 무안해졌다. 그냥 주저앉으려던 그는, 혼자 남게 되자 곧 마음이 변한 모양이었다.

"그래요, 아무튼 좋은 때예요. 지남철처럼 서로가 끌려 다니고."

주인 여자가 웃으며 빈정거렸다. 텔레비전을 향해 있는 얼굴을 움직이지 않은 채로 노미가 끼어들었다.

"진짜야. 아줌마가 지금 가면 아저씨도 나가실 걸?"

"조그만 녀석이."

남편이 귀엽다는 듯이 노미를 돌아보았다.

"조그맣긴요. 저도 알 만한 건 다 아는 숙녀랍니다."

제 또래들 중에서도 신체 발육이 더딘 편의 말라깽이 아이 입에서 나온 말 치고는 그 어조가 제법 당돌했다. 주인 여자가 밉지 않은 눈길로 딸을 흘겨보았다.

"이거 한 쪽 먹어 봐요. 저 대단한 숙녀가 가사 시간에 배웠다고 나를 졸라서 만들어 봤어. 배웠으면 지가 만들 것이지 왜 날 부려먹는지 몰라. 그저 입만 야물어서 나불거린다니까. 자, 한입 맛 좀 봐요."

그녀가 집어 주면서 권한 샌드위치를 한입 베어 무는데, 돌연 구역질이 나기 시작했다.

"아니, 왜 그래?"

주인 여자의 놀라는 소리를 등 뒤로 들으며 나는 손바닥으로 입을 틀어막은 채 황급히 마루로 나섰다. 입덧이었다.

우리는 이렇게 초라하고 가난한 청춘을 보내지만 태어날 아이만은 떳떳이 키워야지. 아무리 몸부림쳐도 여기에서 멀리 가기는 어렵지 싶은 암담함이 사무쳐 올 때, 남편은 아직 어디에도 없는 우리 아이의 미래를 향해 눈길을 보냈다. 초라하고 가난한 부모의 아이는 초라하고 가난하게 살아가기 쉽다는 걸 몸소 겪어 내는 터에, 그래도 꿈을 꾸었다. 이제 드디어, 정녕 우리의 꿈대로라면 절대 고달프고 비굴하게 살지는 않을 우리의 아이가 내 자궁 속에 생성하고 있음이 이 울안 사람들한테 알려지게 되었다. 입에 맞지 않는 샌드위치의 마요네즈 냄새로 비롯된 나의 구역질은, 그로부터 아무 때고 음식물만 보면 튀어나왔다. 밥 냄새가 싫어지고 된장 냄새와 마늘 냄새가 역겹고 김치가 싫고 기름 냄새도 싫어졌다. 그렇게 냉수 한 컵만 마셔도 곧장 토해 버리는 지독한 입덧을 두 달 가까이나 치렀다. 병도 그런 병이 없지 싶었다. 나는 남편이 집을 비운 낮 시간의 태반을 기진하여 누워 있었다. 누워서 내가 주로 하는 생각은, 도대체 무엇을 먹어야만 입으로 되돌아 나오지 않고 무사히 위장으로 흘러들어갈 것인가 하는 것이었다. 굶주림에 지친 내가 갑자기 생각났다는 듯이 들먹이는 음식 이류들은 언제고 생소하고 귀꿈스러운 것들이었는데, 가령 생김새가 징그럽다고 싫어하던 순대라든가, 이름부터 어째 꺼림칙하게 느껴졌던 곤 계란, 당장 구할 수도 없는 겨울 동치미 따위였다. 한밤중에 느닷없이 꺼내 놓는 음식 이름에도 남편은 귀찮은 내색 한 번 않고 밖으로 나섰는데, 그로 인하여 울안 여자들의 시샘 반 부러움 반의 놀림도 종종 받았다. 정작 음식을 구해 들고 들어오면 금세 마음이 변해서 바라보기도 싫거나 겨우 먹어 봤자 토해 버리기 일쑤였지만, 그래도 남편은 지치거나 짜증 내지 않았다.

"자주, 이게 행복인가 싶어진다."

그는 버스 정류장 주변의 노점상에서 구한 조그만 장난감들을 주머니에 감춰 갖고 들어오는 데에 취미를 붙였다. 태엽을 감아 주면 삐악삐악 울며 돌아가는 병아리, 몽실몽실한 꼬리를 흔들며 돌돌돌 굴러가는 다람쥐, 엉덩이에서 호드기 소리가 나는 조그만 봉제 아기 곰, 못난이 흑인 꼬마… 그것들을 구하기 위해서 그는, 남의 몫의 잔업까지도 마다 않고 떠맡았다.

─우리 아기한테 미안해. 너무 가난한 아빠한테 태어나는 아기가 가엾어.

그런 말을 할 적에도 그는 결코 슬퍼 보이지 않았다.

그 무렵 울안의 누군가로부터 주인 여자가 임신을 했다는 말을 얼핏 들은 듯했으나 흘려 버렸다. 그것은 대단한 뉴스임에 틀림없었지만, 모든 내장이 비다 못해 배배 꼬여 버릴 정도의 허기에 시달리던 나는, 눈만 뜨면 그 내장들이 받아들일 수 있는 음식이 무엇일까만을 궁리하는 지극히 동물적인 상태에 놓여 있었으므로, 그 외의 다른 일들에 관심이 미치지 못했다.

그 요란스럽던 입덧이 차츰 수그러들고 기운을 차려 밖으로 나돌기 시작했을 때, 주인 여자의 임신과 입덧 이야기를 다시 들었다. 내가 입덧을 하는 동안에, 주인 여자도 심하게 입덧을 했다는 이야기.

"입덧이 심하다며 아저씨가 밥을 한다 빨래를 한다 한동안 설레더니, 병원에 한 번 갔다 와서는 울고불고 야단이 났더라고. 상상임신이라는 게 있다며? 그래서 이번에는 속상해 갖고 한 열흘 아팠잖아."

식당 일을 나가는 탓에 얼굴 대하기가 쉽지 않은 명훈 엄마가, 안채에 동정어린 눈길을 보내며 소리를 낮췄다. 과연 수돗가에서 마주친 주인 여자의 안색은 검누르고 핼쑥하니 상해 있었다. 그보다는, 나를 대하는 그녀의 태도가 전과는 너무나 달랐다. 먼저 말을 걸어오는 법이 없을 뿐 아니라, 내가 인사를 건네도 마지못한 듯 짧고 시큰둥한 대답뿐이었다. 명훈 엄마 말대로라면, 주인 여자가 상상임신을 하고 속상해서 병이 나고 했던 원인이 모두 내가 아이를 가진 데서 비롯됐다. 나는 죄송했다. 임신한 것도 죄송하고, 희망에 겨워 시시덕거리는 소리를 창밖으로 흘려보낸 일도 죄송했다. 외출에서 함께 돌아오던 어느 저녁, 장난삼아 들이대는 남편의 등에 어둠을 믿고서 못 이긴 체 업혔다가 주인 여자와 골목에서 마주친 것도 죄송했다. 그리하여, 입덧이 가라앉음에 따라 기운을 되찾았는데도 텔레비전을 보러 가지 못했다. 아니, 주인 여자가 결코 초대하지 않았다. 나는 언제부턴가 그녀의 감시 속에 움직이고 있었다.

"새댁, 이런 말 서운하게 들릴지 모르겠다만, 늦은 밤에 수돗가에서 물소릴 내니 잠을 잘 수가 없네."

"죄송해요. 신랑이 늦게 일을 끝내고 오는 통에… 앞으로는 조심할게요."

"새댁, 이런 말은 어찌 들릴지 모르겠다만, 내가 자식을 키우는 입장이라 봐서 애 교육상 할 말은 해야겠지?"

"예, 말씀하세요."

"새댁네가 젊다 보니 그럴 테지만, 바깥에서 몸을 너무 딱 붙이고 다니는 일은 암만해도 풍기 문란 문제가 되는 것 같아서…."

나는 다소 어이없었다. 어두운 밤의 골목길에서 장난으로 신랑 등에 업히다가 한 번 들켰고, 역시 어두운 깊은 밤에 서로의 허리에 팔을 두르고 문간을 들어서다 들킨 것. 그 정도를 풍기 문란이라고? 주인 여자 말에 동의할 수 없는 나는, 그저 표정만 공손하고 고분고분할 뿐이었다.

"그래서 말인데, 우리 애 교육상 조금 조심해 주면 고맙겠어. 애가 한창 예민할 나이니까."

나는 대답하지 않았다.

"딸내미 하나 그거, 티 없이 곱게 키우는 게 우리 집 최고 목표야. 방세 몇 푼 땜에 딸내미 교육을 망칠 수야 없지."

주인 여자가 혼잣말 투의 막말을 내뱉으며 방 안으로 모습을 감췄다. 나는 이제 그녀와 마주치는 일이 겁나고 싫었다. 특히, 안채 정면에 자리한 수돗물 쓰는 일은 정말 고역이었다.

―새댁, 고깝게 들릴지 모르겠다만 빨래를 그렇게 여러 번 헹군다고 깨끗해지는 건 아냐. 뿌연 비눗물이 가신 뒤에 헹구는 일은 공연한 물 낭비 시간 낭비. 전에 살던 나리 엄마 그거는, 기저귀를 산더미처럼 몰아 내와서는 한나절 내내 수도꼭지를 틀어 놓고 퍼질러 앉아 아예 살아 버리는 거야. 나 원, 그 집 애새끼들같이 똥오줌도 자주 쌀까. 기저귀 많이 빨아대니 수도 요금 더 물라 그러기도 야박한 거 같고, 진짜 신경 쓰여 죽겠더라고….

나는 이 집에서 떠나야 한다고 생각했다. 이 집에서 아기의 기저귀를 빨게 되는 일은 물론이고, 배가 불러져서도 안 되려니 싶었다. 배가 불러지면 내 배를 향해 수시로 눈을 흘기며, 수돗가에서 기저귀를 빨 때마다 세상에 저렇게나 자주 똥오줌 내갈기는 애새끼는 처음 본다고 터무니없는 험담을 해댈 주인 여자가 무서웠다. 우리의 아이가 미처 태어나기도 전부터 눈치꾸러기로 되는 것은 정말이지 참을 수 없었다.

"조금만 참자. 날이 쌀쌀해지는 탓에 방도 흔치 않을 테지만, 당신 그 몸으로 이사하는 건 무리야."

이사를 하자고 조르는 나를 남편이 달랬다.

"우리가 조금 이해를 하는 거야. 그러기에 셋방살이가 서럽다는 거 아니겠어?"

서럽다는 말. 그것은 이 무렵의 내 심경에 적절히 들어맞았다. 내 고충을 알면서도 참고 살자는 말밖에 못하는 남편의 무능이 서러웠고, 그러나 무어라 나무랄 거리도 없이 엄연한 현실이 서러웠다. 눈물이 시야를 뿌옇게 흐려 놓았지만 애써 참은 덕분에 흘러내리지는 않았다.

임신 중이라는 것보다, 겨울이 가까워 빈 방을 구하기 어렵다는 것보다, 우리에게는 우선 돈이 없었다.

이 도시의 집주인들은 대개 전세로 집을 내놓고 있었다. 전세 놓은 돈으로 빚을 갚거나, 장사를 하거나, 빚을 더 보태어 또 한 채의 집을 사 놓고 값이 오르길 기다렸다. 목돈을 은행에 맡겨 두어도 적지 않은 이자가 나오니, 다달이 방세를 받아 내느라 실랑이를 하느니보다 나을 수도 있었다. 그리하여, 사글셋방을 급히 구하기란 쉬운 일이 아니었다. 설령 구한다 해도, 턱없이 비싸기 아니면 아기를 키우기 어려울 만큼 비좁고 지저분한 곳이기 십상이었다. 봄이 오면, 봄이 오면 가능할 것이다. 우리가 억지로 붓고 있는 적금의 만기가 되어서, 전세까지는 어렵더라도 보증금이 조금 비싼 너른 방으로 옮겨 갈 수 있을 것이다. 상하수도 시설이 주인집과 별도로 되어 있는 그곳에서 태어날 우리 아기는, 누구의 눈치를 살필 것 없이 마음껏 젖을 빨고 기저귀를 버려 내놓으면서 자랄 것이다. 나는 가을도 가기 전부터 봄을 애타게 그리고 있었다.

붉은 양옥집에는 따뜻하게 불이 밝혀져 있었다. 긴 머리를 방울 끈으로 묶어 내린 계집아이가 피아노를 치곤하는 동쪽 방에는 불이 켜져 있었다. 잎이 반쯤 떨어진 포도 넝쿨의 얼기설기한 사이로, 자잘한 꽃무늬 커튼이 드리워진 창문이 보였다.

"우리 아기도 딸이라면, 저렇게 예쁜 커튼이 드리워진 방에서 피아노를 치게 하고 싶어."

지금으로 봐서는 그게 도무지 안 될 소리거니 하고 지레 포기하면서도, 나는 철부지 소녀인 양 꿈을 이야기했다. 남편이 내 볼을 가만히 쓰다듬었다.

"그럼, 그래야지."

"될까?"

"된다니까."

나는 남편의 기름기 밴 소맷부리에서 봄의 냄새 같은 걸 맡았다.

남편이 막 발을 닦고 들어왔을 때 안채 마루에서 주인 여자가 불렀다. 밤중에 웬일일까? 이제는 발 씻는 일마저 아예 대놓고 간섭하려는 것일까? 나는 가슴이 두근거렸다. 예에. 겁먹은 소리로 대답하며 슬리퍼를 짝짝이로 끌고 달려갔다. 주인 여자는 마루 끝에 서 있었다. 텔레비전을 보러 오라고 소리칠 때처럼.

"있잖아, 무슨 일일까? 고향이래. 남자 목소린데 무슨 일로 전활 했는지 모르겠네."

잔뜩 호기심이 어리면서도 염려해 주는 표정으로 주인 여자가 말했다. 참으로 오랜만에 호의 어린 그녀의 낯꽃을 대하는 셈이었다.

한밤중의 남의 집 안방으로 걸려오는 전화라면, 우선 불길하기부터 했다. 나는 콩닥거리는 가슴을 누르며 문갑 위의 수화기를 집어 들었다.

"여보세요? 전화 바꿨습니다."

잠옷 차림의 주인 남자는 비스듬히 기대앉아 텔레비전을 보고, 여자는 여전히 호기심어린 눈초리로 내 곁에 바짝 붙어 앉아 있었다. 그들은 잠자리에 누웠다가 전화 때문에 일어난 낌새였다. 나는 수화기 저편에서 들려올 어떤 소식이 두려운 한편, 주인 내외한테 미안했다.

"어찌 네가 전화를 받아? 우리 큰애 좀 바꿔 달라고 했더니만."

남편 아닌 내가 전화를 받았다고 다짜고짜 타박을 하는 저쪽의 목소리는, 남자라는 주인 여자의 말과는 달리 시어머니였다. 동네 안에 통틀어 서너 대뿐인 전화를 쓰기 위해, 시어머니는 그중의 어느 집을 찾아갔을 거였다.

"어머님이세요? 별일은 없으세요?"

"응. 근데 큰애는 아직 안 들어왔냐?"

별일 없다는 대답에 나는 일단 한숨을 놓았다.

"저희들 방에 있는데요."

대답해 놓고 나는 조금 당황했다. 남편이 직접 통화할 입장이 못 된다면, 거짓말을 하는 편이 나을 뻔했다.

"방에 있는데 왜 네가 전화를 받아? 계집한테 잡혀서 인제 어미 목소리도 듣기 싫다더냐? 일찍 걸면 직접 못 받을까 싶어서, 아래뜸 영자네 집에 와서 내처 놀며 기다리다가 시간 맞춰 걸었구먼. 내 큰애하고 직접 할 말이 좀 있어서 그런다, 어서 바꿔라."

"어머님, 저한테 말씀하시면…."

"아, 얼른 바꿔."

"저, 실은 지금 깊이 잠이 들었는데요."

나는 한발 늦은 거짓말을 했다. 주인집에 미안한 것도 그렇지만, 주인 여자의 태도가 돌변하고부터 남편은 여간해서 안채에 건너가길 꺼렸다.

"저한테 말씀하세요, 어머니."

이번엔 조금 단호하게 말했다. 어쩔 수 없는지 시어머니가 포기하는 기색이 전해져 왔다.

"그래, 말하마. 어느 집 자식이나 장가가면 조금씩은 변한다고 하더라만, 내 자식이 그렇게 변할 줄은 몰랐다. 농사일을 할 때나, 군대 가서나, 객지 나가 돈 벌 때나, 어미한테 참 잘했다. 병든 제 아버지 수발에 골병든 어미라고, 그저 지성으로 떠받들었느라. 내 죽을 목숨을 지가 죽어서 살릴 수 있다면 죽기라도 했을 놈이다. 여보세요. 응, 듣고 있냐? 나는 또 안 들리는 줄 알았다. 근데 너는 입덧이 심하다지? 옛날 사람들은 애 배면 어른들 앞에 표 안 내려고 더 부지런하게 나대고 그랬는데, 시방 사람들은 입덧을 참 뒤퉁스럽게 하는 것 같더라. 한 달을 굶어도 죽을 걱정 없는 게 그 병인데, 걸핏하면 병원에를 가고 야단이지. 너 나무라자고 하는 소리가 아니라, 여기 사람들이 그런다는 소리여. 그나저나 뱃속에서 까탈 부리는 꼴이, 계집애 아닌지 몰라. 첫 몸에 아들을 쑥 낳아 놔야 안심인데 어쩔꼬. 참 그리고, 니들도 나름대로 사정이야 있을 테지만, 추석 명절 뒤로는 소식조차 뜸하니 어쩐 일이냐."

"죄송해요, 어머니. 제가 몸이 좀 그런 바람에 경황이 없어서…."

"응? 응, 그려."

나한테가 아닌, 그쪽의 누구에게 시어머니가 대답하는 소리가 들렸다. 옆에서 내내 듣고 있던 누군가가 용건만 말하라고 주의를 준 듯했다. 집에 전화를 두고도, 시외 통화 할 일이 있으면 조금 싸게 먹히는 요금 때문에 오 리 밖의 전화국까지 걸어가는 사람들이었다. 장황한 내용도 내용이지만, 시어머니의 말 또한 느렸다.

"어쨌거나 서둘러서 돈 좀 부쳐야겠다. 네 시누이랑 시동생 수업료를 아직 못 줬다."

"아, 그건 지난번에…."

"아이고, 그때 찔끔 준 돈이 몇 푼이나 된다고 그래? 다른 데는 돈 쓸 일이 없다더냐? 도시락을 싸려면 반찬도 전수 없이는 안 되고, 가을일 어지간히 돼 간다고 그새부터 에시제서 진치기 터지니 부줏돈 나가는 것도 수월찮다. 그리고 연탄도 바로 들여놔야 해. 이거 큰애한테 꼭 전해야 한다, 잉. 그래, 큰애 밥 잘해 먹여라. 우리 자식들은, 내가 뭣이든지 먹을 만하게 뜨듯하게 잘해 먹여 키워 놔서, 시원찮게 끼니 수발해 갖고는…."

딸깍. 시어머니가 말을 마무리하기도 전에 전화가 끊겼다. 누군가가 옆에서 대신 끊은 것 같았다. 나는 어지럼증을 느꼈다. 주인 여자가 새치름한 표정으로 불안하게 쪼그리고 앉아서 흘깃 돌아보았다.

"죄송해요 아저씨. 죄송해요 아주머니."

나는 허리 굽혀 사죄하고 떨리는 손으로 미닫이를 밀었다.

시어머니께서 갑자기 돌아가셨대요, 라고 그들에게 전할 수 있었다면 얼마나 좋을까. 이야기거리가 됨직한 극적인 죽음이면 더욱 좋을 것 같았다.

—저희 시어머님께서 불의의 사고로 급작스레 돌아가셨다는군요.

—어머 그래? 어쩜 좋으냐. 시누이 시동생들이 넷씩이나 된다면서?

그랬다면 나는 미안하지 않고 오히려 동정을 받으면서, 그래 아주 행복하게 안방을 나설 수 있었을 텐데.

"내가 미쳐! 공연히 방만 많은 헌 집 장만해 갖고 하도 속이 상해 싸서, 그냥 폭삭 늙어 버렸다니까! 고쳐 봐야 표시도 안 나는 헌 집에 돈을 얼마나 처발랐으며 남들한테 세 내줘서 신경 쓴 것은 또 어디야? 이 놈의 집구석 어서 싹 밀어 버리고 반듯한 양옥집을 세워서 이런저런 꼴 안 보고 오붓하게 살아야지! 봐요, 인제 내 속 썩는 거 눈으로 확인해서 속이 시원하겠네?"

내가 토방에서 슬리퍼를 꿰는 사이도 못 참아서, 주인 여자가 신경질을 쏟아 내고 있었다. 신경질의 화살이 느닷없이 남편을 향하자, 남편도 꽥 소리를 질렀다.

"지금이 몇 신데 또 시비야!"

"시빈 무슨 시비? 이 밤중에 남의 안방 차지하고 앉아서 미주알고주알 노닥거리는 사람들한테 잘했다고 칭찬이라도 하란 말이야? 급할 것도 없는 일로 밤중에 남의 안방으로 전화를 넣는 사람이나, 거기에 장단 맞추는 사람이나, 염치없기가 하나도 다를 게 없지. 원 세상에, 사람이 죽었대도 남의 집으로 전화 걸려면 망설여질 시간이네, 교양 없는 사람들! 그깟 방세 몇 푼이나 돼서 내가 잠도 못 자고 밤중에 이 꼴을 당하나?"

"거 좀 그만해 둘 수 없어?"

오종종하고 여성스러운 외모와는 달리, 남자의 목소리가 굵고 거칠었다.

"젊은 년 데리고 놀아 보더니 재밀 붙였나, 아무 데서나 젊은 년 두둔하고 있네."

"닥치지 못해!"

"젊은 년 꾐에 빠져 바람을 피웠으면 그렇다고 할 일이지 왜 애꿎은 아들 핑계야? 아들 못 낳은 집 남자들은 바람 피워서 아들 낳으라는 법이라도 있어? 내가 자존심 상해서 누구한테 말도 못하고 속이 다 썩어 문드러졌어!"

"에잇!!"

방문을 거칠게 여닫는 소리. 이어서 우리 방 앞을 거쳐 대문 밖으로 나서는 주인 남자의 발소리. 너는 그들에게서 밤의 평화와 휴식을 빼앗아 버린 것이다. 주인 여자는 두어 마디의 악에 받친 욕설을 문밖에 대고 내뱉은 후에 잠잠해졌다.

어쨌든 우리는 이곳에서 겨울을 나야 할 형편이었다. 11월의 날씨 치고도 흐려서 쌀쌀한 오후, 나는 마늘 두 접을 샀다. 날씨에서 비롯된 을씨년스런 위기감이 나를 시장으로 이끌었다. 우중충한 하늘, 메마르고 냉한 바람결에 가난한 사람들은 두려움을 느끼게 된다. 결코 포근한 안식의 계절일 수 없는 춥고 사나운 겨울이 다가왔음을 알아채는 것이다. 시장은 풍성했지만 내겐 해당되지 않았다. 나는 불러오는 배를 가려 줄 임신복과 산더미처럼 쌓인 김장 양념들 사이에서 망설인 끝에, 마늘 두 접만을 사 들고 집으로 돌아왔다.

"새댁, 김장을 이 집에서 할 생각이야?"

나 혼자만의 저녁 식사를 마쳤을 즈음해서 우리 방에 건너온 조치원댁이 심상찮은 질문을 했다. 내가 시장에서 돌아왔을 때, 조치원댁은 빨래를 헹구는 중이었고 주인 여자는 요강을 부셔 들고 수돗가를 등지는 참이었다. 마늘 한 접에 얼마씩 주었냐는 둥, 오늘은 웬일로 일을 나가지 않았느냐는 둥, 조치원댁과 내가 주고받는 인사말을 들었으련만, 주인 여자는 뒷모습만 보인 채 요강을 들고 가서 노미의 방문을 열고 있었다. 조치원댁의 심상찮은 질문은, 내 손에 들려 있던 마늘을 두고 나왔으리라.

"혹시, 안집에서 무슨 말 안 해?"

"아뇨."

"이런 말, 괜찮을지 모르겠다. 하여튼, 내 생각 같아서는 김장 전에 이사부터 하는 게 나을 것 같아."

"왜 그런 말씀을 하시는 거죠?"

나는 가슴이 덜컥 내려앉았다. 이사 걱정 말고도 나는 쌀쌀해지는 날씨에 가난한 자 특유의 막연한 불안을 느끼던 참이었다.

"새댁, 안집이 새삼스레 요강을 꺼내 쓰는데, 그 이유를 알아?"

필요 없는 물건이 되어 광 속에 처박아 두었던 요강을 꺼내 쓰는 이유. 그거야, 수세식으로 개량해 놓은 변소이긴 해도 바깥에 나앉아 있고 보니, 쌀랑해진 날씨에 자다가 일 보러 나오기가 귀찮아서 아닐까? 조치원댁은 벽에 등을 기대고 다리를 길게 뻗으며 은근하고도 불길한 어조로 속삭였다.

"아까 낮에 말하는데, 새댁네 때문이란다."

도무지 알아듣지 못할 소리였다.

"요새 통 잠을 못 잔대. 노미 방에다 요강을 들여와 준 다음 방문에 자물쇠를 채우고, 그러고도 불안해서 밤새 들락날락 바깥 동정을 살핀다잖아. 아닌 게 아니라 눈이 부석부석하고 목소리조차 콱 잠겼더라고."

밤중에 화장실 가다 어디론가 끌려갈까 봐 딸의 방에 요강을 들여와 주고, 혹시라도 괴한이 방 안으로 침입하지 못하도록 사람 자는 방 바깥에서 자물쇠를 채우고, 그것도 못 미더워 잠을 설치며 밤새 들락날락 감시를 한다고 했다. 그런데 그 감시의 대상이 다름 아닌 남편이라고 했다. 이유는, 남편의 얼굴이 은근히 여자를 밝힐 상인데 내가 임신 중이라 몹시 궁할 것이라는 판단에다, 마당이나 수돗가에서 마주친 노미한테 그가 지나치게 친근한 웃음을 보이며 친절하게 말을 건넨다는 것이었다. 그저께 아침에는, 출근하는 남편이 수돗가의 노미한테 말을 걸며 웃는 걸 주인 여자가 안방 문틈으로 지켜보기도 했다. 혹시라도 노골적인 수작을 붙이면 박차고 나가려고, 문틈에 바짝 붙인 눈을 한참이나 떼지 않은 채 주먹을 불끈 쥐고 벼렸더란다.

"그럴 때 보면 똑 정신병자 같더라만."

조치원댁이 동의를 구하듯 나를 보며 도리질을 했다. 주인 여자가 됐든 조치원댁이 됐든 어디까지나 그네들이 만들어 낸 얘기일 뿐임을 너무 잘 알면서도, 내 속은 메슥메슥해지고 있었다. 결코 남편을 불신하는 것은 아니었다. 하지만 아주 잠시, 나는 상상 속에서 보았다. 오직 동물적 본능에만 사로잡힌, 그리하여 밤을 도와 중학생 소녀의 방에 침입하는 치한으로서의 그의 모습을. 입덧이 끝난 뒤로 잊고 있던 구역질이 나려고 했다. 이제는 정말 떠나야 한다고 믿었다. 이 집에서 김장을 해야만 될 운명이라면, 차라리 거리에서 얼어 죽고 말리라.

이튿날부터 나는 방을 얻으러 헤매 다녔다. 남편한테는 말하지 않았다. 이사 갈 방을 정한 다음에 무작정 떠나자고 말할 참이었다. 방얻을 일을 막막하게 여긴 그가 만약에, 참고 살아 보자는 따위의 미적지근한 소리나 한다면 정나미가 떨어져 버릴 것 같았다.

우선 사글셋방이면 되었다. 주인집과 수돗물을 따로 쓴다면 좋겠지만, 정 안 되면 그냥 사글셋방만이라도 괜찮았다. 아, 이 도시의 집주인들은 왜들 전세로만 방을 내놓으려고 그럴까. 나는 다리가 붓고, 현기증이 나고, 아랫배가 묵직했다.

11월도 저물어 12월 겨우 며칠 앞둔 날, 드디어 첫눈이 내리고 있었다.

"전세로 내놓겠다는 걸 내가 사글세로 돌리라고 설득했지. 삼층집 옥탑의 가건물인데, 수돗물 제대로 나오고, 아주 독채와 같아. 비싸지도 않고."

복덕방 영감의 말대로, 비록 방 한 칸 부엌 한 칸의 허술한 가건물일망정 그곳은 누구의 간섭도 받지 않을 만한 별세계였다. 나는 그곳의 외떨어짐이 일단 마음에 들었다. 대문을 열고 들어서면, 현관에 접근할 필요 없이 직접 옥상으로 통하는 철 계단이 놓여 있었다. 이곳에 서라면, 밤늦게 돌아온 남편이 마음 편히 몸을 씻어도 괜찮고, 더러는 장난삼아 나를 업어 준다 해도 볼 사람이 없을 듯했다. 주인집은 화장실이 안에 들어 있는 양옥이니까, 임신한 여자의 남편을 겁내어 딸의 방에 요강을 들여 주는 일도 일어나지 않을 것이었다. 빨래를 너무 여러 번 헹군다고 할까 봐 눈치 살필 것도 없고, 아기는 목청껏 울어도 괜찮을 듯싶었다.

연회색 하늘을 수놓으며 잔잔하게 날아 내리는 눈송이들을 올려다보며, 나는 금세 부자라도 된 양 뿌듯했다. 좁고 가파르고 틈이 숭숭 벌어진 철 계단이 아기에게 위험하지 않을까 싶었지만, 그것은 너무 이른 걱정이었다. 아기가 태어나 걸음마를 배울 때쯤이면, 우리는 이보다 훨씬 덜 가난해져 있을 것이고, 따라서 좀 더 넓고 안전한 전셋집으로 옮겨 가 있을 것이다. 스스로를 안심시키며 철 계단을 내려서던 나는, 아! 하고 외마디 소리를 질렀다.

계단은 눈으로 얇게 덮여 미끄러웠다. 나는 머리와 허리에 둔탁한 충격을 느끼며 무수한 작은 불빛들이 흩어지는 걸 보았다. 동시에 밤보다 짙은 어둠 속에 잠기면서, 나는 무슨 말인가 하고 싶어 애가 탔다. 하지만 말은, 목구멍인지 가슴인지 저 깊은 어디쯤에서 가위눌림인 양 피덕거릴 뿐이었다.

마지막 패

버스에서 내린 김 영감은, 숙인 머리와 평행이 되게 벋은 한쪽 팔로 마을회관 담벼락을 짚고 한참을 서 있었다. 좌로 우로 흐느적거리는 그의 몸을 따라, 담벼락을 짚은 팔도 좌로 우로 흔들리다 꺾이다 하였다. 술이라야 김치 쪽 안주에다 소주 한 병 한 것뿐인데, 눈앞이 어찔어찔하도록 취기가 돌았다. 그러고 보니 아침과 점심 두 끼를 내리 굶었다. 마누라가 온공하게 차려 주는 밥상 받아 본 지는 어차피 오래된 터였다. 오늘이라 해서, 빈 주방에 제 발로 걸어 들어가 밥 한술 찾아 뜨는 게 새삼스레 어려울 건 없었다. 하지만, 김 영감에게도 미미하나마 자존심의 부스러기 같은 게 남아 있었다. 마누라의 만행도 도를 넘었거니와, 자식들의 배신에는 허탈감이 컸다. 제 어미야 본데없고 그악스런 여편네라 그렇거니 치더라도, 그런 어미 편에 붙어 아비 입장을 헤아려 주지 않은 딸년들의 소행은 서운하고 괘씸하기 이를 데 없었다.

수도관 끌어들이고 장판 깔아 현대식으로 고친 부엌이 죄라면 죄일 수 있으나, 이 집에서는 언제부턴가 정해 놓은 식사 시간이라는 게 사라져 버렸다. 굳이 집어내자면 사 남매 중의 막내이자 유일한 아들이 방위 근무 마치고 취직해서 서울로 떠나던 재작년 봄부터였을 것이다. 한꺼번에 몽땅 지어 놓은 밥은 보온밥통에, 하나같이 먹다 남긴 모양새인 채 뚜껑조차 건성으로 덮인 플라스틱 반찬통은 냉장고에 항시 들어 있는 가운데, 배고프면 제 알아서 찾아 먹든지 말든지 식의 습관이 굳어졌다. 함께 집에 있을 적에도 아내는 어느 틈에 저 혼자 배를 채우고 휘잉 찬바람 일으키며 부엌을 비우거나, 김 영감이 먼저 부엌에 들어서기라도 하면 돼지우리나 외양간 같은 데 나가 얼쩡거리며 영감이 식탁을 비우기 기다렸다. 김 영감하고 얼굴 마주하고 앉아 있기가 싫다는 뜻이었다. 그 정도는 괜찮았다. 기분에 따라서는, 굶지 못해 한술 뜨고 일어선 김 영감과 하필이면 좁은 부엌 문턱에서 맞닥뜨려 지나치며 다분히 고의적으로 옆구리를 쥐어지르거나 허옇게 눈을 흘기기도 했으며, 더러는 둘이 먹기 모자라게 남은 밥을 바닥까지 긁어 제 목구멍만 해결한 다음 보온밥통 비워 놓은 채 들로 나닥쳐 버리기도 했다. 무쇠 같은 팔뚝이 말해 주듯, 사 남매를 밥이라도 굶기지 않고 키워 낸 건 아내의 억척스러움 덕분이었다. 그런 아내가 살림을 혼자서 쥐락펴락하게 될 것은 이미 예견된 일이었다. 지금의 김 영감에게 아내는, 인색하고 포악한 상전에 다름 아니었다. 전에는 설령 잔소리를 퍼부으면서라도 이따금 용돈 몇 푼씩은 쥐어 줬는데, 용돈 법은 어느덧 자취를 감추고 없었다. 용돈 법이 자취를 감춘 것과 김 영감이 일손을 놓은 것과는 거의 때를 같이했다. 작년까지만 해도 아내가 시키는 들일을 더러 거들던 그였는데, 지난겨울 골목 앞 빙판에서 넘어져 병원 신세를 진 이후로는 마음이 있어도 몸이 따라 주지 않아 아예 일손을 놓아 버린 상태였다. 풀죽고 빙충맞은 김 영감의 그림자가 어른댈 적마다 아내는 비위가 상하는지 가만있지 않았다.

"얼음판에서 넘어져 일 못하가니? 젊었을 적 하도 쪼글치고 앉아 밤을 새워 싸서 관절에 병이 난 게지. 화투짝 들여다보디끼 공부를 했으면 박사가 됐어도 큰 박사가 됐고, 술 마시디끼 일을 했으면 부자가 돼도 하매 큰 부자가 됐을 것이고만."

"쯧쯧, 아픈 사람 두고 그리 모질게 악담하면 죄 받는다. 인정머리 없는 여편네 같으니라고!"

김 영감이 옛날의 위엄을 되살리려 애쓰며 눈을 부릅떠 보지만, 열 살 아래의 육덕 좋은 아내는 도도하게 턱을 치켜들고 콧방귀를 뀌었다. 팽팽하고 검붉은 살집이며 바위처럼 떡 버티고 앉은 자세가, 김 영감의 쇠잔한 기운으로는 지렛대로 떠올려도 꿈쩍 않을 상이었다. 말에 있어서도 아내는 김 영감이 한마디 할 때 열 마디를 했다. 아니, 김 영감의 입이 처음부터 죽은 듯 봉해져 있어도 제 기분 따라 되는대로 악담을 퍼붓기 예사였다.

"아따, 나이 줏어 먹은 게 뭔 벼슬인갑네. 가는 세월에 넘들은 나이 안 먹는디야? 나이를 먹고도 농사 휘어잡고 여편네 휘어잡음서 사는 사람이 이 동네 안에도 쌔고 쌔 버렸당게. 말하는 거 보면, 얼음판에서 넘어지기 전에는 생전 아프다 소리 안 했던 사람 맹이구먼. 하이고, 저렇게 하릴없이 내 신세 질 날이 금세 오고 말 것을, 그땐 뭘 믿고 내 속을 그리도 썩였는지 몰라."

김 영감은 그저 죽은 듯이 입 다물고 돌아앉아서 담배 한 대 붙여 무는 수밖에 없었다.

아내는, 김 영감에게 적어도 담배값은 꼭꼭 필요하다는 사실조차 무시하는 듯했다. 어떤 날은, 겨우 서너 개비만 들어 있는 담뱃갑을 눈앞에 흔들어 보이며 통사정하여 돈을 타내야만 했다.

하룻밤에 황소 몇 마리 값을 손아귀에 쥐었다 내놓았다 하며 끗발 날리던 시절을 생생히 기억하는 김 영감이기에, 때때로 목구멍에서 불덩이가 튀어나올 듯 갑갑증이 치밀어 올랐다.

며칠 전에, 아이들의 여름방학이라고 세 딸이 서로 연락을 하였는지 한꺼번에 다니러 왔다. 이박 삼일 머무는 동안 딸들이 끼니 마련을 했으므로, 김 영감은 모처럼 제대로 차려진 밥상 앞에 앉아 볼 수가 있었다. 하지만 그뿐, 딸들은 제 어미와 어린것들과 어울려서 떠드는 속에 김 영감을 끼워 주려는 기색이 없었다. 먹을 때나 놀 때나 김 영감은 안중에도 없는 듯, 저희끼리 재잘대고 시시덕거리다 썰물 빠지듯이 떠나갔다.

내심 외롭고 서운하던 김 영감에게 위안을 준 것은, 딸들이 떠나면서 넌지시 쥐어 준 얼마간의 용돈이었다. 배운 것 없고 가진 것 없이 객지로 나가 고생하다, 어상반한 처지의 서방들 만나 여태도 그럭저럭 빠듯하게 살아가는 딸들이었다. 저희 앞가림만도 팍팍한 처지들이고 보면, 단돈 몇 만 원씩이지만 큰맘 먹고 내놓았을 게 뻔했다. 돈 구경한 지 오래된 김 영감한테야 더 말할 나위 없이 큰돈이었다. 무엇보다, 돈 받는 광경을 아내에게 들키지 않았다는 사실이 마냥 훗훗하고 옹골졌다.

딸들이 떠난 이튿날, 그러니까 어제 아침에 김 영감은 망설일 것 없이 읍내로 진출했다. 돈이란 좋은 거였다. 주머니에 돈이 들어 있으니

없던 기운이 저절로 솟구치고, 아픈 다리와 허리도 아픈 줄을 몰랐다. 좋았던 옛날을 하염없이 추억하며 지나치는 게 고작이었던 식당 문을, 김 영감은 호기롭게 밀치고 들어섰다. 매운탕 식사에 소주 한 병을 비우고 나와, 제일 값나가는 담배 한 보루를 샀다. 빌어먹을 여편네. 냉장고에 고깃덩어리가 벌겋게 진열돼 있는 정육점 앞에서 자신도 모르게 멈칫하던 김 영감은, 신음처럼 욕설을 뱉어 냈다. 돈을 잃었을 때에야 홧김에 술을 먹고 들어가서 자잘한 세간도 좀 집어던졌다지만, 용케 돈을 땄을 때는 어땠던가. 동네 사람들은 일 년 가야 명절하고 제삿날에나 맛보는 게 고작이었던 네 발 달린 짐승 고기를 듬뿍듬뿍 끊었으며, 아이들한테 던져 줄 과자며 엿을 한 보따리씩 사 들고 들어갔다. 그래서였는지, 아이들의 치아가 성할 날이 없었다.

"헤헤거림서 괴기 지져 먹을 때는 언제고, 오늘날에 와서는 나 땜에 어쩌고 저쨌다고 주뎅이를 나불대고 자빠졌으니…."

돈 생기면 고깃간에 들르던 옛날 버릇이 불쑥 튀어나올 뻔했던 김 영감은, 구시렁구시렁 혼잣말을 흘리며 그 앞을 지나쳤다. 고기 한 근 값을 아끼자는 게 아니라, 돈이 생겼다는 사실을 아내한테 들켜서는 안 되었다. 그는 군내버스 막차 시간까지 읍내에 머물렀다. 이곳저곳 상점들도 기웃거리고 경로당의 막걸리 내기 화투판에도 끼어들었다가, 다리목 단골 술집에서 남은 시간을 보냈다. 자주 오려 해도 올 형편이 못되는 김 영감이니 그쪽에서야 시들하게 볼지언정, 김 영감 스스로 단골집이라 여기는 술집이 읍내 바닥에 서너 곳은 되었다. 주머니가 비었을 때는 마음 변한 계집처럼 냉랭하고 아득하던 단골집들이, 오늘은 그냥 그 앞을 지나치기만 해도 흐뭇하고 정겨웠다. 통 크던 젊은 시절에야 한자리에서 쓰기도 모자랐겠지만, 그의 주머니에는 아직도 제법 많은 돈이 남아 있었다. 돈이 주는 든든함에다 얼큰한 취기는, 밥상조차 못 받고 사는 구박덩이 신세를 잊게 해 주었다.

술을 먹으면 심해지는 골반의 통증을 삽짝 안에 들어설 무렵에야 깨달았다. 서너 걸음씩 좌우로 오락가락하며 집 앞까지 오는 도중에 발을 잘못 디뎠는지, 그의 입에서는 절박한 신음 한 줄기가 튀어나왔다.

"염병허네, 내 이럴 줄 알았당게. 저 영감태기 손에 돈이 들어왔는디 그냥 있으면 천지개벽이 나지. 죽어서 땅에 묻히기 전에는 그 버릇이 어디로 가겠어?"

김 영감은 신체의 통증을 추스르기도 전에 아내의 벽력같은 고함 소리를 들었다. 하도 가까워서 기습적으로 들린 소리여서, 김 영감은 엉겁결에 한 발짝 뒷걸음질을 했다. 컴컴한 헛간 앞에 아내가 저승사자처럼 무시무시하게 버티고 있었다.

"부모 노릇이나 아니나 꼴같잖게 해 놓고서, 주는 돈이라고 넙죽 받아 들고 술집부터 쫓아갔다여? 인정머리 없는 인간인 줄은 진작 알아봤지만, 참말로 징글징글하네. 없는 살림에 자석 노릇하니라고 애쓴 딸네들을 봐서라도, 하다못해 사흘은 참았다가 목구녕에 술을 퍼 넣든지 말든지 해야지."

"헛 참, 또 지랄 나온다."

그놈의 전화가 방정을 떨었구나 싶어 뜨끔하면서도, 김 영감은 아이처럼 당하고만 있기가 민망해서 겨우 헛웃음을 치며 아내 앞을 지나쳐 마당으로 들어섰다. 아내는 한바탕 일을 치르기로 단단히 마음먹은 듯 바짝 뒤쫓아 오며 악다구니를 썼다.

"분순이, 분옥이가 주고, 분희는 더 많이 줬담서? 세상에, 그 많은 돈을 하루해에 목구녕에다 처넣었는갑만. 그랬으면 차라리 눈에 안 뵈는 어디로 없어져 번지기나 할 일이지, 뭣 땜시 어슬렁거리고 들어와서 넘의 오장을 뒤집어 놓는가 모르겠네."

아닌 게 아니라 아내는 오장이 뒤집힌 듯했다. 하긴 김 영감이 도둑고양이처럼 소리 없이 부엌에 스며들어 허기만 면한 채 그저 죽은 듯이 수그리고 보낸 날에도 기분에 따라서는 흘러간 과거를 줄줄이 읊어 대며 포악을 떠는 아내이고 보면, 오늘 같은 날에야 구실이 충분했다. 아내는 김 영감이 돈을 다 써 버린 줄로 넘겨짚고서, 앞을 막아서며 삿대질이었다.

"내 이놈에 전화통을 확 뿌숴 없애든가 해야지, 원."

김 영감은 아내의 삿대질에 밀려 떨어뜨린 담배 보루를 집어 들면서 애꿎은 전화기를 탓했다. 전화통을 사이에 두고 모녀간에 미주알고주알 오갔을 말들을 생각하니, 그래도 자식밖에 없구나 싶었던 오늘 하루의 뿌듯함이 가뭇없이 사그라져 버렸다.

술에 취한 그가 고래고래 소리치며 삽짝을 들어서면, 어린것들은 쪼르르 제 어미 등 뒤로 몸을 숨겼다. 아버지가 술에 취해 들어오는 날에 일어날 일을 아이들은 너무나 잘 알고 있었다. 어머니의 푸념과 잔소리에 이어지는 아버지의 폭력. 아내의 걸쭉한 입심을 당해 내지 못하는 그가 우악스런 힘으로 집기를 부수고 주먹을 휘두르면, 늘 겪는 일이어서 미리 각오하는 태세를 취하고 있다가도 아이들은 역시 겁에 질려 울면서 도망을 쳤다. 광풍이 가라앉고 무거운 적막 가운데로 아내의 청승스런 푸념과 흐느낌만 끊길 듯 이어질 때쯤, 숨어 있던 아이들은 수복지구에 돌아온 피난민들처럼 나타나 제 어미를 에워쌌다. 그때마다 김 영감은 묘한 배신감을 맛보았다. 흐느낌 소리를 한결 높여 어린 것들한테 되레 어리광 부리는 아내도 아내였지만, 아비한테 감히 멸시와 적의의 눈길을 흘깃흘깃 던져 가며 제 어미의 엄살을 달래 주는 어린것들이야말로 가소롭기 그지없었다. 그는 아이들한테, 아내의 세 치 혀로부터 입은 마음의 상처를 열어 보여 주고 싶었다. 생살에 생채기 내고 소금 들이붓듯이 함부로 혀를 놀리는 제 어미의 허물은 볼 줄 모르고, 값나갈 것도 없는 세간 몇 가지 부수고 가볍게 주먹질 몇 대 한 것만 크게 보는 어린것들의 미욱함이 갑갑하고 야속했다.

사태가 역전되어 김 영감이 갈 데 없는 약자 신세가 된 오늘날에 와서까지, 딸년들은 사사건건 제 어미하고 한편이 되어 속닥거리기 일쑤였다. 그렇다 해서 그 불쌍한 용돈 몇 푼에까지 제 어미의 간섭이 미치게 비밀을 누설할 건 무언가. 김 영감은 외로웠다.

"큰아는 저번에 있었던 저그 남편 교통사고 건이 아직도 해결 안 돼 수심이 다복하고, 셋째는 인제 제우 전셋집 한 칸 얻어간 처지여. 그것들이 오만 원 십만 원을 쓰고 남아서 준 줄 아는갑네. 참말로, 지 정신 가진 애비라면 그 돈으로 어린것들 내복을 한 벌 사 입히든가 사탕 한 봉지라도 손에 들려 보냈을 것이여…"

아내는 제풀에 흥분해서 말끝이 축축하게 젖어들었다. 김 영감은 모처럼 기분 좋게 취해 들어오다 날벼락을 맞은 꼴이었다. 하지만, 아내가 돈이 다 없어진 것으로 간주하고 날뛰는 게 다행스럽기만 해서, 턱 밑에 종주먹을 들이대는 아내를 피해 가면서 묵묵히 윗방으로 들어갔다. 돈이 절반도 더 남아 있는 걸 알아채면, 당장에 빼앗으려고 덤벼들

터였다. 덩치로 보나 젊음과 건강으로 보나, 지금의 그는 아내한테 상대가 되지 않았다. 아내의 화통 삶아먹은 듯한 목소리가 마당의 수돗가와 돼지우리 사이를 오락가락하는 잠깐 사이에, 그는 지갑을 열어 남아 있는 지폐를 모두 꺼냈다. 아랫목의 비닐장판을 들추고 현금을 집어넣은 그는, 빈 지갑이 든 남방을 벽에 걸기가 무섭게 현금이 있는 그 자리를 깔고 누웠다. 만약의 경우에 대비해서 그리하는 것뿐, 아내는 여간해서 윗방에 들어오는 일이 없으므로 이만하면 안심하고 잠들어도 좋았다. 김 영감은 아내가 속히 입을 다물고 조용히 있어 주기만 간절히 바랐다.

하지만 아내는 아무래도 이 밤을 조용히 넘길 태세가 아니었다. 마루에 올라서는 발소리에 이어 와살스럽게 안방 문 열어젖히는 소리가 나더니, 여태 바깥에서 오락가락하던 아내의 한풀이 굿판이 장지문 한 겹 너머의 안방으로 쏟아져 들어왔다. 축사며 수돗가의 일이 어지간히 끝난 모양이었다.

"사발 한 개가 아쉽던 시절에는 사흘이 멀게 내던지고 깨부숴도 쌓더니만, 이 많은 살림살이 온전히 있는 꼴을 근지러워서 어떻게 보는지 몰라? 흥, 김 아무개가 하릴없이 되어 번졌구만. 하릴없이 늙어질 날 온다는 걸 몰라서, 젊어 기운 있을 적에 행실을 그따구로 했다야?"

아내는 숫제 자문자답 식이었다. 저놈의 녹음기는 신물 나게 고장도 안 나지. 아내가 제풀에 지쳐 침묵할 때를 기다리며, 김 영감은 술기운도 날아가 버린 말짱한 눈을 어둠 속에서 껌벅댔다. 아내는 안방에서, 김 영감은 장지문으로 나뉜 윗방에서 따로따로 기거한 지도 어언 몇 해가 지났다. 장지문은 옆으로 밀면 쉽게 열렸지만, 그것이 실은 휴

전선에 쳐 놓은 철조망만큼이나 견고했다. 아내에 의해 김 영감의 잠자리가 윗방으로 옮겨진 이후로, 두 사람은 부득이한 경우 아니면 상대방의 침실로 통하는 이 문을 사용하지 않았다. 문짝 두 개만 떼어 내면 한방이 되어 버리는 두 방인데도 각각 마루로 통하는 문이 달려 있어, 조금도 불편할 건 없었다. 윗방에는 아내의 자주 쓰지 않는 허드레 살림살이가 들어 있고 안방에는 전화와 텔레비전이 있어서 내왕을 전수 끊을 수는 없어도, 하여튼 밤중에 이 문이 열리는 일은 아예 없었다. 각방을 쓰기 훨씬 이전부터도, 아내와 김 영감은 남처럼 살았다.

본디 반거충이로 농사일도 남만큼 못하는 김 영감인지라, 나이 들어 노름판에서도 밀려난 뒤로는 아내의 눈치를 살펴 가며 용돈 몇 푼 얻어 내는 신세가 되었다. 그 무렵부터 김 영감 내외의 위치는 남들 눈에도 확연히 띌 만큼 역전되었다. 술에 취해 고래고래 소리 지르며 마당에 들어서던 시절은 흘러간 봄날이었다. 농사일을 돕는 대신에 술을 마시는, 소박하기 그지없는 일탈을 대신했을 때의 김 영감은 데친 부추처럼 풀이 죽었다. 그는 소리 없는 갈지자걸음으로 겨우 스며들어서 모로 누웠고, 예전 같으면 그의 낯꽃을 살피며 조바심했을 아내는 누워 있는 그를 잡아 흔들어 가며 싸움을 걸었다. 지금 돌이켜 보니 그나마 호시절이었다. 흐린 날이 더 많긴 했어도 드문드문 맑은 날이 찾아오기도 했다. 하다못해 콩나물국이나 부침개 조각이라도 그를 위하여 장만하는 아내의 모습을 이따금은 볼 수 있었다.

—아이고, 몸 상하게 뭔 술을 그렇게 먹어 쌓는다요, 다 큰 자석들 앞에서 자꾸 싸우는 것도 넘우세스런 일인게, 엔간하면 좋게 삽시다 잉!

그렇게 제법 곰살궂은 잔소리를 들을 때도 있었다. 어쩌면, 김 영감이 모처럼 아내와 잠자리를 함께한 뒤였을 것이다. 하지만 젊을 때와 달리 그것은 매우 드물게 이루어졌고, 언제부터인가 그나마도 아예 남의 일이 되고 말았다. 살뜰한 정도 없는 부부끼리 살갗 한 번 스치지 않는 남남으로 짧지 않은 세월을 보내던 어느 날, 김 영감은 급기야 윗방으로 쫓겨나는 신세가 되었다. 이미 기가 죽을 대로 죽은 김 영감이 아내의 지시에 따라 꼬박꼬박 농사일 거들어 준 대가로 용돈 몇 푼 받아 쥔 게 화근이었다.

"어저께는 지주목 세웠은게 오늘 아침절로 줄을 쳐서 끝내 번져야지. 내일은 비바람 칠 것이라고 테레비서 일기예보 하더만."

부녀회장네 참깨밭에 품앗이 일 나갈 준비를 하면서, 아내가 큰소리로 혼잣말을 했다. 고추밭에 줄을 매라고 김 영감한테 작업 지시를 하는 셈인데, 얼굴 마주 보고 부탁하기가 내키지 않아서 불평 같은 혼잣말투를 쓰는 것이었다. 새삼스러울 것도 없는 일인데 김 영감은 슬그머니 부아가 났다.

"일기예보고 뭐이고, 날만 환하니 좋다. 무식한 것이 언제부터 일기예보랑 찾고, 제법 솔찮이 깨이기는 깨였구만."

그는 아내가 듣지 못하게 비웃으며 투덜거렸다. 그의 머릿속은 어젯저녁 아내가 내놓은 만 원짜리 석 장으로 가득 차 있었다. 그는 은연중에 어떤 구실을 찾고 있던 중이었다.

─흥, 인제 와서 끊을 수도 없을 것이고, 담뱃값은 있어야 테지?

돈을 주면서도 아내는 고개를 모로 틀고 시큰둥하게 빈정거렸다. 돈을 영감 손에다 쥐어 주는 살가움 따위와는 애당초 거리가 먼 터,

팽개치듯이 마룻바닥에다 휙 던져 놓았다. 하여튼, 어둑하도록 고추밭에 지주목을 박고 돌아온 남편이 내심 안돼 보여 딴에는 선심을 쓴 거였다. 지주목에 줄을 매는 일까지 차질 없이 마무리해 달라는 주문이기도 했다. 노끈과 가위조차 밭둑 나무 밑에 있어서 짐을 챙길 것도 없이 맨몸으로 나가기만 하면 되었지만, 김 영감은 삼만 원의 유혹을 떨쳐 버릴 수가 없었다. 에라 모르겠다! 일 걱정보다는 아내한테 구박받을 걱정으로 잠시 갈등하던 그는, 오래 끌지 않고 결정을 내렸다. 마침 군내버스가 올 시간이었다. 담배 한 보루 사고, 점심 사 먹고, 상대방 쪽에서야 인정을 하든 말든 혼자서는 단골집이라 치는 생과부집에 들러 소주 두어 병 시켜 놓고 횡설수설하며 한나절을 보내는 데에 삼만 원은 많거나 적지 않고 알맞아서 좋았다. 김 영감은 거나하게 취하여 늦은 저녁에야 집에 들어섰다.

"하이고, 그렇게나 속아 보고도 인생이 불쌍하다 싶어 돈을 준 이년이 미친년이지!"

사람 쪽으로는 고개조차 돌리지 않고 텔레비전만 뚫어져라 보면서, 아내는 신음처럼 나직하게 내뱉었다. 김 영감은 은근히 겁이 나서, 이취한 상태임에도 웃옷을 얌전히 벗어서 벽에 걸었다. 그때였다. 텔레비전만 보는 줄 알았던 아내가 돌연 맹수처럼 그에게 덤벼들었다.

"어따 옷을 벗어 걸고 있디야? 인제부터는 이 방에 당최 들어서도 말랑게! 퀴퀴하고 고리타분한 영감태기 냄새 안 맡고, 나도 인제부텀 개운하게 살고 자파."

검붉고 탱탱하고 우람한 아내의 팔뚝에 의해 김 영감은 허깨비마냥 윗방으로 내몰렸다. 이어서 김 영감이 덮던 이불과 베던 베개와 벽에 걸린 옷가지들이 활짝 열린 문을 통하여 날아들었다. 김 영감은 제멋대로 흩어진 그것들 위에 몸을 부린 채 잠이 들었다. 아내가 그를 아쉬워하지 않듯이, 그 역시 아내와 따로 잔다는 것이 아쉽거나 불편하지 않았다. 몇 해를 그렇게 지내는 사이에 차라리 편안함마저 느끼게 되었다. 아들이 집에 있던 재작년 봄까지는 그래도 하루 세 번씩 정해진 끼니때가 있었다. 그 아이가 방위 근무를 마치고 취직하여 집을 떠난 시기와 부엌을 현대식으로 개량한 시기가 비슷했으니까 무엇을 직접적인 계기로 쳐야 할지는 몰라도, 하여튼 그때부터 아내와 한자리에서 밥 먹는 일도 사라져 버렸다. 냉장고와 보온밥통이 있으니 알아서 찾아 먹으라는 식으로 상을 차려 내지 않을 뿐더러, 행여 부부의 식사 시간이 일치하지 않도록 아내는 일부러 시간을 엇갈리게 잡았다. 원망과 미움뿐인 영감의 추하게 늙은 얼굴만 봐도, 복 나가게 쩝쩝거리며 음식 씹는 소리만 들어도, 있던 밥맛이 십 리나 달아난다고 아내는 동네방네 여편네들한테 떠들고 다녔다. 아내가 당당하고 사나워질수록 김 영감은 데쳐 놓은 채소처럼 풀이 죽어서, 서툰 농사일이나마 시키는 대로 고분고분 도왔다. 기운이 필요한 큰일이야 어려워도, 자잘한 밭일이며 축사를 돌보는 일을 오히려 젊어서보다 착실히 잘했다. 그러지 않고 아내 눈에 났다가는, 제 손으로 찾아 먹는 끼니와 윗방의 잠자리마저 빼앗길 듯 위태위태한 분위기였다. 김 영감이 먹고 자기 위해서 농사일을 돕는다면, 아내는 그에게 일을 시켜 먹기 위해서 며칠에 한 번씩 용돈을 주었다. 몇 푼이나마 돈을 손에 쥐면, 김 영감의 간이 풍선마냥 부풀어 오른다는 걸 아내도 잘 알았다. 아내한테서 얻은 돈 몇 푼에 시든 바람기가 발동하여 읍내까지 진출해 봤자 반겨 주는 판도 없으며, 기껏 소주 몇 잔에 취해 돌아온 저녁이면 아내의 소나기 같은 욕설이나 뒤집어쓴다는 것을 김 영감도 잘 알았다. 서로가 다 알면서도 그 생활은 몇 년 동안 이어졌는데, 이제는 그나마도 일을 할 수 없게 되어, 구박으로 버무려진 용돈조차 사라져 버렸다.

김 영감은 다시 한 번 몸을 뒤척거렸다. 아내가 속히 지쳐서 입을 다물든가, 그러든 말든 김 영감 자신이 잠들어 버리든가 해서 이 밤이 어서 지났으면 싶었다. 이 밤이 지나기만 하면, 내일은 과히 나쁘지 않은 하루가 되리라. 나쁘지 않은 하루를 보장해 줄 얼마간의 돈이 장판 밑에 고이 숨겨져 있지 않은가.

아내는 숫제 닫힌 장지문을 마주 보고 앉아 넋두리 판을 벌일 모양이었다.

"인제는 밥도 아까운게 낼 아침부텀은 밥도 먹지 마. 낸들 정도 없는 영감태기 멕여 살리고 빨래꺼정 해 입히고 싶겄어? 아이고, 나 살아온 세월 생각하면 분하고 원통해. 열일곱 어린 나이에 부모가 가라면 가는 것인 줄만 알고 시집이라고 와서 본게…"

─열일곱 어린 나이에 스물일곱 노총각한테 시집와서 보니 서방은 속 못 차리는 노름쟁이 건달이더라….

그렇게 한 번 시작이 되면 사십 몇 년 결혼 생활의 내력을 굽이굽이 주워 섬긴 뒤에야 성능 좋은 녹음기는 제풀에 꺼졌다.

"철부지 어린것을 데리다 놓고 온갖 놈에 고생 다 시킨 인간, 능구렁이를 독새로 맹글어 놓은 영감태가…"

입심 좋은 아내는 쉬지 않고 읊어 댔다. 시집온 지 열흘도 채 안 됐을 때, 노름판에서 이틀인지 사흘 밤을 새워서 눈이 빨갛게 충혈된 신랑이 집에 들어와서는 부리던 농우를 몰고 나가던 일부터, 몇 마지기 되던 논을 두 차례에 걸쳐서 모조리 날리던 일이며, 시집올 적에 농지기로 품고 온 무명베 한 필까지도 상의 한마디 없이 꺼내 들고 나갔던 일들이, 그 일을 전혀 모르는 사람 앞에다 고하듯이 소상하고 실감나게 그려지고 있었다. 한두 번 들은 소리가 아니어서, 다음에는 무슨 이야기가 나올 것인지를 김 영감은 어느덧 정확하게 점칠 수가 있게 되었다.

"징그러, 나 살아온 세월은 아무도 몰라. 서방 잘 만나서 호강하고, 얌전하다는 소리 들어감서 사는 여자들이 어떻게 내 속을 알 것이여?"

대책 없이 당하고 있는 영감이 살짝 불쌍해지다가도, 순진하고 겁 많던 젊은 날의 자신을 떠올리면 아내는 또다시 부아가 났다.

어린것 데려다가, 그저 남들만큼만 건사해 줬더라도 이다지 악바리는 되지 않았을 것을… 생각이 거기에 미치면 흘러간 오십 년이 더욱 한스럽고, 윗방에 빙충맞게 틀어박혀 있는 영감이 밉살스러웠다.

'흥, 택도 없는 소리 퍽 한다. 산속에서 노루새끼맹이 본 데 없이 큰 게, 내 덕에 큰 동네로 나와서 사람 된 줄이나 알아야지. 암, 미꾸랭이 용 됐고 말고.'

김 영감은 캑캑거리는 밭은기침으로 비웃음을 대신하며 일어나 앉았다. 시끄러워서 도무지 잠을 청할 수가 없었다. 그는 앞문 쪽의 벽에 기대앉아서 재떨이를 끌어당겼다. 장지문 간유리를 통하여 안방의 형광등 불빛이 새어 들어와 따로 불을 켤 필요는 없었다. 낮에 산 새 담배를 헐어 한 개비 입에 물었다. 담뱃불 깜박이는 것을 보았는지, 아내의 목소리가 한결 카랑카랑하게 살아났다.

"역맛살 든 서방은 집구석에 코빼기도 안 비치는 터에, 술 취한 시아부지가 메느리 방문 앞에 바짝 와 서서 내 논 찾아내라, 내 소 찾아내라 왜장을 치더랑게. 이녁 자석 못된 탓을 철부지 메느리한테 돌림서 시어마니도 나를 볶더랑게. 이년이 등신이었지. 그때 그냥 휙 떨치고 어니로 훨훨 가 번졌으면 요런 팔자는 안 됐을랑가 어쩔랑가. 이 어리석고 못난 년이, 누구라도 시집가면 다 그러고 사는 것인 줄 알았당게. 그러고 사는 게 법인 줄만 알았당게…"

김 영감은 하얀 사기 재떨이에다 꽁초를 천천히 비벼 껐다. 재떨이를 그대로 집어들어 문짝에다 던지고 싶은 충동이 꿈틀 일어났으나 지그시 눌렀다. 그처럼 무모한 짓을 하기에는 너무 늙어 버렸다고 김 영감은 스스로를 타일렀다. 지금은 바야흐로 아내의 세상이다. 그가 가진 것은 정말이지 아무것도 없었다.

노름방으로 술집으로 떠돌다 돌아오는 그를 맞이하는 아내의 태도는, 나이가 어린 만큼이나 어리고 철없기만 했다. 얼마간의 돈을 손에 넣은 그가 주전부리 음식이라든가 고기라도 사 들고 들어가면, 아내는 며칠씩이나 이어졌던 그의 부재 따위는 까맣게 잊은 듯 천진난만하게 해해거리며 그것들을 넙죽 받아 들었다. 거기에 용돈이라도 몇 푼 쥐어 주면 그야말로 명절 만난 아이처럼 들뜨고 신바람이 났다. 양친도 마찬가지였다. 눈알이 뒤집힌 그가 외양간에 매어 놓은 농우를 몰고 나갔을 때, 아버지는 땅바닥에 주저앉아 대성통곡을 했다. 아내의 한풀이 넋두리에 빠짐없이 등장하듯, 몇 날 며칠 연달아 술에 취해 들어와서 아직 어린 며느리 혼자 있는 방문 앞에 대고 소 찾아내라며 악을 썼다. 열 마지기 논을 두 번에 걸쳐 팔아 없앴을 때는 쥐약을 주머니에 넣고 다니며 아예 죽어 버리겠노라 협박이었다. 하지만 어쩌다 그가 지난밤에 딴 돈뭉치를 방바닥에 내려놓기라도 하면, 두 노인네가 입을 벙긋거리며 그것을 세고 있었다. 거기에 지지고 볶은 고기 냄비라도 들어오면, 그들의 저녁 시간은 그지없이 단란하고 화기애애했다. 아내나 양친이나, 그가 노름에 빠져 있는 사실을 걱정하기보다는, 돈을 땄는지 잃었는지에만 관심을 쏟았다.

열여덟 살에 노름방에 입문한 그는 매우 올되는 축에 들었다. 근동 열 개 마을 노름꾼들이 겨울이면 아예 침식을 부쳐 놓고 기거하는 아랫마을 어느 집 머슴방이었는데, 서너 살 위의 친구를 따라 한 번 들러본 그곳의 분위기가 두고두고 김 영감의 인생을 붙들어 맸다. 구경 삼아 솔래솔래 드나들며 화투패 만지는 법을 익혀 갈 무렵, 열여덟 살 김 영감은 그야말로 대박을 터뜨렸다. 선배들이 어수룩해서였는지 그에게 노름꾼으로서의 천부적 재질이 있었는지, 암소 한 마리를 집으로 몰고 오게 되었다. 마침 그의 집에는 농우가 없어서, 농사철이면 하루치의 남자 품삯과 소먹이를 지불하고서 남의 소를 빌려다 쟁기질을 하는 형편이었다.

—이것이 참말로 우리 소냐? 내 아들이 이 소를 단판에 따 왔단 말이지? 인제부터 우리도 넘의 집에 소 빌리러 댕길 것 없이 펜한 농사 조깨 지어 볼랑갑네. 허허, 그놈에 소 참 잘도 생겼다….

거나하게 취한 부친은 아들이 따 온 소를 앞세우고 동네 벌판을 돌았다.

—어허 참, 인제 제우 열여덟 살 된 아들놈이 하룻밤 새에 소 한 마리를 벌어 오다나…!

덩실덩실 어깨춤을 추면서 자랑을 하고 다녔다. 그것은 김 영감이 세상에 태어나서 처음으로 이루어 낸 큰일이었다. 잘만 하면 하룻밤에 소 한 마리라니, 시원하고 멋진 벌이었다. 일 년 내 피땀을 흘려야만 겨우 밥벌이나 될까 말까한 농사일에 꾸역꾸역 매달린다는 게 쩨쩨하고 갑갑하게 여겨졌다. 그런데 새로운 행운은 쉽사리 와 주지 않았다. 전혀 없었던 건 아니었지만, 감질나는 작은 행운들은 김 영감을 노름판에서 떠나지 못하게 할 뿐, 살림은 갈수록 줄고 줄어서, 김 영감이 장가들고 몇 해 가지 않아서, 선대로부터 내려오던 논마지기조차 모두 날려 버렸다.

술에 취한 그가 인상을 우그러뜨리고 집에 들어서면 어린 아내는 겁을 잔뜩 먹고 뒤꼍이나 헛간에 몸을 숨겼다. 나이를 먹어 가면서 억세어진 아내가 먼저 바가지를 긁어 댐으로써 손찌검이 시작된 것이지, 벌벌 떨며 피해 다니던 그 시절의 아내에게는 손찌검을 하지 않았다. 아이들을 낳고 살림에 찌들어 가는 아내는, 돈 잃고 울적하여 돌아온 그를 위로하기는 고사하고 되레 바가지를 긁어 대며 부아를 질렀다. 나날이 세어지는 아내의 입심을 당할 재간이 없는 그는, 보잘 것도 없는 세간을 집어 던지거나 주먹질 하는 걸로 아내를 제압하려 들었다. 아내가 아끼는 물건을 머리 위로 집어 들고 던지려는 시늉만 하면 당장 효과가 나타났다. 아내는 칼로 자른 듯이 악다구니를 딱 그치고 그의 팔에 매달리며, 그것만은 제자리에 놓아 달라고 애원이었다. 부술 물건이 마땅찮거나 유난히 독이 올랐을 땐 주먹으로 사람을 몇 대 갈겨 주면 되었다. 제까짓 게 서운하고 분해 봤자 별수는 없었다. 그런 밤일수록 잠자리는 더욱 뜨겁게 마련이었다. 때린 곳을 쓰다듬고 어루만져 주면서 조금만 기다리면 깜짝 놀라게 좋은 세월이 올 것이라고, 자네가 남자들 세상을 몰라서 그렇지 여편네를 크게 호강시키는 사내 치고 풍파 없이 착실하게만 사는 놈 봤느냐고 은근한 목소리로 허풍을 치면, 속없는 아내는 꿈에 잠겨 단잠을 잤다. 어떤 때는 아내가 너무 밸이 없는 게 싱겁고 우습기까지 할 정도로 그의 허물은 쉽게 용서가 되었으며, 그렇게 다독거려 놓으면 적어도 다음 전투 때까지 허물은 잊히는 것이었다.

"못된 송아치 궁뎅이에 뿔난다더니… 하이고, 그 꼴에, 늙은 부모 어린 새끼들을 불쌍한 이년한테 맡겨 놓고, 삔도롬하니 양복에 구두 채리고 돌아댕김서 술집 년이랑 놀아났더랑게. 그랬으면 늙어서라도 속을 채려야지…."

먼먼 신혼 시절로부터 출발한 아내의 사설은 드디어 늘그막인 현재에 이르렀다. 이제 마무리로 좀 더 거칠고 격렬한 욕설과 악담을 한 차례 퍼부은 다음에, 무너지는 한숨 소리와 함께 텔레비전을 끄고 자리에 누울 것이었다.

아내는 아침까지도 무엇이 그리 미진한 게 있는지 김 영감에게 밥을 먹지 말라고 찍자였다. 아침밥만이 아니고 앞으로는 밥 먹는 꼴을 숫제 못 보겠다는 것이다. 김 영감은 아무런 대꾸 없이 윗방에 들앉아서 담배만 피웠다. 그는 이미 외출복을 입은 상태였는데, 웃옷 주머니에는 자리 밑에서 꺼낸 만 원짜리 여러 장이 고이 들어 있었다. 주머니에 돈이 들어 있는 한, 아내가 밥 한 그릇 갖고 암만 유세를 떨어도 가소로울 뿐이었다. 그런데 혼자서 악을 쓰다 서러운 푸념을 늘어놓다 반복하던 아내가 불현듯 무슨 생각을 했는지, 불 맞은 짐승처럼 뿌르르 윗방으로 달려 들어왔다.

"그려, 내가 뭔 생각을 잘못했당게. 돈 써 본 지가 언제라고 십만 원도 훨씬 넘는 돈을 하루에 다 썼을 것이여? 이 능구렁이 같은 영감태기, 그 돈 어딨는가 얼른 이리 내!"

아내의 와살스런 팔짓에 못 이겨 김 영감은 뒤로 벌렁 나자빠졌다. 아내는 그의 윗몸을 타고 앉아서 어렵지 않게 주머니의 돈을 꺼내고 말았다.

"아이고, 싸가지 없는 예펜네야, 내가 암만 죽은 목숨 매한가지라도 너무 지랄하지 마라. 딸년들이 나 쓰라고 준 돈조차 빼앗아 가는 경우는 어디서 배운 경우더냐?"

천생 강도짓을 해 들고 나가는 아내의 우람한 엉덩짝에 부딪는 김 영감의 목멘 외침은 차라리 처절한 절규이자 하소연이었다. 그 소리가 워낙 구슬프고 처량했는지, 주방 쪽으로 멀어지던 아내가 되돌아와서는 만 원짜리 한 장을 휙 던져 주었다. 등을 굽히고 팔을 뻗어서 그것을 줍는다는 것이 말할 수 없는 치욕이었지만, 당장 지옥 같은 집을 탈출하자면 어쩔 수가 없었다.

가까스로 담벼락에서 몸을 뗀 김 영감은 비치적비치적 집을 바라고 걸었다. 시멘트 포장을 한 마을 앞길에 땅거미가 지고 있었다.

"내 오늘 이놈에 예펜네 못된 버르쟁이를 뜯어 고쳐 놓을 것이다!"

김 영감은 젊은 시절의 호기를 되살려서 혀 꼬부라진 소리를 목청껏 내지르며 집으로 들어섰다. 헛간 앞에서 졸고 있던 누렁개가 크르릉 콧소리를 내다가 무심한 표정을 하고 도로 누웠다. 하찮은 개마저도 사람을 괄시하는가 싶어, 김 영감은 발아래 보이는 나무토막 하나를 주워서 누렁이 쪽으로 심술궂게 던졌다. 마루에 걸터앉아 아무리 생각을 짜내고 궁리해 봐도 이 상황을 벗어날 방도가 그에게는 없었다. 벗어날 방도가 없는 만큼이나 아내의 무자비한 횡포는 날로 더해 갈 것이고, 지긋지긋한 한풀이 굿판도 죽을 때까지 견뎌 줘야 할 참이었다. 김 영감은 헛간으로 가서 나란히 진열돼 있는 농약들 중에서 제초제 한 병을 꺼내 왔다. 아무려면 남편을 들볶아서 자살하게 했단 소린 듣고 싶지 않겠지. 김 영감은 제초제 병의 뚜껑을 따서 도로 덮어 놓은 채 아내를 기다렸다. 어둠이 제법 한 겹 내려앉고 있었다. 마침내 머리에 흰 수건을 두른 아내가 마당에 들어섰다. 김 영감은 때맞춰 얼른 농약병을 치켜들었다.

"이 속에 뭣이 들었는지 잘 알지? 이 인정머리 없고 싸가지 없는 예펜네야. 나 죽는 게 정 소원이면 잘 보란 말이여!"

설마하니 놀라서 달려들 줄 알았는데, 마당 가운데에 멈춰선 아내는 실눈으로 김 영감을 째려봤다. 해가 서쪽에서 뜨고 말지 그런 일은 없으리라고 확신하는 표정이었다. 김 영감은 순간적으로 열적은 생각이 들었다. 어쩔 수가 없었다. 그는 눈을 질끈 감으며 제초제를 입안에 들이부었다. 차마 꿀꺽 삼키지는 못하고 흘리듯이 앞자락에 뱉어 내는데, 그제야 아내가 소리를 내지르며 황급히 달려들었다. 본의 아니게 소량의 약액이 목구멍에 흘러드는 걸 느꼈지만, 아내가 전화로 택시 부르는 소리를 들었으므로 김 영감은 적이 안심이 되었다. 하지만 제초제는 김 영감의 생각만큼 호락호락한 약이 아니었다. 목구멍이 타고 혀가 오그라들어 말 한마디 못하고 고생하던 김 영감은, 보름째 되는 날에 숨을 거두었다.

물귀신

순이는 늦잠을 잤다. 날이 궂어 방 안이 어두컴컴한지라 늦잠 자기 알맞았고, 비가 와서 밭에 나갈 수 없게 된 할머니는 느지막이 아침밥 상을 들여와서야 손녀를 깨웠다. 집은 골목 깊숙이에 자리 잡고 있었 지만, 마을 앞개울에 붉덩물 내려가는 소리가 방 안에까지 제법 요란 하게 들려왔다. 아직 봄꽃도 다 지기 전으로, 올해 들어 처음 내린 큰 비였다. 이런 날은, 곤히 자는 손녀를 굳이 일찍 깨워 학교에 보내지 않 아도 되는 것으로 할머니는 알고 있었다.

은수리는, 농가들이 옹기종기 머리를 맞대고 있는 작은 마을 몇 개 와 주변의 논밭, 그것들을 에워싼 산자락을 포함하고 있었다. 마을들 이 어깨를 나란히 하여 옆으로 늘어서 있는 정면으로는 냇물이 흐르 고, 그 물길을 따라서 읍내로 통하는 신작로가 나 있었다. 그러다가 마을들이 끝난 논벌 어디쯤에서 물과 길은 교차하며 방향을 달리했 다. 서쪽으로 흐르는 물을 따라 나란히 벋어 가던 길은 남쪽으로 방 향을 틀었고, 물줄기는 굽어지는 길허리를 자르며 서쪽으로 곧장 흘러갔다. 잘린 길허리는 징검다리가 이어 줬다. 물 가운데에 듬성듬성 놓여 있는 징검다리를 건너면 읍내 쪽으로 이어지는 길을 다시 만날 수가 있었다. 평소의 냇물은 거울같이 맑고 깨끗하며 적당히 얕아서, 어린아이나 노약자들에게도 전혀 위협적이지 않았다. 하굣길의 아이들은 으레 징검다리 위에 쪼그리고 앉아 손으로 물장난을 치고, 둔치의 자갈밭에 책가방을 던져 놓고 예쁜 돌멩이를 찾으러 다니거나 소꿉장난을 하고, 더러는 멱을 감기도 했다. 그러나 비가 많이 온 날의 냇물은 전혀 낯설고 무서운 얼굴로 변했다. 사방의 전답과 골짜기들을 휩쓸고 내려오며 급격하게 불어난 시뻘건 붉덩물은, 주변의 마을들을 단숨에 집어 삼키기라도 할 듯 거칠고도 요란하게 으르렁거리며 흘렀다. 성난 물줄기는 둔치에 쌓아 둔 나뭇가리나 보릿단 따위뿐 아니라 전답을 뭉텅 떼어 가기도 하고, 진흙 입힌 섶다리를 허깨비 넘어뜨리듯 쓸어가 버렸다. 무거운 바윗돌로 놓은 징검다리도 성난 물살을 버텨 내지 못하고 휩쓸려 내려갔으므로, 큰 장마 뒤에는 으레 징검다리 놓기 부역이 벌어지곤 했다.

　은수리의 여러 마을에는 이백 명 가까이 되는 어린 학생들이 있었는데, 비가 많이 오는 날은 학교에 가지 않기가 예사였다. 물을 건너야 하는 곳이라면, 은수리가 아닌 다른 골짜기의 마을들 역시 마찬가지였다. 설령 아침에 큰비가 오지 않아 모두들 등교를 했더라도, 중간에 비가 많이 내리면 큰 내를 건너야 하는 몇몇 외곽 마을의 학생들은 일찌감치 책가방을 싸들고 나와 운동장에 모였고, 제각기 건장한 남교사들의 인솔을 받으며 마을로 돌아가야 했다.

　"큰물 졌다. 이런 날엘랑 그냥 집에 있어라."

밥숟갈을 뜨는 둥 마는 둥 책보를 찾아들고 나서는 순이를 할머니가 말렸다. 삼 학년이던 작년까지, 큰물 진 날에 순이는 학교에 가지 않았다.

"이제부터는 비 많이 와도 학교에 갈 거야 할머니. 일 이 삼 학년 때 모두, 큰물 진 닐 결석해서 개근상을 못 탔잖아. 우리 선생님이 그랬어, 우등상 못 타는 건 자기 탓이 아니라도 개근상 못 타는 건 다 자기 탓이래."

"그래도 어린것들이 저런 큰물을 어떻게 건너겠냐. 빗줄기가 많이 약해지긴 했다만, 물이 쉬이 안 빠지면 선생님들도 집에 데려다 주느라고 고생할 텐데…"

퇴행성관절염으로 평상시에도 아픈 무릎이 궂은 날이면 더욱 욱신거리는 할머니의 중얼거림은, 어느 틈에 고무신을 꿰어 신고 잽싸게 사립문 밖으로 멀어지는 순이의 뒷덜미에 닿지 못해 혼잣말이 되었다. 아무래도 불안하여 한 번 더 말려 보고 싶었지만, 아이가 받쳐 들고 돌담길을 돌아가던 노란 종이우산은 어느새 보이지 않았다.

'똑똑한 아이니 안 되게 생겼으면 되돌아올 테지. 기어이 가기로 치면, 덩치 큰 사내아이들이 건네줄 것이고.'

할머니는 그렇게 스스로를 안심시키며 나물반찬 두어 가지가 고작이었던 아침상을 치우기 위해 앓는 소리를 토해 내며 힘겹게 일어섰다.

큰물 진 날에도 굳세게 등교하는 학생들은 언제나 어느 마을에나 있어 왔다. 몇 안 되는 중고등학생들과 초등학교의 상급반 학생 중의 일부로, 평상시와 달리 동구 밖에서 무리를 지어 출발하곤 했다. 대개 큰 사람들이 어린 사람들을 도와서 안전하게 물을 건너도록 해 주기 위함이었다. 동구 밖에서 무리를 짓는 데에는 어떤 약속이나 규칙을 정해 놓은 것이 아니었다. 머리 큰 학생 두엇이 중심이 되어 하나 둘씩 나타나는 아이들을 모으며 기다리다가, 드디어 시간도 차고 더 이상 나오는 아이가 보이지 않으면, 나머지의 마을 아이들은 응당 결석을 하려니 짐작하면서 출발할 뿐이었다.

순이가 종종걸음으로 동구에 이르렀을 때, 그들 굳세게 등교하는 무리는 이미 출발하고 없었다. 사 학년부터는 절대 결석을 하지 않겠다고 제법 다부진 결심을 했던 순이는, 맥이 풀리고 다리에 힘이 빠졌다.

올봄에 다른 고장에서 전근해 온 담임선생님은 반 아이들에게, 성실의 중요성과 더불어 성실성과 개근상의 연관성을 몇 번이나 강조했다. 선생님이 들려주는 이야기 속의 위인들은, 아주 어릴 때부터도 위험하거나 귀찮은 일을 피해 가는 법이 없었다. 그들은 매사에 특별히 용감했고 규칙을 어기는 법이 없었으며, 주어진 일은 어떠한 경우에도 예외 없이 굳세고 성실하게 밀고 나갔다. 그중에는, 말라리아에 걸려 사시나무 떨 듯 떨면서도 고집스레 학교에 나가서 의자에 앉아 하루를 버틴 사람의 이야기도 있었다. 그 무지막지한 고통이라든지 다른 학생들에게 전염될 위험 따위는 뒷전으로, 훗날 그가 어려운 시험을 통과하여 벼슬살이를 하게 된 사실만으로, 그날의 무모한 참을성은 한껏 미화되었다.

'우등상은 머리도 따라 줘야 탈 수 있는 것이지만, 개근상은 성실하면 탈 수 있는 상이야. 따라서 우등상 못 타는 건 절반이 부모님 책임이지만, 개근상 못 타는 건 순전히 자기 책임이야.'

그 말 속에는, 비가 조금만 많이 와도 예사로 결석을 하는 이 지방 아이들과 그것을 방관하는 무심한 부모들에 대한 충고가 깃들어 있었다. 그런 안이하고 나태한 정신 자세는 가난을 낳고, 기왕 만들어진 가난을 여지없이 대물림한다는 지론이었다. 순이는, 큰물 지면 으레 학교에 안 보낼 셈을 지는 할머니를 두고 하는 소리만 같아서 듣기에 거북했다. 이래저래, 사 학년인 올해부터는 꼭 개근상을 타기로 결심을 한 거였다.

혼자서 물살 센 내를 건널 용기도 없고, 집으로 되돌아갈 기분도 나지 않아 그냥 기운 없이 걸었다. 기운 없이 타박타박 걷고 있는 순이의 눈에, 역시 기운 없는 걸음걸이로 마주 오는 소년이 보였다. 한동네에 사는 동갑내기 철수였다. 철수의 아버지는 철수를 성실하고 용기 있는 사람으로 키우고자 했으므로, 마을에서 등교하는 학생이 단 한 명이라도 있을 시에 자신의 아들이 그 대열에 끼지 못하는 것을 참을 수 없었다. 아버지의 손에 등 떠밀려 집을 나온 철수는, 굳세게 등교하는 학생들의 무리에 섞여 물을 건너야 할 곳까지 갔다. 내의 폭이 넓어져서 물도 좀 얕고 물살도 다소 약한 지점을 잘 알고 있는 상급학교 학생들은, 어린 사람들을 등에 업거나 손에 손을 잡고 의지하여 차례차례 시나브로 내를 건넜다. 그러나 철수는 오늘따라 겁이 나고 무서웠다. 상급학교 학생의 등에 업힌 어린 학생의 엉덩이 근처까지 시뻘건 흙탕물이 넘실거리고, 업고 건너는 큰 학생의 다리가 휘청거리는 걸 보니 갑자기 현기증이 나며 주저앉고 싶었다. 마을의 형이 내미는 손을 겁먹고 뿌리치기를 두세 차례 거듭했을 때, 누군가가 철수에게 집으로 돌아가기를 강력하게 권했다. 기다렸다는 듯이 되돌아오는 길을 택했지만, 철수는 낙오병의 외로움과 아버지한테 매 맞을 걱정으로 발걸음이 무거웠다. 지난해 장마철 어느 날, 아버지가 무서워 집을 나섰으나 학교에 가지 않는 동네의 또래 아이들이 부러웠던 철수는 그들과 어울려 놀면서 하루를 보냈고, 결국 아버지한테 들켜서 종아리가 퉁퉁 붓도록 매를 맞았다.

　은수리의 맨 아랫마을과 내를 건너야 할 지점의 중간이 되는 들길에서 마주친 순이와 철수는, 그 자리에 멈춰 서서 잠시 무엇인가를 의논하였다. 그리고 마을 쪽을 향하여 걷기 시작했다. 목표를 정한 둘의 걸음걸이는 다시 빨라졌고 생기가 돌았다. 읍내 방향으로부터 은수리의 첫 마을이 시작되기 직전에, 논벌 사이로 난 가느다란 샛길이 있었다. 샛길은, 뒷길이라 불리는 마을 뒤쪽으로 벋은 긴 농로와 연결되어 있었다. 큰 내와 신작로가 마을들의 정면을 꿰뚫고 읍내 방향으로 벋어 있다면, 뒷길은 마을들의 뒤쪽에 펼쳐진 논밭들을 마을과 이어 주고 있었다. 더러는 논둑 밭둑으로, 너러는 수풀 우거진 산자락으로, 끊길 듯 이어지는 그 길을 계속 따라 걸으면, 매우 더디고 불편하긴 해도 학교가 있는 읍내의 변두리 마을 뒷산에 닿을 수가 있었다. 그곳에도 건너야 할 물은 있었지만, 아이들의 뇌리에 새겨진 그 물은 다소 만만했다. 논벌에 물을 대는 봇도랑은, 어른 키 만큼이나 깊은데도 정작 그 속을 흐르는 물은 발목을 겨우 적실 정도로 옅은 실개천이었고, 두 개의 통나무를 걸쳐 놓은 위로 서너 걸음만 떼면 건너편 농로에 닿을 만큼 폭이 좁았다. 재미 삼아서 맑은 날의 하굣길에 뒷길을 이용한 적은 있어도, 큰물 진 날에 뒷길을 지나 본 적이 없는 철수와 순이는, 만만한 그곳을 생각해 낸 자신들을 대견해하며 질퍽거리는 논둑길을 타박타박 걸어갔다. 빗줄기가 뜨막해지고 어두컴컴하던 하늘도 제법 밝아졌지만, 들판에는 아직 어른들의 모습이 보이지 않았다.

통나무 다리 앞에 이른 두 아이는 걸음을 멈추었다. 큰물 진 날에 뒷길의 개울물을 본 적이 없어서 다소 쉽게 생각하며 찾아온 아이들을, 예상 밖의 광경이 기다리고 있었다. 골은 깊으면서 물은 얕아서 하굣길에 재미 삼아 뒷길로 방향을 튼 날이면 숨바꼭질하며 놀기에 알맞았던 그 봇도랑에는, 시뻘건 붉덩물이 통나무다리에 닿을 듯 말 듯 그득하게 차올라 있었다. 그러나 폭이 좁고 깊어서인지 수면은 요동치지 않았고, 사납게 으르렁거리지도 않았다. 네댓 걸음 거리의 통나무다리를 건넌다는 것이 아이들 앞에 주어진 과제였다. 아이들은 골을 그득하게 메운 붉덩물에 한동안 두려움을 느꼈지만, 엎드리면 닿을 듯싶은 통나무다리 저편에 닿는 일이 불가능해 보이지는 않았다. 겁이 많은 철수가 망설이는 걸 본 순이가, 자청하여 앞장섰다. 책보를 허리에 묶고 종이우산은 접어서 한손에 든 순이는, 걱정 반 기대 반으로 지켜보는 철수를 뒤로하고 통나무다리에 발을 내디뎠다. 껍질 벗겨져 알몸을 드러낸 채 물에 퉁퉁 불은 통나무는 미끄러웠다. 두세 걸음 옮겼을 때, 물이 들어 짤박짤박 소리를 내던 순이의 고무신이 통나무의 둥근 겉면에 밀려 벗겨지며 작은 몸은 균형을 잃고 심하게 비틀거렸다.

비가 그치고 해가 났다. 교실 창밖의 화단에는 늦은 봄꽃들과 이른 여름꽃들이 다투어 환하게 웃고, 한결 더 푸르러진 나뭇잎들은 물기를 머금은 채 햇빛에 반짝거렸다.

"누구래?"

"몰라, 여학생인데 삼 학년이나 사 학년, 어쩌면 오 학년일 수도 있대."

곳곳에 물이 고여 철벅거리는 운동장에 나와 웅성웅성 줄을 서며 아이들이 수군거렸다. 전교생을 운동장에 불러 모으는 신호인, 함석지붕에 우박 쏟아지는 듯 빠르고 요란한 종소리가 연달아 울려 퍼지고 있었다. 운동장에는 일, 이 학년을 뺀 삼 학년 이상의 학생들이 몰려나와 줄을 서고 있었다.

"어느 동네 아이일까?"

"거긴, 은수리에서 내려온 물이야."

"동화리에서 내려오는 물도 그 위에서 합쳐지니까 확실히는 몰라."

이미 각자의 교실에서 담임선생으로부터 인원 점검을 받고 나온 아이들이었다. 특히 은수리와 동화리 아이들은 하나하나 출석 확인을 하고, 출석한 아이들에게 같은 마을 결석생들의 명단과 안부를 물었는데 큰물 건너에 있는 마을들에는 출석생보다 결석생 수가 훨씬 많다 보니 마냥 소란할 뿐 감이 잡히지 않았다.

비가 그치고 구름 사이로 해가 나기 시작하던 아침나절의 중간에, 읍내 변두리 마을에 사는 농부가 시신을 발견했다. 논을 둘러보고 돌아오던 그의 눈에, 길에서 내려다보이도록 나지막하게 조성된 시멘트 보에 심상찮은 물체가 걸려 있는 게 보였다. 불어난 물이 보 위를 넘쳐 흐르고 있는데, 심상찮은 물체는 간신히 보에 걸려 아래로 넘어갈 듯 넘어갈 듯 일렁거리고 있었다. 큰비가 오면 금방 시뻘건 붉덩물로 변하듯 비가 개면 또 금방 맑아지는 것이 산골짜기 부근의 개울물인지라, 농부는 그것이 사람이라는 걸 금세 알아볼 수 있었다. 넘쳐흐르는 물살을 헤치며 봇둑을 타고 급히 다가간 농부는, 그것이 여남은 살쯤 되는 여아이며 이미 어찌해 볼 수 없이 절망적인 상황에 처해 있음을 한 눈에 알아보았다. 그는 물에서 건진 아이를 안아 들고 나와 방천길에 뉘고 입고 있던 저고리를 벗어 덮어 주었다. 아이는 아무것도 걸치지 않은 상태였다. 정녕 사나운 물길에 휩쓸려 내려왔음에, 얼굴을 비롯한 온몸은 설령 자신의 딸일지라도 알아볼 수 없을 만큼 붓고 찢기고 멍이 들어 있었으며, 머리와 얼굴과 몸통의 파이거나 굴곡진 모든 기관은 모래로 채워져 있는 처참한 몰골이었다.

방천길에서 예닐곱 계단을 내려가야 할 만큼 나지막하게 막아 놓은 보는 읍내 위쪽에 있었다. 은수리 앞의 큰 내와 뒷길의 봇도랑물이 들판 어디쯤에서 합류한 다음 읍내 방향으로 얼마쯤 더 흐르다, 읍내 사람들의 논벌이 시작되는 지점에 이르러서는 동화리에서 내려오는 물과 합쳐졌다. 동화리는 은수리 남쪽의 고개 너머에 자리한 큰 골짜기로, 이곳에서 합류한 물줄기는 제법 자그마한 강의 모양새를 갖추었고, 그로부터 백여 미터쯤 하류에는 야트막한 농업용 보가 설치되어 있었다.

함석지붕에 우박 쏟아지듯 하던 종소리도 그치고, 반별로 늘어선 줄이 앞에서부터 움직이기 시작했다. 누가 제대로 말해 주지도 않은 채, 아이들은 불안과 긴장과 호기심 가득한 음성으로 제각기 주워들은 이야기들을 두서없이 주고받으며 인솔 교사를 따라 교문 밖을 향해 걸었다.

학교에서 그리 멀지 않은 보건소 앞마당에 도착할 때까지도, 미자는 무엇 때문에 자기들이 그곳에 왔는지 알지 못했다. 어떤 아이가 죽은 채 물에서 건져지는 사건이 일어났다고 모두들 그 이야기뿐인데, 설마 이런 뒤숭숭한 날에 예방주사를 맞으려고 보건소에 온 것은 아닐 거라고 짐작해 보는 게 고작이었다. 오늘따라 선생들은 말이 별로 없었고, 말을 하더라도 자기들끼리 수군수군할 뿐, 학생들 앞에 나서서 무엇인가 확실하게 설명을 하는 법이 없었다.

학교 운동장과는 비교도 할 수 없이 비좁은 보건소 앞마당은 아이들로 미어터질 듯했다. 학년별로 반별로 줄을 지어 다닥다닥 붙어선 아이들은, 서 있을 곳이 마땅찮아 화단에도 올라가고 앞마당과 맞닿아 있는 도로에도 늘어서고 건너편 공터까지 차지했다. 그런 속에서도 나름대로 질서가 지켜지고, 집단으로 학교 밖으로 나온 아이들 치고는 이상하리만치 시끄럽지가 않았다. 아이들은 일말의 두려움을 안고서 차례를 기다리는 중이었다. 처음에는 왜 이곳에 왔는지도 모른 채 그저 앞선 친구들을 따라 움직일 뿐이던 미자도, 자기가 지금 무엇을 기다리고 있는지를 알았다. 아이들은 죽은 아이의 시신을 눈으로 살피기 위해 차례를 기다리는 거였다. 시신을 발견한 지 두어 시간이 지났건만, 아직도 아이의 신원 파악이 막막한 상태였다. 학교에서는 교사 두 명을 은수리와 동화리 방면으로 내보내, 가능성 있는 학부모들을 찾아내 대동하고 올 것을 지시해 두었지만, 학부모들이 도착하기 전에 아이의 신원 파악을 해 두려고 삼 학년 이상의 학생들을 동원한 거였다. 학교에서 스스로 나선 것인지, 다른 기관의 요청이 있었던 것인지, 그건 모를 일이었다.

육 학년 줄부터 차례를 맞이했다. 차례를 맞이한 줄은, 단층인 보건소 건물의 왼쪽 모퉁이 뒤로 천천히 들어갔고, 그러는 한편으로는 들어갔던 아이들이 되돌아 나오고 있었다.

"얼굴이 이만큼 부어 있고, 푸릇푸릇 멍이 들어 있고… 그래서 도저히 알아볼 수가 없대."

"머릿속엔 모래가 잔뜩 끼어 있는데, 바가지 단발머리래. 바가지머리면 도대체 누굴까?"

"바가지머리가 한둘이야? 촌 가시나들은 다 바가지머린데 그것만 가지고 어떻게 알아?"

시간이 지나면서 육 학년 다음의 오 학년 차례가 되었고, 왼쪽 모퉁이를 돌아 뒤뜰에 들어갔다 나온 아이들이 전하는 말은 조금씩 바뀌거나 보태지기도 하면서 미자가 서 있는 사 학년 줄까지 토막토막 전달되었다. 호기심 많고 재바른 아이 몇은, 감시하는 교사들의 눈을 피해 상급생들의 줄 앞쪽으로 파고들어가서는, 시신을 뉘어 놓은 뒤뜰의 정경을 미리 살피고 돌아와 부근의 아이들에게 전했고, 그것은 다시 다른 반 다른 학년으로 빠르게 퍼져 나갔다.

"뒤뜰 시멘트 담 밑에 누워 있어. 몸은 가마니때기로 덮어 놨는데, 머리카락이 까맣게 보여."

"우리 학교 호랑이 선생님이 학생 두 명씩을 데리고 옆으로 가면, 거기 있는 어떤 아저씨가 가마니때기를 이만큼 들추고 보여 줘. 아, 근데 무서워서 어쩌지? 곧 우리 차렌데…"

옆 반 아이 하나가, 가마니를 들추는 시늉을 해 보이고는 이내 울상을 지었다.

시신을 살피고 나온 상급반 아이들은 차례차례 학교로 돌아가고, 비좁던 보건소 앞마당은 서서히 넉넉해졌다. 이제 곧 미자네 차례였다.

미자는 사람의 시체를 본 적이 없었다. 여덟 살 때 엄마가 죽었지만, 어른들은 미자에게 엄마를 보여 주지 않다가, 입관 후에야 겨우 접근을 허락했다. 어린 미자가 까닭을 알 수는 없었지만, 엄마는 외갓집 동네의 저수지에서 차마 볼 수 없이 험한 몰골로 발견되었다는 소리를 어른들 근처에서 엿들었다.

차례가 다가올수록 미자는 두렵고 근심스러웠다. 모퉁이를 돌아가 가마니때기를 들추면, 아직도 누구인지 밝혀지지 않은 그 아이 대신에, 죽은 엄마가 퉁퉁 부은 채 누워 있을 것만 같았다. 미자가 옆 반의 줄 어드는 줄을 보며 근심에 잠겨 있을 때, 모퉁이 쪽에서 날카로운 비명 소리가 들렸다. 사 학년 첫 반이 모퉁이를 돌아가기 시작했는데, 여학생 한 명이 큰소리로 울부짖으며 보건소 밖 도로로 뛰쳐나갔다. 아이들을 지휘하던 남자 선생이, 귀엽고도 어처구니없다는 표정으로 입술을 살짝 비틀며 웃었다.

"참, 덩치는 말만큼씩이나 커갖고 어떤 놈은 벌벌 떨며 주저앉지를 않나, 어떤 놈은 비명을 지르며 도망가질 않나…."

"전쟁을 겪어 보지 않아서 요즘 녀석들은 엄살이 심해. 전쟁이 뭔지를 모르다니, 너희들 운 좋았다 이놈들아."

한심하다는 듯 아이들을 나무라는 사람은 미자네 담임이었다. 도저히 용기가 안 난다고, 뒷마당에 가는 것만은 못하겠다고 떨어지지 않는 입을 떼어 볼 궁리에 빠져 있던 미자는, 담임의 그 한마디를 듣고 아예 단념해 버렸다. 잠시 후에는 여학생 둘이 훌쩍훌쩍 울며 나오더니, 한참 뒤에는 손으로 입을 틀어막고 뛰쳐나온 사 학년 두 번째 반의 어떤 아이가 화단의 향나무 밑에 고개를 처박고 꺽꺽 구역질을 해

댔다. 자꾸만 미리 울음이 터지려 하고 미리 구역질이 나려 하는 걸, 미자는 입술을 잘근잘근 깨물며 겨우 참았다.

이윽고 미자의 차례가 되었다. 모퉁이에서 뒤뜰로 꺾이는 좁은 경계에 서서 앞 조의 아이들이 되돌아 나오길 기다린 끝에, 미자와 짝꿍은 고작해야 대여섯 발짝 거리인 그곳으로 다가갔다. 시멘트 담벼락 바짝 아래의 이끼 낀 흙 위에, 가마니때기를 요와 이불인 양 깔고 덮은 아이가 누워 있었다. 아이의 상체 옆에서 허리를 굽힌 늙수그레한 남자가, 조와 조가 바뀔 동안의 잠시나마 얼굴을 덮어 두었던 가마니때기 자락을 가슴께가 드러나도록 들어올렸다. 차마 눈 뜨고 볼 수 없이 망가진 얼굴도 얼굴이려니와, 봉긋하게 올라오기 시작한 젖가슴이 드러나도 무관하다는 태도였다. 선 채로 먼 산을 보며, 호랑이 선생님이 지시했다.

"잘 살펴봐, 얼굴이 많이 다치고 붓긴 했어도, 한동네에 살거나 한반 친구면 어딘가 낯이 익을 거야."

미자는 아이의 시퍼렇게 퉁퉁 부은 얼굴을 유심히 보았다. 짝꿍은 눈길도 제대로 주지 못한 채 떨고 서 있는데 반해, 미자는 쭈그려 앉은 자세로 아이를 얼굴에서 가슴까지 찬찬히 살펴보고 있었다. 조금 전까지 누구보다 겁에 질려 떨고 있었다고는 스스로도 믿기지 않을 만큼 마음이 차분히 가라앉으면서, 차마 눈 뜨고 볼 수 없을 만큼 불쌍한 모습의 또래 아이가 누구인지 꼭 알아내고 싶어졌다. 미자의 눈길이 한곳에 머물러 있는가 싶더니, 비명 같은 혼잣말이 새어나왔다.

"순이, 수… 순이잖아!"

미자가 뚫어져라 바라보는 것은 아이의 목에 걸려 있는, 보일 듯 말

듯 가느다란 실 목걸이였다. 실 목걸이는 미자가 직접 만들어서 뒷자리에 앉은 순이 목에 걸어 준 거였다. 코바늘 없이 손으로 사슬뜨기를 할 줄 안다고 미자가 자랑을 하자, 순이는 실뜨기 놀이를 하려고 갖고 다니던 흰 무명실을 내놓으며 배우기를 청했다. 실이 가늘어서 손끝에 잘 잡히지 않는다고 불평해 가면서, 둘은 실 한 가닥을 주거니 받거니 가르치고 배웠다. 가까스로 사슬뜨기가 다 되었을 때, 미자는 그것을 순이의 목에 묶어 주며 목걸이 선물이라고 즐거워했다. 겨우 이틀 전의 일이었다.

모퉁이를 돌아 앞마당으로 걸어 나오는 미자를 어른들 몇이 에워쌌다. 아이들도 우르르 몰려들었다. 그러는 사이에, 은수리와 동화리에 나갔던 두 명의 교사와 한 무리의 동네 주민들이 보건소 마당으로 들어섰다. 큰물이 졌는데도 굳세게 등교한 학생들의 보호자들과, 이웃들이었다. 누군가의 손에 의지하여 겨우겨우 보건소 앞마당까지 걸어온 순이 할머니는, 처참하게 일그러진 손녀를 보여 주지 않으려는 선의의 방해꾼들에 의하여 진료실 옆에 딸린 작은 방으로 이끌려가 정신을 잃고 쓰러졌다.

무엇인가 묻고 대답하고 의논하고 위로하고 울거나 한숨을 쉬고… 이제 그 모든 것들은 어른들끼리의 일이 되었다. 죽은 아이가 누구인지 밝혀지고 나니, 아이들은 더 이상 필요 없는 존재였다. 호기심과 동정심과 슬픔에 겨워서 아직도 보건소 앞마당에서 웅성거리거나 모퉁이를 기웃거리는 아이들 무리를, 누군가가 호통을 쳐서 내쫓았다. 하릴없이 어른들에 쫓겨서 학교 방향으로 내키지 않는 걸음을 옮겨 놓던 미자는, 손바닥으로 입을 가리며 멈춰 서더니 온갖 찌꺼기와 더러운 물이 고여 있는 하수구에 얼굴을 숙이고 소리 내어 구역질을 해댔다. 무리 중의 한 아이가 미자의 등을 두들겨 주었지만, 미자는 요란하게 구역질만 해댈 뿐, 끝내 아무것도 토해 놓지 않았다. 그러다가 바닥에 털썩 주저앉더니, 엄마, 엄마, 엄마를 부르며 목 놓아 한참을 울었다.

철수는 열흘 이상을 심하게 앓았다. 몸이 펄펄 끓도록 열이 오른 상태로, 끼니도 본 체 만 체하며 내내 자리보전을 했다. 약을 지어다 먹여도 나아지지 않았으므로, 하나뿐인 아들 결석하는 꼴 보기를 죽기만큼이나 싫어하는 아버지도 학교에 가라고 닦달할 수가 없었다. 순이가 통나무다리 아래의 붉덩물 속으로 거짓말처럼 흔적 없이 사라지는 걸 지켜본 다음 어찌어찌 집에까지 온 철수는, 마치 악몽을 꾼 듯 실감이 나지 않았다. 어른들이 오며 가며 나누는 대화를 누차 얻어 듣고서야, 그 일이 꿈이 아닌 엄연한 현실이라는 걸 믿게 되었다. 앓아누운 채로 간간이 엿들은 어른들의 대화에는 순이 할머니가 미치게 생겼다든가 죽게 생겼다는 걱정이 많았다. 철수는 순이와 함께했던 그날 아침의 일을 아무에게도 말하지 못했다. 순이를 구해 주지 않았다고 순이할머니가 원망할 것 같고, 곧바로 어른들한테 알리지 않았다고 아버지가 무섭게 야단을 칠 것만 같아 겁이 났다. 마을 분위기는, 말을 꼭 해야 할 것 같았지만 감히 입이 떨어지지 않았고, 열리지 않는 입은 점점 무게를 더해 갔다.

오랜 시간이 지나도 옅어지지 않는, 숨 막히는 두려움과 죄의식과 부끄러움 때문에 이후에도 여전히 입을 열 수가 없었다. 그 일은, 아무도 모르는 철수만의 비밀이었다. 털어놓을 시기를 놓친 비밀은, 두고두고 철수의 영혼을 옭죄는 굴레가 되었다.

철수는 한 번도 취직하지 않고 농사일에도 관심을 보이지 않은 채 이른 나이부터 알코올중독이 되어 헤매다가, 마흔 살도 못 채우고 병사했다.

사실혼 관계였던 두 번째의 결혼 생활을 청산하고 남편의 집을 나올 때, 미자는 용달차를 불렀다. 자신이 사용하던 세간이며 옷가지 짐이라야 트렁크 두 개뿐이지만, 신방에 진열해 두었던 주물들을 옮기기 위해서였다. 첫 번째 남편과 이혼하기 전부터 갖고 있던 것들에다 이후에도 짬짬이 장만하여 보탠지라, 택시로 옮기기에는 벅찬 분량이었다. 내쫓기다시피 거리에 나선 미자는, 당장의 의식주 문제보다 싸들고 나온 주물들을 어디에 진열해 둘 것인가부터 걱정하고 있었다. 미자가 점집을 찾기 시작한 것은, 첫 번째 남편과의 사이에 낳은 딸이 교통사고로 죽고 난 얼마 뒤부터였다. 주변 사람들이 심각하게 걱정을 할 정도로 침식을 잊고 대책 없이 야위어 가는 중에 누군가의 손에 이끌려서 점집을 찾았던 미자는, 이후로 그 집의 단골이 되었다. 그날, 나이 지긋한 점술가는 미자의 생일 생시를 보더니 헛소리 하듯 툭 내뱉었다. 물귀신이 붙었구먼, 물귀신이 붙어서 따라다니니 되는 게 없지. 그 한마디를 듣자, 눈앞을 답답하게 가렸던 장막이 걷히는 듯했다. 내내 불만이면서도 감히 이유를 알고자 한 적이 없었던, 가혹한 운명의 수수께끼가 비로소 풀리는 느낌이었다. 미자가 중학교에 다닐 때에 겪어야 했던 아버지의 파산, 그리고 죽음, 첫사랑의 실패, 결혼 후 십 년이 가깝도록 애를 태우던 불임이며 시댁과의 갈등, 겨우 낳아서 예쁘게 키우던 딸의 죽음….

그 모든 불행이 물귀신 탓이라고 미자는 확신했다. 차마 직시할 용기가 없어서 애써 외면한 탓에, 그토록 명백하고 쉬운 답을 여태껏 찾지 못한 것이라고 여겼다. 그녀는 시시때때로 점집을 드나들며 시간과 물질을 바치는 것으로도 부족하여, 언제부턴가는 집 한 편에 무당집 흉내를 내어 신방을 꾸몄다. 처음에는 딸을 잃은 충격 때문이려니 눈감아 주던 남편도, 걸핏하면 문을 걸어 잠그고 들어앉아 침식을 잊는 아내를 더는 참아 내지 못했다. 둘은 자주 다투었고, 그럴수록 미자는 자신만의 세계로 숨어들었다. 두 번째 남편과의 이혼 사유도 비슷했다.

미자는 자신의 영혼에 물귀신이 붙었다는 말을 듣는 순간에, 그 말을 해 준 점술가와 완벽한 소통을 체험했고, 그가 믿는 신의 더없이 영험함을 믿었다. 그것을 직시하거나 물귀신이라 규정 지을 엄두를 못내 외면했을 뿐, 실은 어린 시절의 그날 이후로 험하고도 불길한 영상에서 벗어나 본 적이 없었다. 퉁퉁 붓고 시퍼렇게 멍들고 머리칼이며 신체의 여러 부위에 모래를 잔뜩 머금은 처절한 그 영상은, 더러는 뚜렷하게 더러는 희미하게, 더러는 순이로 더러는 어머니로 나타나 미자를 질기게도 붙잡고 놓아 주지 않았다.

목숨

그 밤, 금세라도 숨이 끊어져 버릴 것 같던 노인의 작은 육신은 둘이 아닌 것이 유감이었다. 아들은 아들대로, 딸은 딸대로, 아버지를 자기네 집으로 모셔 가고 싶어 했다. 더는 가망이 없다고 병원에서 퇴원을 종용한 만큼, 임종을 보기 위하여 노인의 누이동생과 조카까지 병원으로 달려와 있는 참이었다. 병원 문을 나설 때까지도, 노인을 어느 집으로 모실 것인지 결정하지 못한 채 신경전이 이어졌다. 퇴원 수속을 마치고 돌아서는 누이동생에게, 오빠는 아무렇지 않게 통고했다.

"아버지를 우리 집으로 모셔야겠다."

순임은 대꾸하지 않았다. 아버지는 지금껏 그녀와 함께 살아왔고, 그녀의 집에는 밝고 따뜻한 아버지의 방이 있으며, 아버지를 급히 병원에 모시고 왔던 사람도 순임과 남편이었다. 환자와 가족들을 태운 구급차 안에는 무거운 침묵이 흐르는 가운데, 긴장감마저 감돌았다. 구급차는 도심을 벗어나 한참을 달리다가, 오누이 각각의 집 방향이 서로 갈리는 지점에 이르렀다. 오빠가 단호한 어조로 구급차 기사에게 지시했다.

"왼쪽으로 가세요."

"아니, 오른쪽으로…."

순임의 남편이 황급히 끼어들려 했지만 자신 없는 목소리였고, 차는 이미 좌회전 차선으로 들어서고 있었다.

그리하여 아버지는, 짧지 않은 세월을 순임과 함께 살아온 구옥 대신에, 오빠네 널찍하고 번듯한 집으로 모셔졌다. 차가 오빠 집 문 앞에 멈춰서는 순간까지도, 순임은 아무 말도 하지 않았다. 이것은 단연코 아버지가 원하는 바가 아닐 것이라고 몇 번이나 입속으로 되뇌었지만, 그뿐이었다. 사실 그녀는, 오빠의 입에서 아버지를 자신의 집으로 모시겠다는 말이 나오는 순간에 이미 절반은 체념한 상태였다. 어떤 일에서든, 그녀는 오빠를 이길 엄두 따위를 내 본 적이 없었다. 오빠가 의견을 냈으면 그것은 이미 결정된 일이었다. 그녀는 입을 다문 채, 아버지의 검고 마른 손목을 소중히 감싸 쥐고, 미약하여 감지하기조차 어려운 맥을 짚어 보고 있었다.

"아, 아버님을 내 집에 모셔 들이니 이렇게 흐뭇하고 좋은 것을! 어머님 가실 때, 너무 급작스레 당한 일이라 아들자식 노릇을 제대로 못했더니 두고두고 마음 쓰여 못 쓰겠더군. 남부끄럽기도 하고… 아버님께는 자식 노릇 제대로 좀 해 드려야지, 원이나 없게."

올케는, 시체 같은 시아버지의 육신을 모셔다 뉘어 놓은 사실을 두고 흐뭇하다 했다. 여태 못했던 효도를 한꺼번에 쏟아부을 수 있게 돼 안심이 된다는 뜻이었다. 구급차 안에서의 그녀는, 시아버지의 육신이 지금껏 기거해 오던 딸네 집으로 실려 가기라도 하면 결사적으로 막아설 기세였다.

그리하여 아버지는, 더없이 효성스런 자식들에 둘러싸여 생의 마지막 순간을 맞이하는 행복한 노인이었다.

십 년 전, 어머니가 갑자기 쓰러져 세상을 떠났을 때, 오빠 내외는 단체로 해외여행 중이었다. 연락을 받고서 일정을 취소하고 달려왔을 때는, 하룻밤 하룻낮이 지나간 뒤였다. 근동에서 농사지으며 살고 있던 순임 내외가 적절히 대처했으므로 상주 자리가 빈 적도 없었고, 모든 일은 순조롭게 진행되었다.

하지만 오빠는 오래도록 충격에서 벗어나지 못했다. 어머니 임종을 지키지 못한 것도 모자라서, 아들인 자신이 없는 빈소에 손님들이 조문 오도록 두었으니 돌이킬 수 없는 불효를 한 셈이라고 두고두고 한스러워했다.

올케는 남부끄럽다고 했다. 공직 생활 이십여 년에 그런 남우세스러운 일은 처음이었다고, 공직 생활 당사자도 아닌 올케가 통탄을 했다.

"우리가 해외여행 중이 아니었더라면, 어머니께서 급작스레 돌아가셔서 경황이 없었다 해도, 침착하게 우리 집으로 모셔서 장례를 치렀을 텐데."

올케의 거듭되는 뒷소리에, 아버지의 낡은 농가주택이 조문객들한테 공개된 사실을 부끄러워하는 건 아니냐고, 순임은 되묻고 싶었다.

아버지의 낡은 집에서, 오빠와 순임은 태어나고 자랐다. 오빠는 도시로 나가서 공부했고, 순임은 부모를 도와 농사일을 했다. 순임에게도 이루고 싶은 꿈이 있었지만, 아버지가 관심을 갖지 않는 것은 물론이고, 순임 자신도 감히 그것을 말할 엄두조차 못 내었다. 잘난 아들을 뒷바라지하고 그 아들이 잘 되게 하는 일이라면, 아버지는 무엇을 투자하고 무엇을 희생해도 아까울 게 없는 듯 보였다. 어린 처녀아이가 피부를 까맣게 그을려 가며 농사지어서 오빠의 학비며 하숙비를 보내는 일에만 열중해도, 아버지는 별로 미안해하지 않았고, 순임 또한 그것을 당연하게 여겼다. 이후에 도시의 공장으로 옮겨 간 순임이 몇 푼 안 되는 월급을 오빠의 등록금에 보태는 일 또한, 가족으로서 당연히 합심하여 목표를 향해 나아가는 것쯤으로 받아들여졌다. 오빠는 공무원 시험에 합격했고, 결혼했고, 적당히 승진도 했다. 올케는 박봉으로 살기 팍팍하다는 소리를 시집의 가난 앞에 방패처럼 들이밀곤 했지만, 달리 돈 모으는 재주가 있는지 어느덧 상당히 안정된 생활을 하고 있었다. 어머니가 세상을 떠나기 한참 전에, 오빠는 시내에 큼직하고 번쩍거리는 새집을 지어 이사해 있었고, 필요할 때마다 응급조치만 하면서 살아온 아버지의 농가주택은 누덕누덕 세월의 때가 끼어 있었다.

어머니와 사별한 뒤의 아버지는 불과 몇 달 사이에 부쩍 늙어 있었다. 내내 병치레를 했고, 심히 우울한 가운데 말이 없었다. 순임이 노상 반찬과 국을 만들어다 두어도, 혼자 있을 때는 자주 끼니를 거르곤 했다. 시일이 지나면 차츰 나아지려니 하고 지켜봤지만, 아버지는 전혀 나아질 기미를 보이지 않았다. 그대로 두어서는 머지않아 큰일을 치르고야 말 것 같았다. 순임은 아버지를 제 집에 모시기로 했다. 남편을 설득하는 일이 남아 있었지만 본디 심성이 착한 사람인 데다, 순임이 시부모를 무던히 잘 모시다 보내드렸으니 어렵지 않을 성싶었다.

정작 그 계획을 무너뜨린 건 아버지와 오빠였다. 남편은 예상보다 더 수월하게 아버지 모시는 일을 받아들인 데에 반해, 오빠는 펄쩍 뛰며 반대를 했다. 그래 봤자, 자기 집으로 모셔 간다는 등의 대안을 내놓지도 않았다.

어머니가 죽은 직후에, 다소 외롭더라도 아버지 혼자 사는 게 편할 것이라는 순임의 의견을 비웃듯이, 오빠는 자기네 집으로 모셔 갈 계획을 밝혔다. 평생 부엌에 한 번 안 들어가 본 아버지를 혼자 둔다면, 남들이 뭐라 하겠느냐고 했다. 하지만 그것이 오빠만의 대책 없는 바람이라는 걸 순임은 처음부터 꿰뚫어 보았다. 아니나 다를까, 오빠 부부는 그 무렵부터 바람 잘 날 없이 시끄러운 나날을 보냈다. 말만 꺼냈을 뿐, 오빠가 아버지 모셔 가기를 고집하지도 않건만, 부부는 어차피 되지도 않을 아버지 모시기를 두고 순임이 다 알도록 지속적으로 다투었다.

그랬던 오빠가, 또다시 대책 없는 반대를 하고 나섰다. 이번에도 남의 눈 걱정이었다. 아버지가 멀쩡한 아들네 집 놔두고 딸네 집에 얹혀 살면, 남들이 뭐라 하겠느냐고 꾸짖듯이 되물었다. 아버지는 한술 더 떴다. 내 한 몸 편하자고, 네 오라버니 얼굴에 먹칠해 가면서 너를 따라갈 순 없노라 했다. 순임은 울화가 치밀어서 지난날의 불공평함까지 끄집어내어 한바탕 대들고 싶었다. 하지만, 아버지의 얼굴을 보고는 실없이 웃어 버렸다. 야윈 볼에 결연한 눈빛과 굳게 다문 입술이, 지조를 지키기 위해 목숨을 내놓은 투사의 표정이었다.

결국, 순임이 그 집으로 들어오게 되었다. 나날이 야위어 가는 아버지에 대한 연민으로 괴로워한 끝에 내린 결정이었다. 그것만이 유일한 길이라고 여기면서도 여러 가지 사정으로 실행하지 못하고 있을 때,

도시에 나가 살던 시아주버니가 장사를 접고 귀농할 의사를 밝혀 왔다. 아주버니한테 집을 비워 줘야 할 상황을 계기로, 순임은 남편과 함께 아버지의 집으로 합쳤다. 아버지도 오빠도, 순임이 집으로 들어오는 것까지 말리지는 않았다. 여전히 우울한 나날을 보내고 있던 아버지는, 차츰 기력을 회복하게 되었다.

아버지가 변소 앞에서 쓰러져 병원에 실려 가던 그 순간까지, 순임은 아버지를 무던히 잘 모셨다.

"어머님 돌아가셨을 때, 우리 집 양반 체면이 영 말이 아니었잖아요. 이렇다 하게 번듯한 손님은 다 그이 인연으로 온 분들인데, 우리가 평소에 불효라도 한 줄 알았을까 겁나더라니까. 아버님 때는 내 집에서 정말 잘 해야겠어."

잊을 만하면 올케가 순임에게 말했다. 어머니의 장례를 치른 직후에 친척들 앞에서 하던 소리 그대로였다. 올케의 말에 직접 대꾸는 안 했지만, 순임은 목울대까지 올라온 불평을 꿀꺽 삼키곤 했다.

'참 나, 천하에 효부인 양 하시면서, 아버지를 당장 자기 집으로 모신다고는 헛말이라도 절대 안 하지.'

그렇다고 아버지를 올케에게 보내고 싶다는 생각을 해 본 적은 없었다.

아무튼, 아버지는 아무것도 모르는 채 아들의 널찍하고 번듯한 이층 양옥의 깔끔한 이부자리 위에 모셔졌고, 자손들의 애절하고 극진한 애정의 눈길이 그 한 몸에 모아지고 있었다.

"아버님께서 되레 편찮아하실지 몰라서 군이 내 집으로 와 계시라 못했더니, 이토록 허망하게 가실 줄 누가 알았겠어. 이럴 줄 알았으면 당신 뜻을 살피고 어쩌고 할 것도 없이 어떻게든 모셔 올 것을. 다만

한 일 년이라도, 널찍한 새집에서 살아 보고 가시게 할 것을!"

세상에 힘 안 들이고 돈 안 들이고 베풀 수 있는 게 말인데, 그걸 아끼는 일만큼 어리석은 짓도 없다는 듯이 올케가 말 인심을 썼다. 그녀는 지금이라도 노인이 벌떡 일어나 앉기만 하면 원도 없이 받들어 봉양하겠다는 표정으로 이따금 눈물까지 찍어 냈다.

냄새 나가라고 문을 죄다 열어 놓았다면서, 올케는 코앞에 요란하게 손부채를 부쳐 냄새 쫓아내는 시늉을 해 보였다. 야윈 다리를 구부정하게 벋은 채 벽에 기대 앉아 있는 노인이 듣거나 말거나, 냄새 때문에 머리가 지끈거린다느니, 나는 이담에 자식 고생시키지 말고 적당한 때에 떠나고 싶다느니, 조심성 없이 함부로 내뱉었다.

"아버님 뵈었으니까 우리는 이제 거실로 나가요. 암만 자주 닦아 내고 환기를 시켜도, 도무지 냄새를 이길 수가 없어."

이미 거실에다 한 발을 내놓은 올케가, 아버지 곁에 앉아 있는 순임을 돌아보며 말했다. 순임은 아까부터 별 말이 없이 그저 앉아 있었다.

"여기도 좋은데요 뭐. 언니가 워낙 깨끗이 해 주셔서 냄새도 별로 없고요."

"깨끗이 청소한다고 냄새 안 나면 걱정도 없게? 여기 방문을 열어 놓으면 거실조차 온통 냄새가 밴다니까. 아무튼 차나 한 잔 하면서 이야기 좀 하게 이리 나와요."

올케의 목소리가 주방 쪽으로 옮겨 가고 있었다.

아들이 내년이면 고등학교 졸업반인데 집안에 환자가 있다 보니 뒷바라지를 제대로 못해 걱정이란 소리는, 금방 세상을 버릴 것 같던 노인이 기적처럼 회생하고 얼마 지나지 않아서부터 시작되었다. 눈물을 뿌리며 애통해하는 자손들의 정성이 하늘에 닿았던지, 아버지는 입가에 흘려 넣어 주는 보리차를 빨아들이고 과일즙을 삼키고 묽은 죽을 조금씩 받아먹는 순서를 거치며 눈에 띄게 생기를 찾아갔다. 열흘쯤 지났을 때는, 부축도 받지 않고 기적처럼 슬그머니 일어나 앉았다. 임종을 놓칠세라 생업을 밀쳐 둔 채 달려와 지켜 앉았던 혈육들은 모두 제자리를 찾아가고, 저승 가는 길에 아들 집에 잠시 머물기로 했던 아버지는, 얼결에 그 집에 얹혀사는 처지가 되었다. 아들과 한 지붕 밑에 사는 일은, 오래전의 아버지가 꿈꾸던 일이었다. 출세하고 돈 많이 번 아들 집에서, 고생에 대한 보상으로 적당한 품위를 지키면서 노년을 보내는 것. 하지만 그 꿈이 허망하다는 것을 일찍이 깨닫고, 체념한 채 늙어 왔던 것이다. 순임은 그것을 알았기에, 아버지가 병원에서 오빠 집으로 간 것은 차라리 잘된 일이라는 생각도 들었다.

아들은 반듯한 효자였다. 아침 출근하면서 아버지 방에 들어와 인사를 하고, 일찍 퇴근하면 저녁 문안도 빠뜨리지 않았다. 그런데 다 같은 자식이라도 든든한 자식 따로 허물없는 자식 따로인지라, 아버지는 아들이 든든할지언정 딸만큼 허물없지가 않았다. 며느리는 두말할 것도 없이 딸만큼 편치가 않았고, 집도 오랜 세월 살아온 낡은 구옥이 그리웠다. 하지만 섣불리 그 말을 할 수가 없었다. 사흘거리로 문안 오는 딸 내외한테 자신을 데리고 가 달라고 말하고 싶었지만, 죽음만은 아들 집에서 맞이하는 게 역시 무던하다 싶었으므로 그저 참았다.

그 무렵부터 며느리는 내년에 있을 대학 입시 준비하는 아들 걱정을 내세우며 하루의 대부분을 지친 표정으로 보냈고, 나날이 호전되어 가는 노인의 건강을 터놓고 불안해하기 시작했다. 양쪽에서 부축을 하여 겨우 화장실에 다녀오는 정도이긴 하지만, 어쩌면 그 상태에서 뜻밖으로 오래 사는 수도 있는 게 사람 목숨이었다. 그런 예감이 들 만큼, 노인은 죽음에서 확연히 멀어져 있었다.

어느 날 올케가, 깨죽을 끓여 들고 간 순임에게 작심한 듯 말했다.

"애기씨, 아버님께서 요새 부쩍 더 시골집에 가 지내고 싶으신가 봐요. 내가 무슨 말씀을 드려도 대꾸를 건성으로 하시고, 자꾸 시골집 있는 방향만 바라보시니, 딱해서 내 맘조차 뒤숭숭하니 심난하네."

말귀 어두운 사람도 아니건만, 순임은 못 알아들은 표정으로 그저 먼산바라기만 하고 있었다.

"생각해 봐요, 물고기도 저 놀던 방죽이 좋더라고, 노인네가 차마 말은 못해도 사시던 집 생각이 이만저만 아닌 눈치야. 고모가 그냥 넌지시 한번 여쭈어 봐요, 당신이 진정 원하는 자리에서 그럭저럭 사시다가, 정 많이 편찮아지기라도 하면 또 우리 집으로 모셔도 되니까."

처음에는 표현을 완곡하게 함으로써 체면치레나마 하던 올케는, 날이 거듭될수록 지친 표정을 숨기지 못했다. 이제는 눈치고 체면이고 볼 것 없이 아예 노골적으로 시아버지를 시누이에게 떠넘기려 들었다. 그때마다 순임은 그저 말귀 못 알아먹는 답답이 시늉을 하며 어물쩍 순간을 넘겨 버렸다. 올케와 감정 싸움할 생각은 없었지만, 남편에게 뭐라고 말을 꺼낼지 엄두가 나지 않았다.

아버지는 다시 병세가 급격히 악화되어 지난달부터는 다시 대소변을 받아 내는 처지가 되었다. 그렇다고 곧 세상을 버릴 만큼 쇠약해지거나 특별한 증상을 보이는 것도 아니어서, 문병 온 사람들마다 이 상태로 오래 사실 것 같다는 소릴 한마디씩 흘리고 갔다. 그 소리가 며느리 귀에는 악담이요 저주로 들렸다. 이제 그녀의 인내심도 한계에 다다른 듯했다. 내년이면 대학 입시를 치러야 할 하나뿐인 아들이 남쪽 방을 빼앗기고 골방으로 쫓겨났다고 하소연해도, 노인네가 옛집의 당신 방을 그리워하는 눈치라고 전해 줘도, 시누이는 별다른 반응을 보이지 않았다. 긴 세월 친정아버지를 잘 모셔 온 것도 그렇고, 어지간한 일은 오빠 내외의 뜻을 거스르지 않고 따라온 시누이인지라, 배신감마저 들었다.

하기는 노인의 목숨이 이튿날 아침까지나 갈 수 있을까 싶었던 그날 밤의 일을 며느리도 잊지 않고 있었다. 잘난 아들의 체면과 못다한 효도로 한이 맺혀 있다는 구실을 내세워, 딸에게서 아버지를 빼앗다시피 해서 집안에 모셔 들이지 않았던가. 그리하여 시누이의 마음에 응어리가 전혀 없기를 바란다는 게 무리인 줄도 알았다. 하지만 남의 마음 상태나 헤아리고 앉아 있을 만큼 한가한 그녀가 아니었다. 엊그제는, 서울에서 직장 생활하는 딸이 신랑감을 데려온다는 전화까지 받은 터였다. 그녀는 오늘에야말로 다부지게 밀어붙이리라 독한 맘을 먹고서, 순임에게 전화를 걸었다. 밭에서 금방 돌아왔다는 시누이는 손위 올케의 호출을 거부하지 않으면서도 무덤덤한 반응이었다. 굳이 올케의 부름이 아니어도, 며칠에 한 번씩은 유동식이나 과일 등을 준비해 갖고 아버지를 뵈러 다니던 참이었다. 며느리는, 긴급히 할 말이 있으니 치장이고 뭐고 할 것 없이 입은 채로 택시를 타고 오라고 채근한 다음, 문 앞에서 친히 기다렸다가 전에 없이 택시비까지 지불했다.

"자, 이거 한 잔 쭉 마셔요, 시원할 거야."

올케가 얼음 띄운 오렌지주스 잔을 밀어 놓았다.

순임은 아버지 방에서 늑장을 부리다가, 마지못한 듯 거실로 나와 소파 끝에 엉덩이를 걸치는 참이었다.

"내가 설마 아버님 시중들기 귀찮아서 이러겠어요?"

올케는 주스 잔을 들어 올려 입술을 축였다.

"자식의 장래 문제를 외면할 수는 없잖아. 고모도 알겠지만, 요새 고등학생이라면 어느 집에서나 상전 대접이에요."

"…그러게요."

순임이 마지못해 건성 대꾸를 했다.

"보약들을 해 바치며 엄마들이 얼마나 야단들인가. 나라고 자식 욕심 없겠는가만 그동안 아버님 수발에 힘 쏟느라고 현수는 통 뒷전으로 살았어요. 그거야 그렇다는 얘기고, 내가 오죽하면 고모한테 이렇게 사정을 하겠어요. 끝끝내 책임지라 소리는 안 할 테니까, 해숙이 결혼식 올릴 때까지만 고모가 수고를 좀 해 줘야겠어요. 그 안에라도 정 힘들면 내가 다시 모셔 올게."

"해숙이 결혼식 날짜가 그새 잡혔어요?"

올케는, 알고도 묻는 순임의 천연덕스러운 태도에 비위가 뒤틀렸다. 시누이가 마냥 수더분한 사람만은 아니라는 것을 파악할 기회가 전에도 몇 차례 있긴 했다. 하지만 적어도 겉으로는 손아랫사람으로서의 고분고분한 태도를 저버린 적이 없는 시누이였다. 또, 시댁과 관계된 모든 일은 결국 남편이 원하는 방향으로 결정되곤 했으므로, 남편만 앞세우면 시누이올케 간에 맞부딪힐 일이 별로 없었다. 올케는, 항상 농사일에 파묻혀 모양 낼 줄도 모르고, 시집에서나 친정에서나 늙은 부모를 맡아 모시는 시누이를 안쓰럽다고 걱정해 주는 척하면서, 내심 만만하게 여기고 소홀히 대해 온 것도 사실이었다.

시아버지가 쓰러지고 난 뒤의 몇 달 사이에 비로소, 며느리는 시누이가 그리 호락호락하지만은 않다는 것을 제대로 깨닫고 있었다. 죽음을 눈앞에 둔 시아버지를 빼앗다시피 자기 집으로 모셔 들였던 터에 되 모셔 가라고 말한다는 게 면이 안 서서 걱정이었지, 설마 시누이가 거부하는 일이 생기리라고는 예측하지 못했었다. 홀로 야위어 가는 아버지를 보다 못하여, 농지며 축사 등에서 차로 이십 분이나 걸리는 친정 마을로 이사를 감행한 시누이였다. 그런 시누이가 말귀 못 알아먹는 시늉을 하면서, 아버지 모셔 간다는 대답을 미루고 있으니 답답한 노릇이었다. 그렇다고 쉽게 단념할 올케는 아니었다. 올케는 돈을 모으는 데에 남다른 재주를 지녔듯이, 싸움에서도 덜 써먹은 수단과 방법을 남겨 둔 채로는 물러나는 법이 없었다.

"그깟 날짜야 이제라도 잡으면 잡히는 거지. 결혼식 때까지가 좀 뭣하면, 총각이 인사하러 온다는 이번 주 토요일까지 만이라도 아버님이 시골집에 좀 가 계셨으면 좋겠어요. 아버님 편찮으시다는 것이 숨길 일은 아니지만, 그렇다고 뭐 자랑할 일도 아니잖아. 우선 냄새 때문에 그래요. 그 냄새를 늘 맡고 사는 나도 시시때때로 비위가 상하는데, 부잣집에서 호강으로 컸을 젊은 사람이 어떻게 이해를 하겠어."

"언니가 워낙 깨끗이 단속을 하시니 그럴 테지만, 나는 나쁜 냄새를 별로 못 느끼겠는걸요. 언니, 탈취제를 뿌려 보면 어떨까요? 정 안 되면 총각한테 사정을 말해서 이해시켜야지 뭐."

"고모, 다 알아듣고서도 왜 이렇게 딴청을 부리고 그래요? 막말로 사위가 될지 어쩔지도 아직은 잘 모르는 녀석한테, 이 냄새는 뭔 냄새고 저 냄새는 뭔 냄새라고 일일이 설명을 할 순 없잖아. 손님 앉아 있을 때 노인네가 똥이라도 누어 봐, 뭐가 되겠어."

잠시 침묵을 지키던 순임이, 올케를 똑바로 건너다보았다. 그녀는 작심한 듯 따져 물었다.

"언니, 아버지를 단 일 년이라도 곁에서 모셔 보지 못하고 보내는 게 한스럽다고 하셨지요? 이제 겨우 석 달째예요. 반년도 안 되었는데 그렇게 지치세요?"

"그게 아니라, 애들 장래 문제가 걸려 있는 때라 단 며칠만 아버님 수발을 들어 달라는 거예요. 늙고 병든 부모 모시는 데에 아들이 어디 있고 딸이 어디 있다고 이렇게 이유가 많아요? 해숙이 일 아니면 또 어때? 난 여태도 했으니 고모가 좀 맡을 때도 됐잖아요! 입장 바꿔, 애도 아닌 어른이 싸 놓은 똥을 날이면 날마다 한 번 주물러 봐요. 휴. 내가 본래 비위조차 약해 갖고, 요새는 통 밥을 못 먹네. 그뿐인가, 허리조차 이렇게 결리니, 여차하면 노인네보다 내가 먼저 죽고 말겠어."

올케는 그동안 어지간히 힘들었다는 듯, 주체 못하고 감정이 격해져서 끝내는 눈물까지 보였다. 순임은 침착하고 냉정하게 차근차근 말했다.

"맞아요, 늙고 병든 부모 모시는 데에 아들이 어디 있고 딸이 어디 있겠어요. 그래서 내가 십 년간 아버지랑 살았잖아요. 누가 시켜서 한 것도 아니고, 그냥 그렇게 하고 싶어서요. 근데 언니, 이거 알아요? 언니가 가끔, 아버지를 언니가 모셨더라면 훨씬 잘 모실 수 있었다는 듯이 생색 낼 때면, 나는 우리 애들 아빠 눈치 살피기 바빴다는 거요."

"아이고 참, 별 구년 묵은 소릴 다 하네."

올케가 다소 무시하듯, 딱하다는 눈빛으로 순임을 건너다보았다.

"집은 오빠 것이니 그리 알라고 언니가 말했지요?"

순임이 아버지와 합친 직후, 올케는 농가주택 소유권이 자신들에게 있다는 걸 상기시켰다. 순임은 아버지를 편히 모시고 싶었을 뿐, 농가주택 소유권 따위에는 처음부터 관심이 없었다. 나중에 남편 소유의 농지 한편에다 번듯한 집 한 채 짓고 살 만한 형편은 되었고, 무엇보다 오빠나 올케가 자신에게 아버지의 집을 넘겨줄 사람들이 아닌 줄을 잘 알고 있어서였다. 순임이 말을 이어 갔다.

"친정 재산 욕심내고 들어오는 사람 취급하며, 언니가 지레 다짐을 받았잖아요. 나 그때, 애들 아빠한테 미안해서 죽는 줄 알았어요."

"아니, 정말…"

올케는, 시누이의 뜬금없는 옛날 타박에 정말 기가 차고 어이없다는 표정이었다. 그러나 별말은 없었다. 순임도 개운치 않은 기분으로, 유리잔만 만지작거렸다. 두 여자는 한참을 그렇게 말없이 앉아 있었다.

"한여름도 아닌데 왜 이리 후텁지근해!"

올케가 소파에서 몸을 일으키더니, 절반만 열려 있는 테라스 쪽의 유리창 하나를 마저 열고 돌아왔다. 그리고 반쯤 남은 오렌지주스 잔을 단숨에 비웠다. 순임이 그리 만만한 상대가 아님을 인정한 다음에야, 무턱대고 밀어붙이거나 자존심 세우며 대거리할 일은 아니었다. 그렇다고 이쯤 해서 포기하고 물러앉는다는 것은 더욱 안 될 말이었다. 한

참 만에 입을 연 올케의 음성은 조용히 가라앉고 애잔한 기운마저 띠고 있었다.

"고모나 나나 무슨 죄가 있겠어요. 목숨이 모질어서 저러고 누워 계시는 아버님인들 무슨 죄가 있고. 휴우, 당신을 위해서나 자식들을 위해서나, 그날 밤으로 곱게 가셨어야 하는 건데."

순임은 듣기 거북했지만 대꾸하지 않았다. 그녀는 이미 여러 날 전부터, 아버지를 모셔 가기로 작심하고 있었다. 남편이 먼저 말을 꺼내 주기 기다렸으나 아무 말이 없어, 그 부분을 어떻게 풀 것인지 궁리하는 중이었다. 미안해서 그렇지, 남편을 설득하는 일은 어렵지 않을 것이라 믿었다.

하지만, 새삼스러울 것도 없는 올케의 얄팍한 속내에 오늘따라 심통이 났다. 그녀를 너무 간단히 안심시키기가 억울했다.

"그나저나…"

올케가 자세를 고쳐 앉았다.

"네, 얘기해 봐요, 언니."

시누이올케의 대화를 모조리 엿들은 방 안의 아버지가, 차마 도움도 청하지 못한 채 옷에다 일을 보게 된 것도 모른 채, 두 여자 사이에는 다시 긴장감이 돌았다.

행복한 남자

막 솟아오른 태양이 간밤의 무서리를 녹이기 시작할 때, 아버지와 당숙과 나는 산 밑까지 나 있는 농로를 걷고 있었다. 늘 입던 옷차림에 점심 도시락을 챙겨 들고 가까운 산을 찾아 나선 그냥 가벼운 소풍 길이었지만, 아버지로서는 큰맘 먹고 잡은 하루 일정이었다. 모든 농부들이 그러하듯, 아버지는 언제나 일 속에 파묻혀 마냥 바빴다. 그리하여, 가까운 앞산으로 마음먹고 소풍 한 번 가는 일조차도 먹고 살 걱정 없는 부자들 아니면 철부지 아이들한테나 해당되는 사치쯤으로 여겼다. 객지에서 공부하는 자식들의 학비며 하숙비를 마련하는 일은, 가난한 아버지가 떠안은 최대의 과제이며 보람이기도 했다. 아버지의 생활은 그저 쉴 없이 고달픈 노동의 연속이었다. 그러다 보니, 일이 좀 뜸해져도 동네 사랑방이나 잠깐씩 기웃거려 보는 게 고작이지, 하루날 잡아 놀이를 떠나는 일 따위하고는 도무지 인연이 없는 것처럼 보였다. 그 아버지의 뜻에 따라, 무릎이 불편한 어머니를 제외한 우리 세 사람은 길을 나섰다. 아침 해가 둥실 얹혀 있는 동쪽 산을 바라고, 텅 빈 논벌과 김장 채소밭과 억새 숲 사이를 걸어갔다. 별 말이 없으나 잔잔하게 유쾌한 기분 속에, 느리거나 빠르지 않은 보통의 걸음걸이로.

"인제 가을일도 엔간히 마무리가 된 것 같으니, 동생이랑 함께 산에나 한 번 댕겨 와야겠네."

며칠 전 땅거미 지는 저녁 무렵, 동네 어귀 신작로 가에 널었던 벼를 가마니에 담아 집으로 들이던 중, 서툴러서 마냥 아슬아슬한 당숙의 지게질 뒷모습을 물끄러미 지켜보며 아버지는 혼잣말 투로 중얼거렸다. 누가 시킨 것도 아니건만, 당숙은 가을 내내 우리 집 농사일을 도왔다. 추석날 밤, 술독에 사흘쯤 담가 뒀다 건져 올린 몰골로 당숙은 우리 집 문간에 비칠비칠 들어섰다. 우리 가족들은 식객으로서의 그를 다만 친척의 도리로 담담히 받아들였다. 술에 젖은 당숙의 모습을 보는 것도 처음이 아닐 뿐더러, 문간에 들어서면 그 길로 눌러앉아 떠나고 싶을 때까지 묵기가 예사라는 것을 이미 겪어서 알고 있었다. 그 기간이 한 달 이상이었던 때만 쳐도 벌써 네댓 치레나 우리 집에 머물다 떠난 경력이 있는 당숙이었다. 그런 당숙이고 보니 언제부턴가 한식구처럼 마냥 편안했고, 한편으로 다소 홀대해도 무방할 듯싶은 만만함도 생겨났다. 따라서 굳이 손님 접대에 마음 쓸 것도 없이 평소 먹는 밥상에 수저 한 벌 더 놓고 잠자리를 제공하면 그만이었다. 그가 집에 왔을 무렵은 벼 베기와 고추 따기와 가을누에 치기가 맞물려 밤잠을 줄일 만큼 바빴다. 추석도 편히 쇠지 못한 정도로 일손이 부족했지만, 기분 내키면 언제 훌쩍 떠날지 모를 그에게, 노동력 따위를 기대하지는 않았다.

군식구인 당숙은 가족들에게 각듯이 인사를 차리곤 했다. 끼니때마

다 되레 이쪽이 민망해지도록 감사의 말을 한 다음 숟가락을 잡는가
하면, 일터에 나가거나 또 돌아오는 가족들에게 극진히도 인사를 건
넸다. 형님 인제 오세요, 형수님 수고하셨습니다, 영주야 애 많이 썼지,
식의 낮고 부드럽고 온공한 인사말과 더불어, 들고 있는 바구니나 괭
이나 소고삐 따위를 빼앗다시피 받아 들었다. 하지만 고된 농사일에
지쳐 돌아온 가족들에게, 하루 종일 구들장을 지고 맥없이 뒹굴거나
하릴없이 마을의 술집을 기웃거리던 그가 운동 부족의 부수수한 몰골
로 건네는 공손한 인사가 별로 달갑지 않았다. 아무리 멀쩡한 낯으로
인사를 건네 온들 술만 들어가면 돌변한다는 걸 이미 알아 버렸으며,
그의 내부에는 호시탐탐 돌변할 기회를 노리는 악마가 도사리고 있다
는 것도 이미 알아 버린 탓이었다.

어쨌든 그의 신세를 망친 것은 술이고, 불운에 처한 그가 이제라도
살아나려면 술을 끊는 수밖에 없다고 아버지가 말했다. 아버지를 따
라서 어머니 역시, 그가 술에 취하지 않은 얼굴로 저녁을 맞이하면 맛
난 반찬을 그 앞으로 밀어 놓는다거나 간식거리를 챙겨 주는 식으로
격려의 뜻을 표시했다. 그 문제에 집착을 한 나머지, 그의 음주 여부에
따라 집안 분위기가 좌우되곤 했다. 그가 모처럼 취하지 않은 상태로
타고 난 온화하고 신중한 표정을 유지한 채 보낸 시간이 엊그제보다
좀 길었다 싶으면 경사라도 난 듯이 과분한 기쁨에 젖었고, 결국 양껏
마시고 본색을 드러낸 어느 날 저녁에는 땅이 꺼져라 한숨 쉬며 낙담
들을 했다.

그와 한집에 기거하는 시간이 길어지면서, 아버지는 그에게 품었던
가냘픈 희망들을 차츰 버려야 했다. 더러 술에 취하지 않고 보내는 시

간이 좀 길어졌다 해서 기쁨과 희망으로 가슴 부푼다는 게 얼마나 천진난만하고 부질없는 짓인가에 대해서도 깨닫고 있었다. 언제부터인가는, 집을 떠나간 그의 소식이 제법 오래 끊겨 버려도 예전처럼 애타게 궁금해하지 않게 되었고, 그러다 어느 날 느닷없이 불쑥 나타나도 놀라거나 화들짝 반색하지도 않았다. 식구들 먹는 상 위에 밥 한 그릇 수저 한 벌만 더 놓으면 그만인, 익숙하고 무람없는 식객으로 덤덤히 받아들일 뿐이었다.

추석날 밤, 가까스로 마루에 올라섰으나 발을 떼기는 고사하고 몸을 가누지도 못해 흔들거리고 서 있는 당숙을 침통하게 지켜보던 아버지는, 누구에게랄 것도 없이 낮고 짤막하게 지시하고는 담배를 뽑아 물며 밖으로 나갔다.

"배 많이 고프겠다, 어서 저녁밥 챙겨 줘라."

나는 이미 저녁 설거지를 마친 부엌에 들어가 석유곤로에 불을 지피고, 어머니는 옷장의 지정된 서랍에서 당숙이 입다 두고 간 옷가지를 찾아냈다. 그는 짐을 몸에 지니고 다니지 않는 사람이었다. 잠시 머물다 떠나든 오래 묵든 간에, 칫솔 한 개 들고 오는 법이 없었다. 처음 몇 번, 어머니는 그가 떠날 때마다 입던 옷가지며 세면도구 따위를 챙겨서 들려 주었다. 하지만 다음에 올 때는 또다시 맨몸일 뿐더러 심지어 한 번은 손에 들려 보낸 보퉁이가 동구 밖 서낭당 앞에서 발견되기도 했으므로, 부질없이 보따리 싸는 일은 아예 포기해 버렸다. 아버지의 헌 작업복이든 오빠가 입었던 낡은 교련복이든 양말이든 또 칫솔이든, 그가 사용하다 흘리고 간 물건들을 따로 챙겨 놓았다가 언제라도 오면 내놓는 쪽을 택하게 되었다.

집에 오던 추석날 밤부터 며칠을 병자처럼 자리보전하고 있던 당숙은, 누가 권하거나 기대하지도 않았건만 어느 날부턴가 가족들을 따라 들판으로 나갔다. 낫을 들고 논에 나가 벼 베기를 거들었고, 뽕따기와 가을누에 올리기를 거들었으며, 콩을 거두고, 산비탈 밭에서 넓은 농로까지 무거운 고추 부대를 들어 날랐다. 한 시간만 계속 밟아도 허벅지에 굵은 알이 박히는 탈곡기를 하루 내내 밟아 댔고, 아버지와 짝을 이뤄 작두로 여물을 썰었으며, 도시의 오빠와 동생에게 보낼 미숫가루 소포를 단단하고 말끔하게 포장해 내놓기도 했다.

술 냄새에 푹 절어 알아듣지 못할 횡설수설과 함께 동네 가게에서 집까지의 멀지 않은 거리를 오랜 시간 비칠거리며 이동함으로써 마을 사람들의 구경거리가 되는 일도 전보다 훨씬 줄어 있었다. 그는 술을 마셨다 하면 아예 술독 속에 흠뻑 빠져 버렸다. 매우 드문 일이긴 해도 모처럼 술을 마시지 않는 때도 있긴 했다. 한두 번 속은 것도 아니면서, 취하지 않은 상태로 보내는 그 모처럼의 시간을 두고 아버지 어머니는 매우 흐뭇해하며 나름대로의 긍정적인 지레짐작을 주고받았다. 아마도, 당숙이 스스로의 음주 행태에 대한 반성과 새로운 다짐을 하는 중일 거라고, 자신들의 방식대로 넘겨짚곤 했다.

말린 볏가마를 져 나르는 당숙의 뒷모습에서 아버지는, 덕분에 가을일을 채 수월하게 마칠 수 있었다는 고마움과 더불어 한동안 접어두었던 희망을 다시 끄집어냈다. 당숙과 함께 산에 가야겠다고 혼잣말처럼 뇌었던 이튿날이 읍내 장날이었는데, 아버지는 어머니한테 일러 산에 갈 적에 먹을 것들을 사다 놓도록 했다.

아침 일찍, 배낭에 먹을거리들을 집어넣었다. 붉은 팥과 알밤을 듬뿍

놓은 찰밥, 고추전과 찐 계란이며, 단감과 사과 몇 알에, 오징어 안주
와 짝을 이룬 소주도 한 병 있었다.

"술이 전혀 없으면 이 사람 너무 심심해할 것이고, 더 있었다간 정작
할 이야기를 못 할까 싶고, 술을 딱 한 병만 넣어라."

마루와 부엌 사이의 샛문 앞에서 짐을 챙기고 있는 나를 돌아보며
신을 신은 아버지가, 외양간 쪽으로 걸어가며 말했다. 아버지는 당숙
과 진지하게 할 이야기가 있노라 했다. 전에도 몇 차례인가 시도했으
나 번번이 실패로 돌아갔던 일. 당숙을 집과 일정한 직업을 가진 보통
의 생활인으로 되돌려 놓는 일을 아버지는 아직도 포기하지 않고 있
었다. 겨우 마흔 살 남짓의 젊은 나이에 육신 성하고 눈썰미에 솜씨도
쓸 만큼은 지닌 사람을, 실패한 인생이라 단정하고 외면해 버리기에는
아무래도 이르다 했다. 일제강점기, 한국전쟁, 거듭되는 흉년… 때로는
거대한 폭력에 때로는 숙명적인 가난에 목숨의 위협까지 느끼면서도
꿋꿋한 의지와 성실함으로 헤쳐 나온 아버지는, 당숙이 한동안 길을
잃고 방황하는 중이라고 여겼다. 그리하여 스스로 혹은 누군가의 안
내에 의하여 길을 찾기만 하면 곧 달라지리라고 믿었다. 아버지는, 자
신을 역경 속에서 살아남게 하고 오늘까지 지탱해 주었던 굳센 의지와
성실함을 당숙에게 전수하고 싶어 했다.

"사람이 정 곤란할 적에는 누군가 실낱같은 부조만 해 줘도 크게
보탬이 되는 법. 우리 형편도 어렵기야 하지만, 버거운 짐 지고 비탈길
오르는 놈 뒤에서 작대기 끝으로 밀어주는 셈치고 어떻게 한 번 힘을
써 보세."

"한두 번 속은 것도 아니면서…"

어머니는 아무래도 미심쩍은 눈치였지만, 그렇다고 굳이 반대하려 들지는 않았다.

아버지는 당숙을 이 동네에 주저앉힐 셈이었다. 당숙이 뜻밖으로 가을일을 열심히 돕고 있는 사이, 그 긍정적인 정황에 고무된 아버지는 마을 뒤쪽의 비어 있는 오두막을 이미 흥정해 둔 터였다. 거기에다 남의 것이나마 전답 몇 뙈기와 배냇소라도 한 마리 구해 주면 떠돌이 생활을 청산하고 자리 잡을 가망성이 보이지 않느냐고, 자신의 낙관을 어머니에게 열심히 주입시켰다. 한 달 이상이나 꾸준히 농사일을 거든 게 전에 없던 일이고 보면, 그동안 떠돌면서 얼마나 정착을 원하고 그리워했는지 알 만하다고 넘겨짚기도 했다. 한창 나이에 직장도 가정도 스스로 버리고 빈털터리 떠돌이가 된 사람이 이제 와서 농사꾼이 된다는 게 쉬울 리야 없겠지만, 아버지 자신이 곁에서 자주 돌보고 간섭할수 있다는 게 더없는 이점이라 했다. 그 이점을 한껏 살려 채찍과 당근을 적절히 자주 사용하다 보면, 적어도 삶의 의욕만은 되찾을 수 있지 않겠느냐는 거였다. 삶의 의욕 그 하나를 되찾는 것만으로도, 머지 않아 아내와 자식들과 합칠 수 있으리라 했다. 무슨 원수져서 갈라진 사이도 아닌 바에야, 살려고 노력하는 모습을 보여 주는데도 그들이 다시 합치길 거부할 리가 없다고 아버지는 흥에 겨워 단정했다. 차마 말은 못해도 젊은 놈이 얼마나 속을 앓겠는가, 라고 아버지는 담배 연기에 실어 한숨을 내쉬었다. 당숙이 처자식과의 재결합을 눈물 나게 원하나, 그것을 실현하기에는 내세울 것도 기댈 곳도 없는 처지를 몹시 비관하고 있을 것이라 했다. 도움을 청하고 싶어도 더 이상은 염치 없어 입을 떼지 못하고 있을 테니 한 번만 넌지시 일으켜 세워 줄 셈이라 했다.

고작해야 남의 농토나 얻어 주며 거기에 진득하니 엎드려 정착해 주었으면 하는 게 전부였지만, 아버지로서는 너그럽고 과감한 결정이었다.

사촌인 아버지까지도 자신의 잃어버린 청춘을 보상받기라도 하는 양, 당숙의 빛나는 미래를 기대하며 즐거워하던 시절이 있었다.

수재라 불리던 준수한 용모의 소년. 담임선생들이 집까지 찾아와서 부디 상급 학교 진학을 시켜 주십사고 간곡히 당부할 만큼 특별했던 학생. 당숙은 그렇게, 일찍 아버지를 여의고 병든 홀어머니와 동생들의 가장이 된 큰당숙의 희망이요 보람이었다. 큰당숙 자신을 포함한 여러 여자 형제들이 한글도 겨우 깨친데 반해, 둘째 아들이자 막내인 당숙은 도시의 명문 고등학교를 거쳐 법과대학에 진학했다. 논마지기깨나 부친다는 집조차도 자녀의 고등교육은 고사하고 한 해 식량 걱정에 연연하던 자유당 말기의 농촌 실정이었다. 그런 터에 아우를 대처에 있는 고등학교에 보낸 것만도 무리였는데, 스무 살 터울의 아버지 같은 맏형 큰당숙은 소를 팔고 논을 팔아 가면서 자랑스러운 아우의 대학 진학을 주저 없이 밀어주었다. 그의 다섯 자녀 중에서 고등교육을 받게 된 사람이 장남 하나뿐인 것도, 동생 뒷바라지로 집안 형편이 쪼들리게 된 것과 무관하지 않았다. 마을의 첫 대학생이 된 당숙은, 자신의 친형뿐 아니라 사촌인 나의 아버지한테도 당신들이 이루지 못한 꿈이고 희망이며 자랑이었다. 그는 마을 사람들의 자랑이기도 했고, 또래들의 동경의 대상이었다.

군대에 간다고 고향에 와서 며칠을 보내고 떠났던 당숙은, 보병학교 주소가 적힌 편지를 보내왔다. 자기는 이 길로 직업군인이 될 것이라며, 학교를 그만둔 지는 이미 오래전이라고 담담하게 적었다. 이유는 설명하지 않았고, 뒤늦은 고백을 미안해하지도 않았다. 큰당숙은 사흘 동안 머리를 싸매고 누워서 배신감과 허탈감을 견뎠다. 고등학생 때부터도 방학을 온전히 집에 내려와 보낸 적이 없는 당숙이었지만, 대학에 간 이후로는 아예 얼굴도 비치지 않고 간간이 편지만 보내왔다. 고향에 오가는 시간마저 아껴 공부에 쏟아 넣는 것이라 믿는 큰당숙은, 그것마저도 반겼다. 큰당숙은 여전히 농사지어 동생의 학비벌이에 열중했고, 그래도 모자랄 때엔 또 한 마리의 소를 팔고, 산골 논다랑이마저 팔아 우체국으로 달려갔다. 그는 아우의 마지막 등록금을 보내고 한숨 돌리는 날과, 나아가서 사법고시에 합격하는 날을 간절히 꿈꾸었다. 큰당숙과 아버지와 마을 사람들까지도, 법대에 간 당숙은 당연히 사법시험에 합격하는 줄로 알았고 합격하는 순간부터 시쳇말로 불행 끝 행복 시작이라도 되는 양, 미리 들떠서 말잔치들을 했다. 라디오 연속극 속의 가난한 선비 장원급제 대목쯤으로 상상되는 그날을 바라고 너무 많은 것을 희생한 큰 당숙이었기에, 상처도 클 수밖에 없었다.

"동생이 잘나서 그리된 모양이니 너무 상심 마시오. 세상이 어지러울 때는 똑똑한 사람 처신하기가 더 곤란하다는 건 형님도 알잖소."

아버지는 당숙이 학교를 그만둔 사실에 나름대로의 짐작과 의미를 갖다 붙이며 차라리 대견한 표정을 지었다. 상심하는 큰당숙을 위로하려는 뜻이기도 했지만, 당숙이 학교를 그만둔 일과 마침 그해에 있었던 4.19혁명과 필시 연관이 있으리라 넘겨짚고 있었다. 정작 당사자는 그에 관하여 한마디 말한 적도 없건만, 그런 거창한 이유가 아니고 서야 형님의 노고와 은공을 생각한들 멋대로 학교를 그만둘 리가 있느냐고 아버지는 자신 있게 반문했다.

큰당숙은 코웃음을 쳤다.

"자네가 내 맘 편케 하려고 애쓰는 줄은 알지만, 내가 바보 등신인가. 제깟 놈이 데모를 하다 죽거나 다친 것도 아니고, 이승만 씨는 그때 바로 물러났고, 집에서 꼬박꼬박 돈까지 보내 줬는데 왜 학교를 못 댕겨. 아니, 지 잘난 맛에 데모를 하다 그리됐어도 마찬가지여. 괘씸한 놈, 이 형편에 저 하나 가르쳐 본다고 전력을 다해 살아왔거늘."

아버지는 어쩌면, 역시 스스로의 추측을 신뢰하지 않으면서, 허탈감을 달래기 위해 또 하나의 허상을 만들어 낸 거였다. 덕분에 당숙은, 미래의 법조인에서 의를 위하여 미래를 내건 사람으로 바뀌었다. 개중에는, 역시 똑똑한 사람다운 처신이라고 극찬을 하며 예전보다 한결 더한 기대와 애정을 내비치는 축도 있었다.

직업군인으로 자리매김을 한 한참 뒤에야 아버지가 물었다. 고향에서는 학교를 다니는 줄로만 알고 있던 그 기간에 도대체 무얼 하며 살았느냐고.

"처음에는 중학교 입시 공부하는 초등학생 가정교사로 들어가서 일하다가, 별로 재미도 없는 데다 성적 안 오른다고 아이 엄마가 주기적으로 불평하는 바람에 그냥 됐습니다. 월급날을 며칠 앞두고 나왔는데, 다시 찾아가기 귀찮아서 떼이고 말았지요. 그다음엔 물품 배달하는 점원 일이었는데, 그게 힘들긴 해도 역동성이 있어 좋더군요. 거기 그냥 둔 뒤에는…."

연탄 공장, 얼음 공장, 전구 공장, 그리고 양조장까지. 더 이상 궁금해하지도 않는 아버지에게 당숙은 자신이 그저 연명할 목적으로 거쳤던 일터와 직종들, 그리고 그것들의 특성을 나열했다. 마치, 부모 앞에서 수학여행 뒷이야기를 재잘대는 아이처럼 천진한 표정이었다. 형님이 보내 주는 학비는 어찌했느냐는 질문에, 그 돈만 가지고는 살아내기 힘들었노라 했다. 그럴 법도 했다. 기껏해야 등록금이나 보탤 정도인 집안 형편이라, 고학을 한다는 전제하에 대학 진학을 감행했었다. 그래도, 형으로서는 언제나 큰돈이었다.

"양조장에서 일하면서, 제가 음주 체질이라는 것을 깨달았습니다."

일이 끝나면, 공장 귀퉁이에 있는 일꾼들의 방에서 마시고 또 마셨노라 했다. 고향의 형님을 속이면서, 보내 준 학비와 세월을 탕진한 사연치고는 너무 보잘 것이 없었다. 그럼에도 불구하고 당숙이 현재 반듯한 직업을 찾아 제 갈 길 가고 있는 만큼, 과거를 탓할 일은 아니라고 아버지는 주변을 다독거렸다.

대위로 진급할 무렵에 당숙은 결혼을 했다. 예전 하숙집의 딸이라 했다.

그런데 신혼기를 겨우 벗어날 무렵부터 당숙모가 우는 소리를 내기 시작했다. 결혼 이후 빈발하는 남편의 기행에 당황하고 실망하며, 자신의 심경을 시댁 사람들한테 호소해 왔다. 당숙모를 고통과 절망에 빠뜨리는 당숙의 기행은, 오랜 세월 떨어져만 살았던 고향의 가족들에게도 마냥 놀랍고 새삼스러운 것들이었다.

어느 날은 모처럼 큰맘 먹고 구입한 양복을 입혀 내보냈는데, 너덜

너덜하고 더럽기 그지없는 누더기를 걸치고 귀가했다. 놀라서 다그쳐 물자, 길가에 앉아 구걸하는 노인과 바꿔 입었다는 천연스런 답변이 돌아왔다. 어떤 달에는 월급을 단 한 푼도 갖다 주지 않았다. 월급쟁이 살림이 다 그러하듯이 그녀도 숭숭 뚫린 돈 들어갈 구멍들을 보면서 월급날만을 손꼽아 기다리고 있었다. 그런데 월급날 저녁 늦게 귀가한 남편은 빈손이었다. 퇴근길에 들른 술집 여종업원들에게 월급봉투를 통째로 넘겨준 거였다. 아내의 추궁에 그의 대답은 간단하고도 당당했다. 대단할 것 없는 자신에게 서넛이나 되는 젊은 여자들이 문간까지 달려와서 갖은 교태를 부리는 것이 하도 처절해 보여서, 나누어 쓰라는 한마디와 함께 봉투를 던져 주고 그대로 되돌아 나왔노라 했다. 그와 비슷한 일이 심심하면 일어났다. 그들의 살림은 궁핍할 수밖에 없었다. 다음 날 먹을 쌀을 걱정하기가 예사였다. 아내의 생일날, 그는 커다란 케이크를 사 들고 들어왔다. 어차피 파티를 할 처지도 못되는 데다, 때마침 쌀 걱정을 하고 있던 아내는 노골적으로 달갑잖은 눈길을 보냈다. 아니, 어느덧 그녀는 남편에 지치고 가난에 지치고, 이어지는 환멸에 지쳐 있었다. 그녀의 시각으로라면 참으로 가당치도 않게, 남편은 분위기를 잡으며 케이크를 들이밀었고, 그녀는 신경질적으로 뿌리쳤다. 머쓱하여 서 있던 남편은 말없이 돌아서서 밖으로 나갔다. 한참 뒤 되돌아온 남편 뒤를, 크기도 모양도 각각 다른 열 개의 케이크가 따라 들어왔다. 케이크가 가득 찬 좁은 방 안에서 좋아 날뛰는 어린것들을 뒤로하고 나온 아내는, 미친 듯이 울면서 거리를 헤맸다.

"저쪽 아주버님 앞에서는 이런 얘기도 차마 못해요. 불같이 화를 내세요."

큰댁에 일이 있어 내려온 길이면 우리 집에 들러, 당숙모는 눈물을 뚝 뚝 떨어뜨리며 하소연했다.

아버지는 또 당숙을 감쌌다.

"나이 먹으면 차차 살림 맛을 알게 될 것이니, 제수씨가 조금만 참고 기다려 주시요. 엔간한 남자치고 젊었을 때 객기 부리느라 술 먹고 길거리에 고꾸라진 경험 한 번쯤은 다 갖고 있을 거요. 길거리에 고꾸라져서 업혀 왔다거나 살림을 한두 번 거덜 내 본 사람이라 해서 다 못 쓰게 되고 말지는 않습디다. 동생이 본바탕이 괜찮은 사람이니, 기다리면 좋아질 것이요."

가족들의 위로에도 여전히 눈물짓고 여전히 하소연할 뿐인 당숙모에 대해, 마뜩찮은 심사를 표출하기도 했다.

"안에서 그렇게 밤낮 우는 상호를 하고 징징거리니 동생이 집에 재미를 못 붙이지."

그런 아버지를, 큰당숙은 답답해하며 나무랐다.

"자네가 몰라서 그렇지, 그놈이 실은 어제 오늘 그리된 게 아닐세. 나도 한참 잊고 있었네만, 결과가 이렇게 되고서야 곰곰이 더듬어 보니, 중학교 삼 학년 겨울이던가 하여튼 그 무렵 언제도 인사불성이 되도록 술을 처먹고 들어와, 집안이 발칵 뒤집어진 적이 있었네. 나중에 캐물으니, 뭔 책을 읽고 나서 혼자 술을 먹었다고 하더구먼. 동네 또래들은 지게질할 때 교복 입고 학교 댕기니 호강이 받쳤던가, 책 때문에 술을 처먹었대. 하도 말 같잖아서 별로 들어 넘겼지. 또 고등학교 댕길 때는, 수업료를 줘 보냈는데 잃어버렸다고 해서 다시 챙긴 적도 있고,

하숙비 낼 쌀을 메고 가다 넘어져 하천에 엎질렀대서 새 채비로 장만해 보내기도 했어. 그때만 해도, 나 역시 그놈을 무작정 믿었던 터라 뭣이든지 좋게 좋게만 생각하다 아예 잊고 살았네만, 오늘에 와서 가만히 돌이켜 보면, 미심쩍은 구석이 많았어. 그때부터 싹수가 노랬던 거여, 휴우…"

큰당숙은 이미, 아우에의 믿음을 거두어들인 지 오래였다. 재기의 발판을 마련하기 위해서, 혹은 피치 못할 궁지에 몰려서라는 따위의 이유를 대며 물질적인 도움을 요청해 오면, 말이 채 끝나기도 전에 고함 한번 지르고 돌아앉아 버렸다. 이제, 당숙이 믿을 곳은 사촌 형인 아버지뿐이었다.

아버지는, 예기치 않은 어느 날에 날아든 전보의 짧은 문구만 보고서 이웃집의 소 판 돈을 급히 꿰어서 보냈고, 얼마 뒤에는 군복을 벗어야 할 위기 상황에 놓여 있다는 당숙모의 숨 가쁜 하소연에 놀라, 농협에서 적지 않은 액수의 빚을 얻어 보냈다. 실수로 부대 공금을 잘못 관리해서, 부하가 사고를 낸 책임을 져야 해서….

때마다 대는 이유라는 게 간단하기 그지없어 답답하고 미심쩍긴 해도, 아버지는 굳이 세세한 설명을 요구하지 않았다. 군대란 그저 엄하고, 바깥사람들한테 시시콜콜 말해서는 안 될 기밀이 많은 곳이라고만 막연히 알고 있는 아버지였다. 설령 용납하기 어려운 문제가 숨어 있더라도, 위기에 처한 형제를 우선 구해 놓고 보아야 한다는 게 아버지의 지론이었다. 아버지는 결국 빚을 갚느라고 고생하면서도, 사촌 동생에 대한 일말의 희망과 믿음만은 쉽사리 버리지 않았다.

하지만, 아버지가 당숙의 빚을 갚느라 고생한 사실을 알게 된 큰당숙은, 완전히 마음의 문을 닫았다. 동생의 이름만 들어도 고개를 돌렸으며, 누군가가 눈치 없이 그에 대한 이야기를 계속할라 치면, 자리를 박차고 일어나 버렸다. 결국 군복조차 벗어 던지고 고향 근처에서 어른대는 일이 잦아진 그는 하나뿐인 형으로 하여금, 지난 세월의 고생과 헛되이 무너진 꿈의 상처를 종종 되새기게 해 주었다. 큰당숙의 쌓인 억울함과 허탈감은 곧바로 활화산 같은 분노로 폭발하는 바람에, 동생이 나타나는 날이면 형네 가족들은 한바탕 소동을 겪어야 했다.

한에 찌든 늙은 형의 고함 소리를 고스란히 견디고, 어머니 같은 형수의 눈물을 보고, 그런 밤에 당숙이 술에 흠뻑 젖어 찾아오는 곳이 우리 집이었다. 아버지는 본디 성품이 온유한 사람일 뿐더러, 억누르지 못할 사무친 감정에서는 한 발짝 떨어져 있는 사촌이었다. 어머니 또한 사려 깊은 심성의 소유자여서, 상처 입은 짐승 같은 몰골의 당숙이 찾아와 쉴 곳으로는 우리 집이 적당했다. 결국 음주 행태가 원인이었는데, 하여튼 길지 않은 군대 생활을 등 떠밀려 마친 당숙은, 아내와 두 아이를 팽개쳐 둔 채 방랑 생활을 하고 있었다.

당숙이 군복을 벗은 지 이미 석 달이 지났다면서 찾아왔던 가을, 절망에 가까운 암담한 심사를 숨기지 않던 그때, 아버지는 그들 가족을 살려야 한다며 나름대로 많은 애를 썼다. 우선, 자리 잡을 때까지는 얼마든지 마음 편히 있으라며 당숙에게 방을 내주었고, 어디 눈 먼 일자리라도 있는지 일삼아 찾아다녔다. 그러나 근방의 몇몇 촌 동네를 채 벗어나지 못한 아버지의 활동 범위인지라, 최고의 자산인 신용과 명망 역시 그 안에서 맴돌 뿐이었다. 그리하여, 읍내 이상의 넓은 동네에 당숙의 일자리를 구해 주기에는 아무래도 역부족이었다. 아버지가 할 수 있는 일은 또다시 빚을 얻어 주는 것뿐이었다. 아버지 역시 당숙의 비상식적인 경제 행위에는 이미 머리를 내저을 지경이 되어 있었지만, 당숙모를 믿어 보기로 했던 것이다. 당숙은, 아내의 뜻에 따라 장사를 해 보겠노라고 했다. 처가에서도 얼마간의 도움을 약속했으니, 아버지가 구해 준 돈과 합치면 두 사람의 작은 계획을 실현하는 데에 그리 부족하지 않을 듯싶다고 고마워했다. 아버지는 그저 신용만으로, 동네 청년이 베트남의 전쟁터에서 부상을 입어 가며 벌어 왔던 돈의 일부를 용케도 얻어 내어 당숙 손에 쥐어 주었다. 적지 않은 목돈이었다. 당숙은 열심히 살겠노라고 결의를 보였다. 몇 년 후가 되든 몇 달 후가 되든, 다음에는 오직 이 돈을 갚기 위해서만 찾아올 것이라 했다.

그토록 거듭 맹세하고 떠난 당숙이, 바로 이튿날 저녁 무렵에 되돌아왔다. 언젠가 그 자신이 아버지한테 고백했듯이, 맨 정신으로는 미안해서 못 오는 때문일까. 문간에 첫발을 들여놓는 그는, 이곳까지 걸어온 것이 차라리 신기할 만큼 술에 흠뻑 절어 있었다. 비칠대며 마루에 올라서는가 싶더니, 눈알이 달팽이 모양으로 팽글팽글 돌다 스르르 닫혔다. 가족들은 누가 먼저랄 것도 없이 불길한 예감에 휩싸인 채, 고목나무 쓰러지듯 풀썩 쓰러져 잠드는 그를 지켜볼 뿐이었다. 술이 깬 이튿날 아침에, 과연 가족들의 불길한 예감이 적중했음을 알았다. 전날 오후, 처가에 가는 버스를 타기 위해 읍내에 닿은 그는, 타려는 차가 올 때까지의 그리 길지 않은 기다림을 견디지 못하고 근처의 술집에 들어갔다. 술집에는 낯선 사내들 몇몇이 무리지어 있었는데, 그들에게 인사를 청하고 무슨 이야긴가를 주고받으며 술을 마셨다. 그가 확실히 기억할 수 있는 말은, '오늘 술은 제가 사겠습니다.'라는 한마디였다. 안주머니에서 봉투를 꺼내며, 그 자신이 호기롭게 내뱉은 말이었다. 그는 만취한 상태로 거리에 나와 시외버스 터미널로 갔다. 처가에 가는 차표를 끊으려고 주머니에 손을 넣으니, 돈 봉투가 없었다. 술집으로 되돌아갔을 때, 그가 내뱉는 혀 꼬부라진 소리를 귀담아 들어주는 사람은 없었다. 그는 주머니 안에서 용케도 손에 잡히는 잔돈푼으로 막걸리 몇 잔을 더 마시고 나와, 터미널 대합실에서 새우잠을 잤다. 이튿날에는 왕래도 없던 중학교 동창생의 눈에 띄어 밥과 술을 얻어먹고, 미친 정신으로 되돌아왔다.

"죄송합니다."

그 한마디뿐으로 고개를 들지 못하고 서 있는 그를, 아버지는 체념한 듯 담담한 어조로 위로했다. 그러나 길지 않은 위로의 말을 마친 다음에는, 곧바로 벽을 향하여 새우 모양으로 누워 버렸다.

"너무 상심 마. 돈이란 있다가도 없고 없다가도 있는 것이니, 사람 안 다치고 무사한 것만도 다행으로 알아야지."

후회, 사죄, 각성. 그러나 비슷한 일들은 여전히 되풀이되었고 어느 날엔가 드디어, 당숙은 법적인 이혼남이 되어 나타났다. 처가에서 이혼 심판 청구를 냈는데 귀찮아서 계속 법정에 나가지 않았더니 일방적으로 이혼 절차가 통과된 모양이라고, 남 말 하듯이 전해 주며 싱겁게 피식 웃는 거였다. 그의 몰골은 어느덧 영락없는 거지였는데, 그건 방랑 생활의 시초부터 일찌감치 조짐이 보였었다. 그나마 처자식 거느리고 살 때에는 아내 덕에 간신히 구경거리 신세만은 면했으나, 혼자가 되기 무섭게 얻어먹을 깡통조차도 없는 진짜배기 알거지의 모습을 유감없이 드러내었다.

도대체 그는, 소유라는 낱말하고 전생에 무슨 원수를 진 듯싶었다. 닥쳐올 미래를 준비하는 건 고사하고, 당장의 생존을 위해 필요한 물건 하나도 간수할 줄을 몰랐다. 가령 싫어서 떠나게 될 때까지 묵을 요량으로 한 반년 만에 불쑥 나타났을 경우에, 최소한 쓰던 세면도구와 속옷 한두 벌은 지니는 게 상식이련만, 그마저도 손에 들려 있는 법이 없었다. 나타날 때마다 단벌옷이 바뀌어 있는 것도, 누군가가 헌옷 한 벌 던져 주면 그걸 주워 꿰맴과 동시에 입고 있던 옷은 아무 곳에나 버리고 떠나오는 까닭이었다. 길 떠나면 하루도 못 돼서 아쉬워질 칫솔 하나 속옷 한 장까지도 손에 들고 나서길 거부하는 그이니, 이혼까지 한 마당에야 땟국 줄줄 흐르는 누더기 차림은 차라리 당연했다.

거지 차림으로 나타난 당숙이 이혼 사실을 전하며 피식 웃었다고 했는데 실은, 어머니가 차려 준 늦은 저녁밥으로 허기부터 달래고 취기 또한 얼마쯤 가신 뒤의 일이었다.

저녁 식사가 끝난 지 한참 되었을 때 개 짖는 소리에 문을 여니, 마당에 당숙이 서 있었다. 역시나 취해 있던 그는 어느덧 불청객 노릇에 이골이 난 듯, 들어오라는 말이 떨어지기도 전에 비칠비칠 안방으로 들어와서 털썩 주저앉았다. 그리고 풀릴 대로 게게 풀려 버린 눈을 애써 곧 추뜨며 혀 꼬부라진 소리로 외쳤다. 아니 울부짖었다.

"밥…, 형수님, 저에게 밥을 주십시오. 제게는 지금 밥이 필요합니다. 세상 그 무엇도 아닌 밥, 밥을요!"

낮의 노동에 지쳐 선잠에 들었다 깨어난 아버지는 침통하게 재떨이를 끌어당겼고, 어머니와 나는 누가 먼저랄 것도 없이 부엌으로 달려가 석유곤로에 불을 붙이고 상을 내려 닦았다. 당숙의 물기 어린 음성이 이어지고 있었다.

"형님, 저는 밥 앞에 항복했습니다. 지금 배가 많이 고파요. 형님은 고흐라는 작자를 아십니까? 아, 스스로 제 귀를 잘랐던 천재 화가인데요, 그 자도 결국, 결국 말입니다, 밥! 밥! 그렇게 절규하며 죽어 갔더랍니다. 그 미친놈도 저만큼이나 굶었던 모양입니다."

처절한, 그리고 밉살맞은 절규였다.

수북한 밥그릇을 허겁지겁 비우고, 잠 한숨 잠으로써 술기운이 걷히고, 그리하여 수줍은 듯 미안한 듯 본래의 그 얌전한 표정을 되찾았을 때에야, 당숙은 이혼 사실을 알리며 피식 웃었던 것이다. 그뿐, 어디서 어떻게 지냈다거나 처절한 굶주림의 이야기조차도 더 이상은 하지 않았다.

"요새 젊은 사람들 말마따나, 구제불능인가."

드디어 아버지 입에서 그런 소리가 나왔다. 하지만 아직 희망을 버리지는 않았다. 아버지는 예전부터, 성현들이 낡은 책 속에 남겨 둔 고색창연한 격언이라든가 윗사람의 진심 어린 충고 따위가 사람을 크게 변화시킬 수도 있다고 믿었다. 그리하여 틈만 나면 당숙을 붙잡고 충고하고 꾸짖고 애원도 했다.

아직도 늦지는 않았다. 너의 아내는 선하고 지조 있는 여자이니, 언제라도 돌아올 준비를 한 채 너를 지켜보고 있을 것이다. 그야말로 모든 것은 너 하기 나름이니, 부디 술을 끊고 가족을 부양할 수 있도록 능력을 갖춰라….

아버지는, 시련과 절망에 가려져 보이지 않을 따름인 당숙의 그 어떤 진면목을 막연히 믿으며 기다리고 있었다. 그것을 되찾는 데에 자신의 노력이 큰 몫을 할 것으로 알았다. 실제로 아버지는 이혼 후의 당숙모를 만나서, 당숙이 새로운 모습을 보여 줄 때까지 기다려 줄 것을 부탁하고, 그때엔 재결합하겠다는 다짐도 받아 냈다. 하지만 당숙을 변화시키는 그 일은, 황무지를 맨손으로 개간하여 밭을 만들거나 억센 황소 길들이기 따위와 근본적으로 달랐다. 당숙이 우리 집에 머무는 날이 늘어 감에 따라, 아버지 스스로 그 사실을 뼈아프게 깨닫고 있었다.

나중에 아버지는, 당숙이 며칠간 술에 취하지 않은 사실을 두고도 그저 심상한 어조로 다행이라 말하거나, 그러다 역시나 술독에서 건진 생쥐 꼴로 돌아온 밤에는 나직하고 침통하게 한숨을 내쉴 뿐이었다. 밤이 되어도 그가 돌아오지 않으면 저 가고 싶은 어디로 홀연히 떠났거니 여기고, 몇 달 후에라도 불쑥 나타나면 싫은 내색 보이지 않고 덤덤히 받아들였다.

그러던 아버지가, 당숙을 위하여 비어 있던 동네 오두막을 계약하고, 전답을 얻어 줄 계획으로 다소 흥분하고 있었다.

"그 사람한테는 이곳 생활이 맞는 모양이다. 미처 그 생각을 못했다만, 군대에서 처음 나왔을 때에 여기다 주저앉혔더라면 저렇게까지 망가지진 않았을 수도 있어. 하여튼 인제라도, 물에 빠진 사람한테 밧줄 던져 주는 요량하고 시작을 해 봐야겠구먼."

그리고 추석날 밤 누더기 차림으로 나타난 아우를 보자 언제나처럼 분노에 떨며 집안을 발칵 뒤집었다는 사촌형을 원망했다.

"그 형님 맘을 내 모르지는 않지만, 어쩌다 처자식도 거천 못하고 떠돌아다니는 놈 속이야 오죽할 것이여. 애써 속을 좀 눙치고 안위를 하

실 게지 원, 성정하고는….'

　빈 들판의 마른풀 사이를 걸으며, 당숙은 휘파람을 불었다. 아주 오래된 그 노래의 가사를 나는 기억하고 있었다. '물같이 흘러 버린 지난 세월에 잊으려도 잊지 못할 그대의 모습….' 소위 계급장을 달고 처음 고향에 왔을 때였던가? 동생에게 줄 고무 새총을 만들며 당숙이 그 노래를 불렀다. 우물가 확에 엎드려 고추를 갈고 있던 언니의 부탁으로, 나는 툇마루에 엎드려 가사를 받아 적었다. 당숙은 호박전을 동그랗게 말아서 달팽이 무늬가 나오도록 베어 먹으며 웃었고, 볶은 콩을 공중에 던져 올린 다음 입으로 받아먹는 묘기도 보여 줬다. 그의 복장에 반한 동생의 장래 희망 직업은 육군 장교로 바뀌었다. 비록 대학을 그만둔 사실로 큰 당숙이 상심했다지만, 그때만 해도 당숙은 빛나는 젊음을 지니고 있었다. 베잠방이 차림에 지게를 진 농사꾼 청년의 눈길에는 선망의 빛도 어려 있었다. 선망의 눈길을 보내던 또래 청년들은 이제, 제각각 건실한 생활인으로 자리를 잡아 농토를 늘리고 집을 개축하며, 자녀들과는 보살핌과 희망을 서로 나눔으로써 굴뚝에 훈기를 내뿜고 있었다.

　까마득한 옛 노래를 휘파람 불며 걸어가는 당숙의 뒷모습이 불현듯 스산하고 추워 보였다. 그의 어깨에는 내게서 받아 든 점심 배낭이 메어져 있고, 아버지가 입던 작업복 바짓가랑이를 집어넣어 신은 농구화는 오빠가 예전에 신다가 버려 둔 거였다.

　"쉬었다 가자."

　완만한 경사로를 한참 올라갔을 때 아버지가 걸음을 멈추었다. 바퀴 자국이 두 줄로 깊게 패인 농로는 거기서 그치고, 산마루까지 이어지는 꼬불꼬불하고 좁은 오솔길이 시작되고 있었다.

밤나무에 둘러싸인 작은 밭뙈기 옆에, 선홍빛 담쟁이 잎들이 꽃잎처럼 박혀 있는 너럭바위가 솟아 있었다. 바위에 걸터앉으며 아버지는 필터도 달리지 않은 싸구려 궐련을 뽑아 들었다. 제법 선들거리는 만추의 아침나절인데도, 다들 이마에 송골송골 땀방울이 맺혀 있었다.

"하아 참, 담배 맛 좋다."

아버지는, 새털구름 떠 있는 짙푸른 하늘에 연기 한 줄기를 기분 좋게 뿜어 올렸다.

"괭이질 삽질같이 삭신 쑤시게 힘든 일을 할 때, 저기 저 고랑까지라고 목표를 정해 놓고, 거기까지 마치면 담배 한 대를 스스로에게 상으로 줘. 그러면 아무래도 덜 힘들고 속도가 붙어. 그 순간에만은 세상 제일의 희망이 담배 한 대인 셈이여. 아닌 게 아니라, 땀이 바짝 나도록 되게 일하고 쉴 참에 피우는 담배 맛이란 참 기가 막히지."

그렇죠, 라고 당숙이 말 대접 삼아 대꾸했다. 아버지는 새털구름 한 가로이 떠 있는 푸른 하늘과 단풍이 차츰 퇴색해 가는 잡목 숲을 감개무량하게 바라보았다.

"못해 그렇지, 가끔은 이렇게 훌훌 털고 산으로 어디로 한 바퀴씩 돌아보면 머릿속도 맑아지고 괜찮겠다. 사는 게 뭔지, 사방이 꽃이고 단풍이라도 그거 하나 느긋하게 둘러볼 새 없이 바쁘고 고단하기만 해."

사과 한쪽을 집어 들던 당숙이 아버지의 옆모습을 가만히 응시했다. 미묘하고 희미한 웃음과 더불어, 연민 어린 눈길이었다.

"제가 차마 말씀을 못 드렸습니다만, 형님이 너무 현실의 좁은 틀 속에 갇혀 사시는 게 답답하고 안타까웠습니다. 산뿐만 아니라, 가끔은 버스나 기차를 타고 멀리 여행도 다녀 보고 그러십시오."

가까스로 충고할 기회를 잡게 된 인생 선배 같은 어조로 당숙이 말했다.

"형님 같으신 분이…"

거기에는, 상대를 인정하고 존경한다는 뜻과 더불어 갑갑해하는 심사가 담겨 있었다.

"형님 같으신 분이, 이 좁은 골짜기에 갇혀 똑같은 일만 반복하며 한평생을 보내고 만다는 건 어떤 면에서 비극입니다. 세상은 넓고 생은 얼마든지 다양하다는 걸, 다만 구경이라도 가끔 하며 살도록 하십시오."

들은 듯 만 듯, 아버지는 당숙의 말을 무시한 채 너럭바위에서 내려서며 나를 향하여 천천히 말했다.

"이 길을 쭉 따라 올라가면 솔재 잿마루에 닿는다. 거기서 능선을 타고 저쪽 선녀봉까지 돌다가 골짜기를 타고 내려오면 하루해가 딱 맞을 게다."

우리는 좁고 가파른 오솔길로 들어섰다. 옷깃을 스치는 굴참나무와 명감나무와 송장메뚜기 따위의, 눈에 띄는 열매와 잎과 벌레들에 관해서만 간단히 주고받으며, 잿마루를 향하여 숨차게 걸어 올라갔다. 잿마루에서 오른쪽의 선녀봉을 바라고 능선을 절반 못 미처 돌았을 때, 손목시계는 한 시를 가리키고 있었다. 그쯤에서 점심을 먹고 쉬다 선녀봉을 거쳐 하산하기로 하고, 편편한 풀밭에 준비해 간 신문지를 폈다. 산 위에서의 점심 식사는 좋았다. 음식은 뭐든지 다 맛있었고, 대화도 즐거웠다. 노동에서도 일상의 소소한 걱정에서도 멀찌감치 떨어져 나왔다는 해방감.

아버지는 자신의 젊은 시절을 회고했다. 산 밑 너럭바위에서 당숙은, 좁은 산골에 내처 갇혀 있는 아버지의 생을 동정하고 충고까지 보냈다. 그 동정과 충고가 가당찮은 것이었음을 일깨우기라도 하듯, 아버지의 젊은 시절 발길은 범위가 넓었다. 만주로 일본으로, 지금은 갈 수 없는 한반도 북녘의 함경도 땅으로도 발걸음은 이어졌다. 어느 땐 강제로 이끌려서, 어느 땐 스스로 꿈을 찾아 참 많이도 헤맸노라 했다.

그에 답하듯, 당숙은 자신의 지난날 이야기 몇 토막을 털어놓았다. 북파간첩을 관리하는 특수부대에서 일할 때, 취하도록 술을 마시지 않고는 스트레스를 견뎌 낼 수 없는 순간들이 종종 있었으며, 그때를 계기로 알코올중독이 깊어진 듯싶다고 진단까지 했다. 어떤 면에서는 비겁한 변명처럼 들리기도 했지만, 그의 성품으로 보아 그럴 법도 한 이야기였다. 그러다 이야기가 끊기면 가물가물 멀리에 있는 마을을 내려다보았다.

점심을 배불리 먹고 햇볕 아래 앉은 탓인지 나른한 졸음이 몰려왔다. 두 사람의 등 뒤로 조금 떨어진 곳에다 남은 신문지와 보자기를 펴고 누워, 나는 잠시 낮잠에 빠졌다.

밤은 아닌 듯싶은데, 주위가 어슴푸레 어두운 게 시야가 넓지 못했다. 함께 있는 사람들 역시 모두가 가족 친지인데 얼굴이 제대로 보이지 않았다. 얼굴은 보이지 않는 채로 아버지 어머니와 일가친척들이 우세두세 모여 있고, 그 속에 나도 끼어 있었다. 어서 도망을 가야지 머뭇거리면 큰일이 난다고, 누군가가 다급히 말했다. 빛은 우리 주변에만 마치 무대 조명처럼 한정돼 있어 먼 곳은 전혀 보이지 않는데, 보이지 않는 그곳에 우리를 위협하며 쫓아오는 무리가 있는 모양이었다. '큰일 났다, 서둘러라, 급하다…' 그런 수군거림이 끊임없건만 웬일인지 아무도 발을 떼어 놓지는 않고 마냥 웅성거리기만 했다.

"그 말을 시방 제정신으로 하고 있는 거냐!"

아버지의 화난 목소리에 급히 다가가 보니, 길 아래로 깎아지른 낭떠러지가 있고, 그 아래 골짜기에 당숙이 있었다. 아버지는 밧줄을 드리워 놓고 당숙에게 그 끝을 붙잡기를 재촉하고 있는데, 당숙은 한가롭게 쭈그리고 앉아서 소주를 마시는 중이었다.

"형님도 참, 뭐 급하다고 그러세요? 여기 이렇게 앉아 있으니 아늑하고 참 좋은데요."

당숙이 빙긋이 태평스레 웃으며 낭떠러지 위의 가족들을 올려다봤다. 눈에 보이지 않아 그렇지, 우리를 쫓는 무리가 아주 가까워진 듯, 모두들 초조해서 발을 구르고 있었다.

"설마 농담을 하자는 건 아니지?"

드리워진 밧줄을 마구 흔들며 아버지가 역정을 냈다.

"설마 농담을 하자는 건 아니지?"

꿈속에서와 현실에서의 아버지 음성이 하나로 합쳐졌다. 눈을 비비며 일어나 앉으니, 산 아래를 향해 앉은 두 사람의 뒷모습이 눈앞에 있었다. 내 꿈은 두 사람이 주고받는 대화를 따라 펼쳐지고 있었다. 당숙이 말했다.

"물론, 행복하다 해서 괴로움이 전혀 없는 것은 아닙니다. 때때로 아이들이 보고 싶어 괴로워한 적이 왜 없었겠습니까."

아이들을 들먹일 때 그의 음성은 애잔했다. 아버지가 바닥만 남은 이 홉들이 소주병을 잔에 기울여 당숙한테 건넸다. 더 이상 떨어져 내릴 바닥조차 없는 그의 삶을 함께 추슬러 보자는 계획을 아버지는 내비쳤을 테고, 아버지의 상식으로라면 감지덕지 받아들였어야 할 당숙의 반응은 그지없이 시큰둥하고 무관심했던 것이다. 그는 자기의 괴로움이란 아이들과의 생이별에 있을 뿐, 사람들이 정작 불쌍히 여기는 알거지 신세며 초라한 몰골에 대해 서글픔을 느껴 본 적이 없노라 했다. 무심을 넘어 무한한 자유를 느낀다고 했다. 진지하고, 도인 같은 말투였다.

"아이들 생각이 날 때, 가끔은 후회를 합니다."

도인 같은 그의 행복론에 억장이 막혀서 반론의 엄두조차 내지 못하고 있던 아버지가, 반기는 기색으로 그를 돌아보았다. 당연히 후회하리라. 마음먹기에 따라서는 얼마든지 밝고 따뜻한 가정을 꾸렸을 수도 있건만, 아비 노릇 남편 노릇은 고사하고 제 몸 하나 건사하지 못해 비렁뱅이 신세로 전락했는데 어찌 후회가 없으랴. 아버지는 조금 전의 억장 막히던 심사를 잊은 듯 금세 기대에 차서 본론으로 들어갈 태세였다.

"사람인 이상 후회하는 게 당연하지. 허나 아직 늦지는 않았다. 인제라도 맘 굳게 먹고 새로 시작을 하는 거여."

"제가 후회하는 것은….."

"알았어. 내가 가진 게 넉넉잖아 큰 보탬을 주지는 못한다만, 힘닿는 데까지는 도울 테니 제수씨랑 어린것들을 불러다 함께 살 궁리를 해 보자."

당숙이 피식 웃었다. 도무지 대화가 되지 않아 답답한, 그러나 굳이 시시비비 가릴 의향도 없다는 듯 흘리는 웃음이었다. 아버지가 무슨 말인가를 다시 시작하려 들자, 그는 얼른 선수를 쳐서 끊겼던 말을 이었다.

"어딘가에 제 아이들이 있다는 것. 이것만 아니라면, 제게는 아무 문제도 없습니다. 저는 충분히 자발적이고도 흥미로운 여행을 즐기고 있습니다."

그가 정녕 후회하는 건, 자식들의 아비 노릇을 못해 헤어져 사는 것이 아니라 애초에 그들의 아비가 된 사실이었다. 모든 욕심을 버린 뒤에도 이별의 고통에서 도무지 헤어날 수 없도록 질긴 인연을 이 세상에 맺어 놓은 사실, 그야말로 부질없이 결혼하고 부질없이 자식을 얻은 그 사실을 후회하고 있을 뿐이었다.

긴 침묵이 흘렀다. 산 아래 저만치에 눈길을 둔 채 뜻 모르게 고개만 주억거리고 있는 아버지의 곁에서, 당숙은 이야기의 방향을 틀고 있었다. 아이들을 입에 올릴 때의 그는 잠시 침울해 보였지만, 국면을 전환하자 금세 명랑해졌다. 그의 말상대는 이제 나였다.

"저쪽 흰색으로 보이는 산 말이다, 거기가 예전에는 잘 알려진 수연 광산이었지. 내가 재작년에는 광산에서도 몇 달 동안 일을 해 봤어. 광산, 건축 공사장, 제지 공장, 산판, 농사일… 그 모두가 나름대로 재미있어. 인생의 새로운 단면들을 체험할 수가 있지. 이제 농사일도 어지간히 끝났으니, 넬모레는 여길 떠나야겠다. 부산으로 가서, 뱃놈이 한 번 돼 보고 싶어."

당숙을 흘긋 돌아보는 아버지의 눈길이 사나웠다. 그러나 곧 본래의 온화한 표정을 되찾은 아버지는 슬로우 비디오처럼 천천히 담배를 꺼내어 물고 느릿느릿 불을 붙였다. 당숙은 속없이 피식피식 웃으며 신바람이 났다.

"뱃놈이 되어, 육지의 모든 인연들과 아득하게 단절된 어느 바다 한가운데에 몇 날 며칠, 아니 몇 달씩이나 마냥 떠 있는 거야. 마음 내키면 우리 영주한테 편지를 쓸지도 모른다. 어쩌면, 주정뱅이 당숙의 편지 따위는 읽어 보지도 않을 수가 있겠지만 말이다."

"당숙한테, 결코 되어 보고 싶지 않은 직업도 있긴 있나요?"

내가 다소 꼬인 심사를 내비치며 질문했다. 사실 그동안, 당숙으로 인하여 아버지 어머니가 겪는 물질적 심적 고통에 불만이 쌓여 있던 참이었다. 당숙은 진지하고 친절하게 대답했다. 도둑도 직업이라 친다면, 그 직업만은 안 겪어 봐도 미련 없을 것이라 했다. 하지만, 이혼을 앞두었을 무렵의 당숙모가 뭐라고 했던가. 남편은 내 인생의 크나큰 도둑이라고, 그 도둑으로부터 벗어나기를 주저하고 갈등하게 만드는 어린 자식들은 정말이지 원수라고, 눈물을 뚝뚝 떨어뜨리며 통탄하지 않았던가.

해가 서쪽으로 많이 기울어 있었다. 옷 속에 스며드는 바람이 제법 찼다.

"술이 적어서 서운했지?"

배낭을 챙기기 시작할 때, 온화하고 다정한 음성으로 아버지가 물었다. 그냥, 따뜻이 대해 주고 밥을 먹여 주고, 떠나면 붙잡지 않는 사촌 형이 되기로 마음을 정한 듯했다. 능선을 타고 선녀봉을 향해 걸으며,

아버지는 아직 논바닥에 남아 있는 소먹이 짚을 운반할 일과 땔나무 걱정을 했다. 당숙은 뱃사람이 되기 위해 부산 갈 궁리에 골몰한 사이사이에, 명절 기다리는 아이 같은 표정으로 오래된 곡조의 휘파람을 불었다. 선녀봉 아래의 잡목 숲은 잎이 반나마 떨어져서 헤싱헤싱해 보였다. 불타는 듯 화려했던 가을날의 자취는, 가지에 달린 잎들의 붉고 노란 빛깔에 가까스로 남아 있었다. 그러다 비가 한 번 내리면, 남은 잎들마저 떨어지고 겨울이 닥쳐올 것이었다.

다슬기 잡이

이모가 오실 모양이라고, 좁은 툇마루에 걸터앉아 구두를 신으며 남편이 말했다. 방을 나서기 직전에 있었던 통화 내용을 두고 하는 소리였다.

"오셔서 뭘 어쩌겠다는 건지."

남편은 볼멘소리로 나직하게 중얼거렸다. 아침상을 걷어 없다 토방으로 나와 서 있던 정희는, 대문간 쪽으로 멀어지는 남편의 잠바 등판을 바라보았다. 순진한 외골수 소년 같은 남편의 태도가 우습기도 하고, 서울이모가 기어이 이곳에 온다는 게 사뭇 흥미롭기도 했다. 남편을 포함한 손아래 친정붙이들의 반대로, 이곳에 들르기를 어젯밤에 이미 단념한 서울이모였다.

서울이모가 친정에, 그러니까 정희의 시외가에 와 있다는 연락을 받은 것은 어제 해거름녘이었다. 서울이모가 당신의 친정 오라버니 병문안을 와 계시니 그리로 와서 저녁이나 먹고 가라고 외사촌 시아주버니가 전화를 걸어왔다.

저녁에, 정희 부부와 아이들은 털털거리는 고물차를 타고 남편의 외가로 향했다. 얼마 전부터 지병이 부쩍 악화되어 자리보전을 하고 계시는 외삼촌을 어차피 주말에는 뵈러 갈 계획이었으므로, 그 일을 며칠 앞당기는 셈도 되었다. 외가까지 가는 동안, 운전석에 앉은 남편은 거의 말이 없었다. 서울이모는 오 년 전에 세상 버린 시어머니의 하나뿐인 동생이고, 세상 떠날 날이 머지않아 뵈는 오라버니와의 마지막 만남을 위해 내려온 길이었다. 시집온 지 십 년이 넘은 정희가 서울이모를 본 것은, 시어머니가 세상 버린 오 년 전 딱 한 번이었다. 누구도 서울이모에게 인사하러 가는 길을 안내하지 않았고, 그쪽에서 찾아오는 일도 없었다. 정희의 결혼식 때나 외가 쪽 친척들의 크고 작은 행사에도 이모는 도무지 모습을 보이지 않았다. 정희가 시집오기 전에 있었던 손위 시누이들의 결혼식 때도 마찬가지였다. 다만 서울에 살아서 붙여졌다는 서울이모라는 이름만이 아득한 전설인 양 흐릿하고 드물게 불리고는 했다.

"자네가 상전면사무소에 근무한다고? 살림도 아예 그쪽으로 옮겼다며?"

정희네가 도착하기 전에 대충 소식을 전해들은 듯, 서울이모가 남편에게 되물었다. 어제 그제도 만난 사람에게 하듯 친근하고 일상적인 말투였다.

"예, 금들 집을 당분간 누구 빌려주고, 남의 집 아래채를 세 얻어서 이사했어요. 아이들 상급학교 진학하기 전까지는 그게 나을 듯싶어서요."

"그 모진 골짝에 용케도 빌릴 방이 있던 모양이네."

서울이모는, 상전면에 대해서라면 알만큼 안다는 투였다.

"마음에 드는 집 찾기가 어려워 그렇지 빈 방이야 더러 있습니다. 주민들의 연령층이 높다 보니 자녀들은 자라서 도시로 나가 버리고, 교통이 좋아진 덕분에 관공서 직원들도 많이들 도시에서 출퇴근을 하거든요. 아이들 어려서는 셋방을 옮겨 다니며 지역에 눌러 살던 사람들도, 자녀들이 좀 자라면 상급학교 진학을 이유로 도시로 나가거든요."

"아무튼 잘했어. 아침저녁으로 길바닥에 돈 깔아 가며 고생할 거 있나? 상전면 소재지라면 다해 봐야 그저 손바닥만 하니, 어디에 방을 얻었더라도 걸어서 출퇴근하는 데에 별 어려움은 없겠구먼. 어느 방향이야? 장골? 아니면 안골 어디쯤인가?"

"안골이요. 이모도 아실지 모르겠네, 일제 때 소학교 선생 했다고 '김 선생네'라고 부르는 집 말예요. 아참, 그 최 영감네 아랫집이요."

셋방살이 주거지에 대한 이모의 끈질긴 관심은 뜻밖이었다. 무심코 대답을 하던 남편은 스스로 조금 당황한 듯, 서울이모의 눈치를 살폈다.

김 선생네 아래채를 세 얻어 이사와 살면서, 정희가 제일 먼저 사귄 이웃이 최 영감이었다. 작달막하고 다부진 체구에 머리는 뒤통수까지 줄곧 벗어져 검붉게 번들거리고, 재바른 몸짓만큼이나 말씨가 가볍고 빠른 일흔 안팎쯤의 최 영감은, 남편과는 이미 구면이었다. 말단 공무원으로 일선 면사무소를 두루 옮겨 다닌 덕분에, 남편은 어디를 가도 서로 알아보는 사람 몇 정도는 있었다. 그중에서도 최 영감은, 바로 이웃집에 살게 되어서인지 정희네를 유난스레 반기며 친절히 굴었다. 이사한 직후부터, 정희는 이른 아침 싸리비로 골목길을 쓰는 바지런한 최 영감과 더러 마주치곤 했다. 김 선생네 대문 앞을 꼼꼼하고 정성스레 쓰는 최 영감을 보고 정희가 미안해하자, 그는 희죽 웃으며 알 수 없는 소리를 했다.

"이전에는 우리 집 앞만 대강 쓸고 말았는디, 일냄이(남편)가 외 살기 땜에 내가 맘먹고 이 집 앞을 쓸어 주는 거여. 이제 와서 말하면 뭣할까만, 내 눈에는 일냄이가 영 예사로 안 뵈는 거여. 넘과는 다르게 뵌다는 소리지."

또 어느 날엔가는 장에 갔다 오는 길이라며 일부러 정희네 집에 들러, 아이들 주라고 초코파이를 한 상자 내놓았다. 더러는 요구르트 두어 병이라든가 사탕 서너 알을, 언제는 뒤뜰에서 갓 딴 자두를 들고 정희네 집을 찾아와 그윽한 눈길로 아이들을 어르다 갔다. 정희한테는 이런 소리도 했다.

"아무리 나이가 층이 져도 넘의 부인한티는 존댓말을 써야 도린디, 일냄이하고 영 넘 같들 안 해서, 집이한티도 반말 쓰니 그런 줄만 알고 있어."

처음에는 그저 인정 많은 이웃 할아버지거니 고맙게 여기던 정희가, 최 영감이 때마다 떨어뜨려 놓고 가는 사소한 정담이나 짧게 흘리는 탄식에서 예사롭지 않은 기운을 감지하고 장난삼아 남편에게 물었다.

"혹시 당신에게 출생의 비밀이라도? 아니면 옛 애인의 아버지인데 그 애인은 불치의 병으로 죽었다든가."

"그런 건 아니고, 최 영감님이 한때는 우리 이모부였다네. 농담 같은 이야기지. 당신하고 결혼하기 이태 전에 여기 상전면에 와서 근무한 적이 있거든. 그때 알게 된 최 영감님이, 내가 금들 사람이라는 걸 알고 이말 저말 묻더군. 묻고 대답하고 하던 끝에, 자기가 내 이모부였다는 거야."

남편은 싱겁고 수월하게 털어놓았다. 서울이모 열여섯 살에 열 살 연상의 최 영감한테 시집와 일 년 가까이 살았는데, 어느 날 그냥 훌쩍 떠났다. 떠난 사람이야 나름의 까닭이 있었겠지만, 최 영감으로서는 영문도 모른 채 당한 일이었다. 아무리 찾아 헤매고 수소문해도 떠난 사람 소식은 종내 알 길이 없었다. 그런 세월이 이십 년 가까이나 흐른 뒤에야, 말씨조차 완연한 서울 사람으로 바뀐 이모는 처음으로 친정에 모습을 드러냈다. 그러나 이미 삼 년 전에 돌아가신 친정어머니 산소에 엎드려 통곡을 했을 뿐, 구구절절 살아온 이야기 풀어놓아 볼 새도 없이 이모는 새벽차로 떠나야 했다. 홀어머니가 세상을 버려도 기별조차 할 길 없던 누이를, 오라버니는 마당에 들여세우기조차 꺼렸다. 올케가 끼니와 잠자리를 마련해 두고 안으로 붙잡아 들인 덕에 하룻밤 묵기야 했지만, 사랑채로 피해 내려가서 헛기침 소리 요란한 오라버니나 밥 주고 잠재우는 걸 갖고 죄짓듯이 쉬쉬거리는 올케나 거북하긴 마찬가지였다. 친정집이라야 도무지 정붙일 구석을 찾지 못한 채 이모는 새벽에 길을 나섰다.

남편 일남은, 서울이모를 안쓰러워하거나 나무라는 어머니의 혼잣소리를 간간이 들으며 자랐다. 친정어머니 가슴에 못 박은 년이라고도 했고, 역마살이 끼어 팔자가 드세다고도 했다.

젊은 날의 이모가 까닭 모르게 홀연히 집을 나가 버렸다는 최 영감의 이야기를 들은 그는, 피를 나눈 이모보다는 같은 남자 입장인 최 영감을 심정적으로 편들었다. 결혼 전 상전면 근무 시절에는 술 취한 최 영감의 간절한 요청으로, 더러 이모부니 처조카니 하는 호칭을 농담 삼아 주거니 받거니 한 적도 있었다.

"그렇게 상처를 주고 떠난 여자를 다 늙어서까지 못 잊는 걸 보면 최 영감님이 순정파야. 게다가, 아무리 나이를 감안하고 보아도 이모가 결코 예쁜 여자는 아니잖아. 돌아가신 어머니 말마따나 말상에다 남자같이 큰 허우대에 억세고 걸걸한 목소리. 근데 최 영감님 눈에는 그렇게도 예뻤다네. 천상 선녀가 하강한 모습이었다고 눈을 지그시 감고 회상하는 데는 절로 웃음이 터져 나오더라니까."

동네 여자들과 웬만큼 가까워지자, 시골 마을에서의 다른 일들 역시 그러하듯 정희가 묻지 않아도 최 영감네 집안일이 저절로 귀에 들어왔다. 삼 남매를 낳아 기르던 부인은 원래 병약하여 걸핏하면 자리에 눕곤 하다가 맏이가 고등학교 들어갈 무렵에 죽었고, 이후로 몇 차례나 재혼을 시도했지만 길어야 일, 이 년이고 짧으면 며칠 만에도 가 버려 홀로 보낸 세월이 대부분이었다.

그 최 영감한테 새로운 아내가 왔다는 소식을, 하필이면 서울이모를 보러 가기 직전에 들었다. 외가에 들고 갈 마실 것이라도 좀 사려고 동네 슈퍼마켓에 들렀을 때, 계산대 앞에 서 있던 동네 여자가 진열대 쪽으로 따라오며 들려주었다.

"그저께 저녁에 그 윗집 최 영감님 짝꿍 왔다는데 봤어? 하긴, 나도 아직 못 봤네. 예순 겨우 넘긴 젊은 할머니라네. 아들딸도 없고 가진 것도 없이 불쌍한 사람이라니, 어지간하면 그냥 눌러 사는 것도 좋으련만. 아, 그 집 식구 돼서 손해 볼 건 없지. 영감님 그만하면 호인이고,

자식들 착하고, 먹고 살 걱정 안 해도 되고. 군산 사는 큰며느리가 중신했대. 늙은 시아버지 외로울 걱정도 걱정이지만, 시시때때로 반찬 해 나르랴 빨래 걱정해 주랴 그런 게 귀찮아서라도 마땅한 할머니 하나 짬매 줘 놓고 홀가분하게 잊어버리고 싶었을 거야."

그녀가 심심풀이로 들려주는 소식에 정희는 가벼운 실망감을 느꼈다. 가게를 향해서 걸어갈 때까지도, 정희는 최 영감과 서울이모 사이에 어떤 변화가 있을까를 두고 은근히 설레고 있었다. 하기야 정작 실현 가능성도 없으려니 여기면서.

서울이모의 결혼 생활에 대하여 정희가 아는 것은 별로 없었다. 출가한 딸이 하나 있다는 것과, 평생 처가에 한 번 다녀간 적 없는 남편 대신에 이모가 내내 밥벌이를 하며 살았다는 소리를 들은 정도였다. 내내 말로만 존재해서 정녕 바람 같고 그림자 같던 그 이모부가 이태 전에 죽었는데, 정희네뿐 아니라 외가 쪽에서조차 부고도 받지 못한 채 한참 뒤에 소식만 들었다. 그의 사망 소식을 뒤늦게 접했을 때에야, 평탄하지 못했던 이모의 결혼 생활 이야기를 그나마 전해들을 수 있었다. 평생 물장사 밥장사로 생활비를 벌어야만 했고, 남편복도 없었다는 정도였다.

그뿐, 정희의 시어머니도 세상에 없고 외삼촌도 병에 치여 누워 있는 마당에, 부대끼며 정들 기회라곤 없었던 손아래 친정붙이들 중의 누구도 이모의 인생에 관심을 기울이지 않았다.

처음에는, 사는 게 바빠 곧장 서울로 올라가야 된다는 둥 짐짓 빼는 시늉을 하던 서울이모가, 밤이 늦어져 정희네 가족이 일어설 채비를 하자 속마음을 털어놓았다.

"낼 아침 일찍 나서면, 직장이고 학교고 제 시간에 갈 수 있어. 자네 외삼촌하고는 이번이 마지막일 성싶어서 하룻밤 곁에서 보내야겠어. 그러니 자네들도 여기서 자고 낼 아침에 나를 좀 싣고 가게."

이모는 상전면에 가고 싶은 뜻을 밝혔다. 최 영감을 꼭 한 번 만나야 된다고 말했다.

"내가 이미 진갑도 넘겼는데 객스럽게 내외할 거 있나? 다른 뜻이 있는 것도 아니고, 조카 집에 간 길에 그냥 얼굴이나 한 번 보고서 '고생하셨소, 남은 생 잘 사시오.' 인사나 한마디 나누자는 것인데."

이모의 말투는 걸걸한 음성과 걸맞게 거침이 없었다. 밝은 갈색 물을 들인 파마머리며 짙고 굵게 문신을 한 눈썹, 수술이라도 한 듯 부자연스럽게 굵은 쌍꺼풀, 골골이 패인 주름 속에 때처럼 두텁게 스며 있는 파운데이션, 새빨간 매니큐어에 밤톨만큼 커다란 파란색 알반지, 치렁치렁한 인조진주 목걸이… 그것들은 이모의 저돌적이고 활달한 어투와 닮은 듯하면서도 묘한 부조화를 이루었다.

정희네 차를 타고 최 영감을 만나러 오겠다던 서울이모의 뜻은 좌절되었다. 이모 자신의 스스럼없는 태도와 달리, 친정붙이들의 태도는 냉랭하고도 완고했다.

"아버지가 귀로는 다 들으실 텐데, 화도 못 내고 누워 계시네."

외사촌 시숙이 안방 아랫목에 시체처럼 누워 있는 부친을 가리키며 낮고 근엄한 목소리를 냈다. 철부지 누이동생을 나무라는 구닥다리 큰오빠 같았다.

"우리 어머니, 무덤에서 놀라 일어나신 건 아닌지 몰라."

남편은, 살아생전 이모를 죄인인 양 쉬쉬거렸던 어머니를 들먹였다.

농담이었지만, 뼈가 있었다. 남편은, 최 영감 말을 먼저 끄집어낸 당사자가 자신이었다는 걸 그 사이에 잊은 듯했다. 사촌 시숙이나 남편이나, 이모가 최 영감을 입에 담는 자체를 놀라워하고 역겨워하기를 주저하지 않았다. 서울이모의 뜻이 쉬 꺾이지 않자, 남편은 최 영감 집에 새 여자가 왔다는 사실을 들먹였다. 새 사람 들인 지 며칠밖에 안 된 터여서 최 영감이 당혹스러워할 것이라고, 반 협박조였다.

"이 사람아, 그게 무슨 상관이야? 내가 이제 와서 그 영감하고 뭘 어째 보자고 만나는 것도 아니니, 할멈을 얻었고 말았고 가지고 걱정할 건 없어."

이모가 사뭇 대범하게 반박했다.

"그렇다면 더욱 만나지 마세요. 고모님과 그 양반이 이제라도 합쳐서 옛말 하면서 살 처지라도 된다면 차라리 낫지요. 그도 저도 아니면서 괜히 남의 입줄에 오르내릴 일이 뭐 있습니까. 촌 동네에는 고래 구년의 묵은 이야기까지 시시콜콜 기억하고 있는 사람들이 얼마든지 있는 터예요."

외사촌 시숙은 자신에게 충분히 그럴 권리가 있다는 듯, 당당하게 이모를 제지했다.

"최 영감 문제만이 아니에요. 고모님 생각에는 서울에서 벌어진 일을 여기 사람들이 하나도 모를 것 같지만, 발 없는 말이 천 리를 가는 게 아니라 지구를 몇 바퀴씩 돌아요. 요즘이 어떤 세상인가요. 제발 이 집에서 그냥 조용히 쉬다 가세요."

외사촌 시아주버니의 말씨가 노골적으로 불손해졌다. 아버지가 평생 얼마나 남들한테 부끄러워하고 최 영감한테 미안해했는지 고모가 알기나 하냐면서, 아버지 세상 버리고 나면 어찌하든 상관 않을 테니, 그때까지는 돌출행동을 말아 달라고 요구했다.

활달하고 저돌적인 이모로서도 어쩔 수 없는 상황이었다. 외사촌 시숙 내외와 남편, 이모의 어릴 적 소꿉친구라고 놀러 와 있던 한동네 노피미저도 이모가 최 영감을 만나는 일이 용납 못할 패륜이라도 되는 줄로 여겼다. 그리하여 정희네 식구들은 밤중에 상전면 셋방으로 되돌아오고, 서울이모는 당초의 예정대로 날이 밝으면 서울로 떠나기 위해 자신의 친정집에 남았다. 그랬던 이모가 결국 이리로 오겠노라고 아침에 전화를 걸어온 거였다.

버스 정류장에 내린 이모는, 자주색 블라우스 위에 분홍색 양복을 입고 있었다. 농구선수를 해도 좋았을 만큼 키 큰 몸매는 구부정한데, 블라우스 깃 아래로 늘어진 인조진주 목걸이며 새빨간 립스틱과 매니큐어 따위는 되레 여성스럽지 못한 인상을 강조하고 있었다.

'예쁜 데라곤 없는 걸 세상에 둘도 없는 각시로 알고 그리 예뻐하던 사람인데, 어린 게 어찌 도망갈 맘을 먹었을까? 기왕 남 못할 일을 시켰으면 제 한 몸 편하게 잘 살기라도 했어야지, 기껏 도망가서 고생만 했다나…'.

돌아가신 시어머니의 한숨 섞인 푸념이었다.

'그래 봬도 젊어서는 남자들한테 술 따르는 일도 하셨대.'

'어머나 세상에, 그래서 아버지나 오빠가 고모 말만 나오면 그렇게 오만상을 찌푸리곤 하셨군. 어쩐지, 험하게 사신 티가 난다 했어.'

조카뻘 되는 여자들의 수군거림은 가볍고도 잔인했다.

서울이모가 최 영감 만나는 일을 용납 못할 패륜쯤으로 여기던 외사촌 시아주버니의 굳은 얼굴을 어떻게 누그러뜨렸을까, 정희는 그것이 궁금했다. 서울이모는, 별 싱거운 질문도 다 듣겠다는 표정으로 가볍게 받아넘겼다. 건들거리는 말투가 말괄량이 불량소녀 같았다.

"질부도 참, 젊은 사람이 딱하네. 그걸 뭐 일일이 고하고 와야 하나? 아랫목에 누워 있는 노인네 살았다 해야 죽은 거 한가지고, 조카가 뭘 제대로 알고 하는 소리도 아닌데. 그냥, 서울 간다 하고 온 거야. 아침에 전화도 방 안에 나 혼자 있을 때 걸었고. 세상만사 그래저래 눈치껏 넘기는 거지, 복잡하게 살 거 뭐 있어?"

정희가 미리 마련한 점심 식사에는 안집 김 선생 댁을 초대했다. 여든을 넘긴 할머니는 윗집 새댁이었던 서울이모를 또렷이 기억하고 있었다. 동네 처녀들과 각시들 몇이 십 리 밖 원천으로 다슬기 잡이를 갔는데, 그중에 이모가 영영 돌아오지 않았음을 이야기했다.

"차도 귀하고 사람들도 참 숫지기만 하던 시절인데, 어떻게 혼자서 그 먼 서울까지 간 생각을 했을까. 대수리 잡다 물에 빠져 죽었다, 어떤 놈이 업어 갔다, 첨에는 별별 소문이 다 많았지."

서울이모가 핸드백을 끌어당겨 담배와 라이터를 꺼냈다. 익숙한 솜씨로 불붙인 담배를 약지와 중지 사이에 끼고 깊게 빨아들였다가 한숨소리와 함께 천천히 뱉어 냈다. 그러고 보니 손이 매우 거칠었다. 푸르뎅뎅하고 울툭불툭한 피부가, 여염집 아낙네들보다 물일을 많이 했거나 그 어떤 고생스런 길을 걸어온 사람에게서나 볼 수 있는 손이었다.

그랬어요….

이모는 나직하게 뇌고 다시 한 번 연기를 깊이 빨아들였다.

"모심기 끝나면 다슬기 잡이 한 번 가자고 동네 각시들끼리 계획을 세웠을 때, 모처럼 바깥바람 쐬러 간다는 게 마냥 좋기만 했어요. 그때 내가 열일곱 살, 그중에서 나이 많은 각시라 해 봐야 스무 살 남짓, 요새 같았으면 엄마가 해 주는 밥 먹고 한창 학교 다닐 나이들이었지요. 그래서 소풍날 받아 놓은 애들처럼 우물가에서고 빨래터에서고 마주치면 다슬기 잡이 갈 이야기였어요. 저 앞 둥구나무 아래서 모이기로 한 그날 아침, 일행을 기다리는 중에 나이 좀 많은 각시 하나가 무심코 던진 농담이 병이었어요. '시집살이 고달픈데 우리 이 길로 냅다 도망이나 가 볼까.' 아, 이거구나 싶더라고요. 어떡하면 이 생활을 벗어나나, 그전부터 딴에는 궁리가 많으면서도 감히 엄두를 못 내고 있던 참이었는데, 머리에 전깃불이 들어왔던 거예요. 참말이지, 왜 진작 이 좋은 생각을 못했던가, 그렇게 이마를 탁 쳤어요. 더 뭘 생각해요? 당장 집으로 되돌아가서 여비 몇 푼하고 돈이 될 만한 물건 몇 가지를 급히 챙겨서 점심 도시락 보퉁이에 꾸렸지. 십 리길을 걸어 원천에 다다랐을 때, 기회는 금방 왔어요. 가만 보니, 각시들이고 처녀들이고 다슬기 줍기에 정신이 팔려, 옆 사람이 뭘 하나 관심도 없는 거야. 슬그머니 신작로로 올라서서, 그길로 원천읍내 버스 정류장까지 꽁지 빠지게 내달았지요."

"에구 세상에나, 쯧쯧."

김 선생 댁이 혀를 차며 고개를 주억거리고, 이모는 담배꽁초를 재떨이에 비벼 껐다.

"이러고만 있을 게 아니라, 기왕에 왔으니 윗집 영감한테 가 봐야겠어요. 질부, 자네도 가고, 아주머니도 함께 갑시다. 이야기를 해도 거기 가서 해야 실감이 나지요 허허허."

이모가 갑자기 생각난 듯 정희와 김 선생 댁을 재촉하며 서둘렀다. 여태까지의 회한에 잠긴 음성과는 생판 다르게, 걸걸한 저음의 군인 같고 여두목 같은 말씨였다. 정희는, 서울이모의 등장이 최 영감의 새로 온 아내를 불편하게 하지 않을까 내심 걱정이었다. 정희의 속내를 알아챈 이모가 말했다.

"자네도 참, 괜찮대도 그러네. 새로 온 마나님이 있으면 또 어때? 내가 이제 와서 함께 살자고 매달리길 하나, 그 할멈이 쭈그렁 영감을 설마 총각으로 알고 왔겠나. 정 그러면, 자네가 미리 가서 한 번 떠 보든가."

정희가 윗집 문간에 들어서니, 최 영감이 마침 마당에 나와 있다 반겨 주었다. 명절도 아닌, 그렇다고 춥지도 않은 늦가을 한낮에 최 영감은 호박단추 달린 공단 마고자를 입고 있었다. 다가가면 좀약 냄새가 풍길 듯, 그러나 뭔가 잔치 분위기를 느끼게 해 주는 차림이었다.

"오늘은 바쁜 일이 없는 모양일세, 우리 집엘 다 오고. 그나저나 잘 왔어. 뭐 입에 넣을 거라도 좀 남았는지 어쩐지, 안에 한 번 들어가 봐. 그저께 군산 아들네랑 대구 딸네랑 모다 와서 놀다 갔는디, 이거 뭐 별자랑거리도 아니라서 이웃에도 일절 소리를 안 했구먼."

말하자면 노인들이 부부가 되었음을 공식 인정하는 가족 모임을 가진 거였다. 안에는 아마도 새로 온 마나님 혼자 있을 텐데, 내다보는 기척은 없었다. 정희는 찾아온 용건을 말했다.

"저기요 아저씨, 저희 집에 지금 이모님이 와 계세요. 서울이모요. 아저씨를 한 번 뵙고 싶다는데…"

최 영감의 불그레한 얼굴 위로, 한 줄기 섬광 같은 게 퍼뜩 스쳤다.

그리고 곧, 침침한 그늘이 드리워졌다. 그의 재재거리던 빠른 말씨가 무겁게 가라앉았다.

"그려, 언제 왔는가?"

"어제 저실 외가에서 주무시고, 오전에 이리로 오셨어요."

"참말로, 나를 보자고 하던가?"

"예. 그냥 한 번 뵀으면 좋겠다고…."

최 영감은 뒷짐을 진 채 한참 동안 하늘을 올려다봤다. 그러길 한참, 이윽고 얼굴이 정면을 향하며 본래의 재재거리는 말씨를 되찾았다.

"그려, 아 그냥 이리 오라고 해. 피차간에 늙어 꼬부라져 볼장 다 봤는디 누구 눈치를 보고 자시고 할 것이여? 가서 얘기하고, 집이도 꼭 함께 와."

서울이모는, 핸드백에서 콤팩트를 꺼내 골골이 주름진 얼굴을 공들여 다독이고, 점심 식사로 지워진 자주색 립스틱도 다시 발랐다. 비록 일 년도 못되는 세월을, 그것도 마냥 떠날 궁리에 골몰한 가운데 살았다지만, 이모는 사십오 년 만에 옛집에 들어서고 있었다. 집은, 터만 그 터일 뿐 옛 모습을 찾아볼 수 없이 변했다. 이모와 최 영감이 신방을 차렸던 아래채는 뜯겨서 축사가 되고, 시어른이 거처하던 안채는 부엌을 입식으로 개조하고 마루에 유리문을 해 달았다. 장작 팰 일 없이 석유와 가스를 때고, 물 길러 갈 일 없이 수도꼭지를 실내에 끌어들여 놓았다. 여긴 이렇고 저긴 저렇고… 이모는 그 모든 사항들을 관광객 이끌고 온 안내원처럼 유창하고 객관적인 설명으로 확인시켜 주고 있었다. 시어른이 거처하던 안방의 크기는 예전 그대로 조브장했다. 이모와 김 선생 댁과 정희가 들어서니 방 하나가 그들먹했다. 최 영감과 서울이모는 악수를 했다. 다들 자리 잡고 앉아서도 침묵만을 지키자, 서울이모가 최 영감더러 악수나 하자면서 손을 내밀었다.

"악수나 한 번 합시다, 다 늙은 마당에."

"허허, 그럽시다. 죽어지면 썩어질 몸뗑인디 악수나 해야지."

최 영감도 기다렸다는 듯이 얼른 서울이모의 손을 맞잡았다. 두 사람은 어색한 순간마다 누구 들으라는 듯이 늙었음을 강조했다. 체신이 작고 볼품이 없는 데다 그 얼굴의 얼뜬 표정으로 더욱 못나 보이는 새 할멈은, 그림자처럼 마냥 조용히 움직였다. 김치 쪽과 무채와 데친 갑오징어가 얹힌 상에다 그저께 모였던 자식들이 먹다 남기고 간 생선찌개를 데워다 올리고, 반쯤 남은 됫병 소주를 상 옆에 밀어놓았다. 최 영감의 지시에 따라 손자들이 먹다 남긴 과자와 과일도 내왔다. 급히 할 일이 없는 순간에도, 새 할멈은 계속 소리 없이 움직이고 있었다. 바가지에 담긴 마늘을 두어 통 까는가 싶더니 마른 양말 등의 빨래 나부랭이를 개고, 나중에는 사람들 뒤편에 쪼그리고 앉아 장판의 묵은 얼룩에 하염없이 걸레질을 하고 있었다. 시종 주변을 맴돌고 있는데도, 시간이 갈수록 그네의 존재는 방 안 사람들에게서 잊혀 가고 있었다. 최 영감과 서울이모, 두 사람은 서울이모의 청에 의하여 소주잔을 소리 내어 마주치기도 했다.

"그나저나, 그때 왜 갔소?"

술기운이 돌기 시작한 최 영감이 불그레하게 핏발선 눈으로 서울이모를 응시하며 원망하듯 물었다.

"내 딴에는 참, 나름대로 잘한다고 했던 것 같다…"

그랬다. 새신랑은 새댁에게 깜냥껏 잘했다. 안아 주고 입맞춰 주고 쓰다듬어 주는 그 모든 게 진정 어여뻐하는 마음에서였고, 물 긷기나 나뭇간에 나뭇단 들여놓아 주기나 새벽같이 일어나 아궁이 재 쳐내기 따위의 잔일도 살뜰하게 도왔다. 추운 겨울 저녁이면 설거지 마친 무쇠 발솥에 물을 그득히 길어다 부어 뒀다가, 이른 아침 곤히 자고 있는 색시 깰세라 조심조심 먼저 정지로 나가서, 재 쳐내고 불 지펴서 뜨끈뜨끈 물을 데워 놓고, 마른 나무를 나뭇간 가득 들여놓고서야 아래채로 내려가 쇠죽을 끓였다.

어른들 눈을 피해 가며 솔래솔래 구경도 제법 다녔다. 군내에 하나뿐인 극장에 신식 영화를 보러, 학교 운동장에 들어온 공짜 홍보영화를 보러, 다리 밑 천막 극장으로 유랑극단의 신파극을 보러, 약장수 서커스단의 묘기를 보러, 가는데 시오 리 오는데 시오 리 왕복 삼십 리 읍내 길을 다리 아픈 줄도 모르고 걸었다. 서울이모가, 눈치 없는 무지렁이 신랑한테 시집와 고생만 하는 동네 집 다른 각시들의 부러움을 살 일은 그것 말고도 또 있었다. 본디 농사꾼의 자식이지만, 재바른 최 영감은 일찍이 장사에 눈을 떴다. 집에서 키웠거나 키울 소를 거래하기 위하여 찾은 소시장에서 거간꾼들의 하는 양을 유심히 보아 뒀다가, 장가들 무렵 되어서는 제법 소장수 흉내를 내며 현금을 만졌다. 자상하고 인정 바른 성품에다 돈을 만지며 근방의 장을 두루 돌아다니는 신랑 덕분에, 서울이모는 자주 예쁜 선물을 받았다. 꽃신과 누비버선, 동동구루무와 가루분에, 가락지 브로치 노리개도 여럿이었다.

"참말로 예뻤지. 시집올 때 입었던 녹의홍상에다 백설 같은 앞치마를 두르고, 자주댕기 물린 낭자머리에 물동이 이고 정지로 들어서는 뒤태가, 천상 선녀가 하강한 것맹이 곱고 예뻤어."

최 영감이 취한 듯 지그시 눈을 감았다. 최 영감이 이모를 가리켜 천상 선녀가 하강한 것처럼 예뻤다고 말하는 게 처음은 아니었다. 몇 달 전에 남편이 그 소릴 듣고 와서 정희에게 전했다.

'이모를 두고 천상 선녀가 하강한 것처럼 예쁜 여자였다면서 눈을 지그시 감고 취해 계시는데, 웃음이 터지려고 해서 꾹 참았어.'

서울이모는 최 영감이 따라 주는 소주를 익숙한 자세로 단숨에 들이켰다.

그만하면 착한 신랑인 줄 어린 새댁도 잘 알았다. 자상하고 곰살궂은 데다 돈 잘 버는 신랑 둬서 호강한다는 동네 집 각시들의 시샘이 터무니없지 않다는 것도 알았다. 부모가 등 떠미는 대로 멋모르고 시집왔다지만, 울며불며 온 길은 아니었다. 신랑 집에서 사주단자와 함께 보내온 비단으로 치마저고리 지어 입고 분단장으로 신랑을 기다릴 때는, 발그레 수줍은 설렘도 있었다.

하지만, 열여섯 어린 새댁은 밤이 무서웠다. 막연한 대로 어떤 각오는 있었지만, 첫날밤이라는 게 그렇게나 무섭고 징그러운 시간일 줄은 차마 몰랐다. 낯선 신랑과의 합환주 잔을 입에만 댔다 놓은 채 콩닥거리는 가슴을 거머쥐고 있는 신부를, 나이 든 신랑은 허겁지겁 굶주린 맹수처럼 덮쳤다. 막연히 이런 건가 보다 하며 참아 냈지만, 신랑은 신부의 뇌리에 징그러운 짐승으로 각인되었다. 밤이 어서 가고 낮이 되기만을 기다렸다. 하지만 다음 날도 그다음 날도 밤은 왔고 신랑은 어김없이 징그러운 짐승으로 변했다.

어린 새댁은 좀체로 신랑이 좋아지지 않았다. 스물일곱에 이미 대머리 징조가 보이는 검붉은 이마며 자주 마른 코를 훌쩍거리는 습관도 싫고, 제 키보다 아래로 뵈는 짜리몽땅한 몸체에 자발없이 빠른 말투도 정이 안 갔다. 어른들 눈을 피해 부엌을 드나들며 잔일을 거드는 짓도, 고맙기는 할지언정 좀스러워 재미없었다. 마른 코 훌쩍대며 마당으로 외양간으로 헛간으로 땅딸막한 몸통을 재바르게 옮겨 다니는 신랑을 부엌문 틈으로 내다보자면, 볼품없는 저 몰골로 오늘 밤엔 얼마나 괴상한 짓거리를 해 댈까 싶어 한숨이 새나왔다. 어느 달밤에 소피 보고 오다가 잠에 떨어진 신랑의 벗은 몸을 보았는데, 천생 털 벗겨 놓은 수퇘지였다. 그 수퇘지가 불과 한두 시간 전에 배 위에서 한 짓을 생각하니 끝내 이대로 살아야 한다면 차라리 죽지 싶었다. 새댁은 신랑이 한기라도 들까 염려하기보다는, 벗겨 놓은 수퇘지 옆에서 잔다는 게 너무 끔찍해서 두 눈을 질끈 감고 다가가 고개를 외로 꼬며 이불을 덮어 주었다. 싫은 마음이야 그럭저럭 견디면 되었다. 시어른들 몰래 신랑 따라 구경 다니고 옷감이며 패물을 받아 모을 때는 재미나고 옹골지기도 했다. 틈만 나면 농 속에서 그것들을 꺼내어 몸에 둘러보고 만져 보는 게 어린 새댁의 낙이었다. 그냥, 밤이 오지 않으면 살 것 같았다. 밤을 무서워하지만 않게 해 달라고, 신랑을 붙잡고 통사정을 해 보았다. 그런데 신랑은, 그 모습이 귀엽고 예쁘다며 또 덤벼들었다. 고심 끝에 친정으로 도망간 적도 있었다. 하지만 댓돌에 올라서기도 전에 호랑이 같은 오라버니를 앞세워 되돌려 보내고, 금들에 사는 언니네 집까지 밤길을 더듬어 가도 언니 역시 찬바람이 쌩쌩 돌게 밖으로 내쫓았다. 새댁은 언제부턴가 한뎃잠도 마다하지 않았다. 저녁에 부엌 설거지를 마치고 나서, 신랑이 기다리는 아랫방으로 드는 대신에 마당 앞 짚가리를 파고들었다. 그곳을 들켜 버린 다음에는 광 안의 쌀가마 뒤를, 또 집 모퉁이 굴뚝 옆을, 집안에 더 이상 숨을 곳이 없어지자 이번에는 동네 위에 펼쳐진 콩밭조차 잠자리로 삼았다. 뱀이 무서워 바닥에서는 차마 못 눕고, 밭 가운데 뽕나무로 올라가 가지에 누웠다가 잠결에 콩밭 위로 떨어지기도 했다. 그런 세월을 일 년쯤 견디던 이모는 드디어 다슬기 잡이를 갔다. 말만 들은 먼먼 서울로 떠난 다슬기 잡이였다.

다 식은 찌개 국물을 한 숟갈 떠먹은 최 영감이, 소맷자락으로 입가를 훔쳐 내며 마른 코를 훌쩍거렸다. 최 영감은 김 선생네 집 앞 골목을 쓸다가 사람을 만나도 마른 코를 훌쩍거렸고, 정희네 아이에게 과자를 주면서도 코를 훌쩍거렸다.

"한 이태 동안은, 농사고 소장시고 제백사하고 사방천지 돌아댕겼지. 거 참, 봤단 사람이 있어야 물어서 찾아가든지 말든지 할 텐디, 아무도 봤단 사람이 없으니 환장할 노릇이여. 그때 내가 술을 배웠어. 장날 읍내 간 길에 술이 취하면, 술병이랑 고기 한 근 들고 처갓집으로 갔어. 장모님이나 처남 내외나, 간 사람은 갔어도 우리끼리는 변치 말고 왕래함서 살자고 위로를 하는 맛에 그랬을 거여. 어디서 위로라도 받아야만 살 수가 있었은게. 그렇게 찾아가서 시름만 보태고 앉았다가, 어떤 날은 처남댁이 정지서 밥을 하고 있는 새에 살짝 빠져나오고, 어떤 날은 장모님이랑 서로 붙잡고 목 놓아 울기도 했어. 아무리 밤이 늦어도 각시 없는 처가에서 잠은 못 자겠더구먼. 요즘같이 길이 좋기를 해, 불이 밝기를 해? 마냥 깜깜한 자갈길을 더듬어서 집에 닿으면, 번하니 날이 샐 때도 있었어. 바깥 잠도 여러 번 잤어. 여름에는 오다가 아무 밭둑이나 도랑가에 드러누우면 그것이 내 집이었지. 허허, 장모님한테만 댕겼던 게 아녀. 집이 시부모님한티도 여러 번 갔어."

최 영감은 상 귀퉁이에 앉은 정희를 돌아보며 멋쩍게 웃었다. 시어머니가 정희 듣는 데서도 서울이모 험담을 한 적이 있었다. 서울이모의 삶이 여러모로 신산스러움을 어렴풋이 내비친 끝이었다.

'제 발로 박차고 나가 고생을 사서 했는데 누굴 원망해. 말상에다 구부정한 꺽다리에다 목소리조차 걸걸하니 남성지게 생겨 예쁜 데라곤 눈 씻고 보아도 없는 걸 세상에 둘도 없이 예쁜 각시로 알고 떠받들어 주니 호강에 받쳤던 게지. 에구, 아무리 철없을 때기로 남 못할 일을 그렇게나 시켰으니.'

"술 취해 갖고 밤중에 찾아가 눈물 바람으로 신세 한탄을 하면, 어떻게든 찾아내서 보내 주마고 달래다가 따라 울던 집이 시어머니 모습이 아직도 눈에 선하네. 따져 보면 나도 죄 많이 진 인생이여. 무단히 이 사람 저 사람 맘고생을 시키고 돌아댕겼으니 말이여. 우리 아버지가 몸져눕지만 않았대도, 평생을 그 지랄로 보냈을지도 몰라. 하여간에 아버지가 풍에 치여 턱 드러누우시는디, 아차 이게 내 탓이구나 싶더구먼. 그때부터 맘 단단히 먹고 농사도 짓고 장에도 댕기기 시작했어."

"아버님은 몇 해나 고생하다 가셨소?"

서울이모가 피우던 꽁초에 연이어 새 담배를 불붙이며 나직하게 물었다. 술은 서울이모가 더 많이 마신 듯한데, 얼굴빛은 과히 변하지 않았다.

"자리보전하고 계시기를 한 오륙 년 했지 아매. 그러저러해서 새 사람을 얻어 살게 됐는디, 내가 원체 처복을 못 타고 났던가, 거기는 또 명이 짧데 그려."

최 영감의 붉어진 작은 눈에 언뜻 물기가 어렸다. 톡, 유리잔 하나가 담겨 있던 소주를 쏟으며 상 밑으로 굴렀다. 최 영감 댁이, 상 위에 널린 생선 가시며 귤껍질 따위를 숟가락으로 긁어모으다 이모 앞에 놓인 잔을 함께 그러당긴 거였다. 이모가 흠칫 놀라는 시늉을 하며 상 밑으로 머리를 숙여 바짓단이 술에 젖지나 않았는지 살핀 다음, 바닥에 뒹구는 잔을 집어 올렸다. 최 영감 댁은 말없이 방구석에 놓여 있는 걸레 소쿠리를 들고 와 장판 위에 고인 적은 양의 소주를 꼼꼼하게 닦아 냈다. 내내 주변을 맴돌며 무엇인가 씻고 치우고 옮겨 놓는 따위의 동작을 멈추지 않고 있었건만, 이제야 비로소 존재 자체를 깨닫기라도 한 것처럼 사람들은 일제히 눈을 들어 그네의 하는 양을 바라보았다.

"이따가 찬찬히 치워도 안 늦으니 거기도 이리 와 조금 앉지 그래요."

최 영감이 곰살궂은 말투로 새삼스레 아내를 챙겼다. 최 영감 댁은 들은 듯 만 듯 무표정인 채 상 위의 음식 찌꺼기를 마저 긁어모아 비닐봉지에 꾹꾹 눌러 담고, 소주 닦은 걸레를 헹구어 와서는 말끔한 방바닥조차 새잡이로 차근차근 훔치기 시작했다. 남의 시중 들기가 그저 몸에 배어서인 듯, 혹은 무언중에 불만을 표출하는 듯, 종잡을 수 없는 몸짓이었다.

"허허, 인제는 다 흘러간 과거사. 어쨌거나 죽기 전에 서로 얼굴이라도 한 번 봤으니 원풀이는 했소."

주워 올려놓은 이모의 빈 잔에 최 영감이 술을 따랐다. 별안간 무엇에 쫓기기라도 하는 양 엉덩이를 들어 올리고 쪼그려 앉은 그의 읊조림은, 사뭇 마무리조로 들렸다. 그는 맞은편의 서울이모와 그 어깨 너머의 새 아내를 조바심하듯 번갈아 훔쳐보며 연신 마른 코를 훌쩍거렸다. 소주가 그득 채워진 잔을 물끄러미 내려다보며 천천히 담배 연기를 내뿜고 있던 서울이모가, 재떨이에 담배를 비벼 끄고 핸드백을 집어 들었다. 정희도 일어섰다. 김 선생 댁은, 서울이모보다는 새로이 이웃이 된 최 영감 댁에게 관심이 쏠리는 듯 선뜻 일어설 염을 보이지 않고 미적거리더니 더 놀다 오겠다며 눌러 앉았다.

"원풀이랄 거 뭐 있겠소만, 작별인사 겸해서 악수나 한 번 하십시다."

서울이모가 평상시의 군인 같고 여두목 같은 말투를 되찾으며 거칠고 큰 오른손을 최 영감 앞에 내밀었다. 최 영감과의 짧은 악수가 끝나자, 걸레를 손에 쥔 채 한쪽으로 비켜 서 있는 최 영감 댁 앞에 마주섰다.

"이것도 인연인데 악수 한 번 하십시다. 조카들 사는 모양 좀 보려고 왔다가, 이 양반이 바로 이웃에 계시는 걸 알고 그냥 훌쩍 가기가 차마 뭣해서 잠시 들렀어요. 그뿐이니, 나한테 행여 마음 쓰지 말고 부디 오래오래 잘 사시구려."

오른손에 쥐고 있던 걸레를 왼손에 옮겨 쥐느라 잠시 꾸무럭거린 뒤에 최 영감 댁은 마지못한 듯 어색하게 손을 내밀었다. 이모의 손만큼이나 거친 삶의 흔적이 엿보이면서도 아이처럼 작은 손이었다.

정희네 집으로 되돌아온 이모는, 툇마루 끝에 닿자마자 무너지듯 몸을 부렸다. 수십 리 먼 길을 단숨에 걸어온 직후와도 같이 지친 몸짓이었다. 정희가 부엌에 들어가 물 한 잔을 떠 갖고 나왔을 때, 이모는 울고 있었다. 한 팔로 감싼 이마를 마루 기둥에 대고, 어깨를 들썩이며 꺼이꺼이 소리 내어 서럽게 울었다.

"괜찮아, 아무것도 아니야, 지난 세월이 그저 원통해서 그래."

콧물 훔치라고 정희가 내민 휴지에 이모는 젖은 넋두리 한 자락을 토해 냈다. 미련 따위는 결코 아니라고 했다. 그저, 정희도 모르고 이곳 사람들 아무도 모르는 이모 혼자의 세월이 서럽고 원통할 뿐이라 했다.

"허허, 질부. 그래도 내 팔자가 아주 나쁘지만은 않은 모양일세. 천상 선녀가 하강한 것처럼 예쁘더라는 소리도 들었네. 그렇지?"

그리 길지 않은 울음을 마무리하며 이모가 허허롭게 웃었다. 해가 산마루에 걸리는 중이었다. 서울이모의 핑크빛 정장이 노을빛에 처연히 젖어 들었다.

놈팽이

둔하고 시끄럽게 덜커덕거리는 양이, 방 임자 병옥이가 여닫는 문소리와는 사뭇 달랐다. 이어서 누군가 방으로 들어서는 기척에 어깨가 움츠러드는데, 방바닥까지 늘어뜨린 침대보 아래로 시꺼멓고 거친 손 하나가 불쑥 들이밀어졌다. 비좁은 침대 밑의 벽 쪽에는 순임이가, 바깥 쪽에는 내가 있었다. 우리는 서로의 한쪽 팔을 바싹 붙인 채 방바닥에 납작 엎드려 있는 중이었다. 들이닥친 와살스런 손아귀에 등덜미를 잡힌 내가 놀라서 숨넘어갈 듯 비명을 지른 것과, 순임이 엄마가 절규하듯 '이눔 가시나들'을 토해 낸 것이 거의 동시였다. 내 등덜미를 잡은 순임이 엄마의 손도, '이눔 가시나들'을 토해 내는 목소리도 심하게 떨고 있었다.

"아이고, 이눔 가시나들아, 이게 뭔 난리다냐, 웅? 너그들 당장 안 데리고 오면 집집마다 댕김서 불을 질러 번진단다! 아이고, 참말로 간이 떨려 죽겠다. 이 썩을눔 가시나들아, 내처 여그 숨어서 동네를 다 태우게 둘래, 나가서 너그 둘만 죽고 동네를 살릴래?"

순임이 엄마는 내 등덜미를 움켜쥔 손에 한껏 힘을 주어 밖으로 잡아당겼다. 딸들을 제물로 삼아서라도 동네를 재앙에서 구할 셈이라기보다는, 시달림을 견디다 못해 자포자기 상태에 이른 몸짓이었다. 자포자기 상태에 이른 순임이 엄마가 딱해서, 병옥이가 우리 있는 곳을 귀띔해 준 모양이었다. 순임이 엄마의 팔 힘이 세어서 침대 밑에서 끌려 나온 게 아니라, 공포에 질려 넋이 나간 듯 흔들리는 그 음성이 우리를 용감하게 했다. 우리는 스스로 침대 밑의 비좁은 공간에서 기어 나와 머리칼과 옷매무새를 대충 가다듬은 다음, 손을 꼭 잡고 앞장서서 병수네 골목을 빠져나왔다. 불바다가 되기 직전의 마을과 저토록 곤경에 처한 부모를 구하기 위해서라면, 이동수의 깨어진 맥주병에 찔려 죽더라도 이제는 어쩔 수 없다는, 제법 비장한 심사였다.

달은 없어도, 쏟아질 듯 총총한 별빛으로 마을길은 번하게 밝았다. 우리가 침대 밑에 숨어서 상상했던 바와는 달리, 바깥세상은 고요했다. 순임이 엄마의 겁먹은 푸념이 욕설 곁들여 가며 두런두런 뒤따라올 뿐, 회관 앞 돌계단에도 다리 난간에도 사람들은 보이지 않았다. 하지만 조금 더 걸어서 우리 골목에 들어서니 상황은 달랐다. 골목 어귀에서부터 골목 안 첫 집인 대추나무집 사립문 앞까지, 큼직한 돌에 걸터앉거나, 땅바닥에 쪼그려 앉거나, 아니면 웅기중기 서 있는 사람들로 작은 마을회의라도 열린 것 같은 풍경이었다. 대추나무집에 이동수가 있다는 것은 병옥이한테서 들어 알고 있었다. 딸들은 시집가고 아들은 객지에 돈 벌러 나가 두 내외가 조용히 사는 집인데, 골목 안 첫 집이란 게 죄여서 이 밤에 이동수의 활극무대가 되어 버렸다. 초저녁에 시작한 회관 앞에서의 원맨쇼가 시들해질 즈음, 이동수는 바닥이 깨어져 나간 맥주병 두 개를 휘두르며 우리 집과 순임이네 집이 있는 이 골목을 향했다. 그렇게 한껏 무례하게 굴며 들어선 게 하필이면 애먼 대추나무집이었다. 이동수가 아직은 동네 지리에 어두운 탓이었거나, 골목까지 들어선 다음에는 굳이 당사자들의 집을 찾으려 들지 않고 도나캐나 발 닿는 대로 들어선 탓이거나 했을 터였다. 대추나무집을 무대로, 던지고 깨고 악다구니 쓰는 소리에 골목은 발칵 뒤집혔고, 잠자리에 들기 위해 집으로 들어갔던 다른 골목 사람들조차 시끄러운 소리에 잠에서 깨어나 모여들었다. 우리가 도착했을 때는, 우리를 데리러 온다는 소리에 좀 누그러졌는지, 아니면 워낙 지쳤는지 소강상태였다.

"우리가 여그서 보고 있을 텐게 걱정 말고 어여 들어가 봐라."

대추나무집의 열린 사립문 앞에 이르렀을 때, 웅기중기 서 있던 어른들 중의 누군가가 나지막한 목소리로 우리를 격려해 주었다.

"그저 무조건 잘못했다고 빌어라. 어설피 바른 말 한다고 시끄럽게 말고."

그렇게 타이르고 당부하는 소리도 들렸다.

우리는, 기다리다 드디어 무대에 오를 순서를 맞이한 주인공 같았다. 또한 우리 마음의 비장하기란, 잔 다르크나 유관순 근처에 가 있지 싶었다. 마당에는 이동수의 손에 의해 내동댕이쳐졌거나 헛간에서 마구잡이로 끌려나왔거나 했을 물건들이 어지럽게 널려 있었다. 우리는 그것들을 밟거나 넘으며 씩씩하게 토방 앞에 닿았다.

대추나무집의 토방은 퍽 높았다. 토방에 발을 대고 마루에 걸터앉은 이동수는 토방 아래 서 있는 우리를 위협적으로 내려다보았다. 우리가 이동수의 얼굴에 눈길을 주지도 않았을 뿐더러 전등불도 없이 별

빛만 어슴푸레했으니, 실은 그의 위협적인 눈길을 느꼈을 따름이었다. 후에 듣기로, 마루 끝에 훤히 켜져 있던 전등은 이동수가 빨랫줄에서 바지랑대를 뽑아 휘두르다 깨뜨린 거였다.

　그해 봄에서 늦여름까지, 나와 두리와 순임이는 우리끼리의 품앗이 밭매기에 재미를 붙였다. 비닐도 제초제도 없던 시절의 밭농사에 있어서는 잡초와의 싸움이 여름철 농사일의 전부라 해도 과언이 아니었다. 모내기와 누에 올리기가 끝날 무렵부터 서리 할애비가 오실 때까지, 마을 아낙네들은 날만 새면 호미를 들고 밭에 나가 살았다. 잡초는 언제나 곡식보다 빨리 나서 왕성하게 자라는 탓에, 그래 봐야 미처 손이 닿지 못한 어느 구석에서는 풀 속에 묻혀 누렇게 떠가는 곡식이 있게 마련이었다. 때문에, 아직 호미질이 손에 익지 않은 우리조차 종종 어른들의 일판에 부름을 받았다. 그래도 우리는 응하지 않았다. 이유는 두 가지였다. 첫째는, 집안의 농사일이야 어차피 도울 수밖에 없지만 거기에 품팔이까지 더하다 보면 공부는 끝장 아니겠느냐는 나름의 절박함이었다. 어른 한몫을 대신하기에는 많이 부족한 초보 일꾼들을 부르는 건, 어른들과 서로 대등하게 품앗이를 하자는 게 아니라, 헐한 품삯을 지불하고 다소의 보탬이나마 얻자는 뜻이었다. 우리는, 교복을 벗으면 공부와는 아예 인연을 끊는 게 마땅한 걸로 아는 부모들의 눈을 피하여, 밭 근처의 나무 그늘 어디쯤에서 하루에 한 시간 정도는 책을 보는 데에 할애하기로 규칙을 정한 터였다. 품팔이가 됐든 품앗이가 됐든, 어른들 틈에 끼어 농사일을 한다 치면 도무지 어림없는 짓이었다. 둘째는, 밭매기를 빙자하여 우리끼리 실컷 노래하고 재잘대며 하루를 보내는 재미가 괜찮아서였다. 일 귀신에 씐 것처럼 소금버캐 앉은 아줌마나 할머니들 틈바구니에 끼어 지루한 하루를 보내느니, 그런 일은 엄마나 올케들한테 맡겨 두고서 '우리끼리 품앗이'로 밭매기를 도맡자고 약속한 터였다. 실은, 그 두 번째야말로 우리끼리 품앗이의 진정한 이유였다.

그날은 순임이네 가막골 콩밭을 매고 있었다. 뙤약볕 아래에서 땀을 쏟으며 바랭이며 비름이며 방동사니 따위를 뽑아내고 있던 중에, 등 뒤에서 부르는 소리가 들려 돌아보니 다리 건너에 사는 무성이 엄마였다. 무성이네도 가막골에 밭이 있는데, 일을 하다 점심때가 되어 마을로 내려가는 중이었다.

"야들아, 그만 하고 점심 묵으로 가자."

그렇게 우리를 부르더니, 무성이 엄마는 내일 당장 자기네 산도밭을 매러 와 달라고 우는 소리를 했다.

"야들아, 사람 조깨 살리도라 잉. 하도 바빠서 여그 가막골에 한 열흘 만에나 와 봤더니, 호랭이가 우리 산도밭에서 새끼 칠라고 하더라. 놉을 얻자니 바쁠 때라 놉도 없고, 어쩌야 좋을란가 모르겄다."

동네 아낙네의 그 정도 우는 소리에 넘어갈라 친다면, 우리의 '우리끼리 품앗이'는 지난봄에 이미 깨지고 없을 터였다. 우리는 누가 먼저랄 것도 없이, 바빠서 곤란하다고 대답했다. 그래도 무성이 엄마는 물러서지 않았다.

"글지 말고, 너그들 셋이 내일 와서 하루만 조깨 거들어 줘, 내가 오늘 저녁에 품삯은 미리 갖다 주께."

"내일은 두리네 고추밭 매야 해요."

"모레는 진숙이네 깨밭 매야 해요."

우리는 제법 잘 나가는 일꾼이라도 되는 양 비싸게 굴었다. 혹시 바쁜 것 말고 다른 이유로 못 오는 건 아니냐고 무성이 엄마가 묻지도 않았는데, 두리는 짓이 나서 헤헤 웃으며 지레 까불었다.

"근데요, 고추밭이고 깨밭이고 간에, 놈팽이 무서워서 무성이 오빠네 집엘 어떻게 간대요?"

"놈팽이가 뭐여? 아아, 지랄… 난 또 뭔 소리라고."

두리의 말뜻을 금방 알아챈 무성이 엄마는, 반은 웃고 반은 찡그린 얼굴로 우리를 잠시 바라보다가, 하는 수 없다는 듯 등을 보이며 언덕을 내려갔다. 우리는 까르르 웃음을 터뜨렸다. 무성이 엄마가 밭을 매러 오랬지 집에 오라 한 것도 아닌데, 두리는 생뚱맞은 핑계를 보탠 거였다. 그래도 두리 덕분에 몇 달 동안 말 못하고 묵혀 둔 체증이 내려갔다고 호들갑을 떨며, 우리는 놈팽이의 근황에 대해 주워들은 대로 한마디씩 지껄였다. 무성이네 식구들이 저렇게 바빠서 야단인데도 여진히 빈둥빈둥 놀기만 한다는 둥, 며칠 전에는 동네 아줌마들이 어두운 냇물에서 미역을 감고 있는데 둑에 서서 손전등을 비춰 한바탕 소란이 일었더라는 둥, 엊그제 영화 보고 밤중에 돌아오던 동네 언니들을 동구 밖에서 기다리다 막아선 이야기도 나왔다. 영화를 보든 빵집에 가든, 밤중에 동네 총각들이랑 어울려 다니는 꼴을 앞으로는 좌시하지 않겠다고 으름장을 놓으며 금방이라도 한 대 칠 듯이 손바닥을 치켜올리더라고, 아래뜸 미자 언니는 분을 삭이지 못했다. 언니들의 읍내 나들이를 간섭하는 이유 중의 하나는, 우리 또래의 어린 처녀들이 밤마실 다니는 행실을 본받을까 걱정해서라고 했단다. 우리는 그의 가당찮은 호의가 하나도 고맙지 않았다. 오히려, 호미를 이랑에 내려놓고 과장되게 배를 잡으며 깔깔거렸다.

"핏, 어이없어, 웃겨, 놈팽이!"

"우리 걱정일랑 말고 저나 잘 하시지, 놈팽이!"

이동수리는 그의 본명을 일찌감치 들어 알았지만, 우리끼리 은밀하게 부르는 별명이 '놈팽이'였다. 존재가 처음 알려진 이후로 걸핏하면 온 마을에 파란을 일으키곤 하는 그의 행실을 흉보던 중에 놈팽이라는 별명을 생각해 냈다. 어디서 여러 번 얻어 들었으되 정확한 뜻은 모르는 채, 별로 고상하지 않은 어감에 착안하여 붙여 준 별명이었다. 국어사전에서는 놈팽이란 낱말을 이렇게 풀고 있다.

놈팽이-놈팡이의 잘못.

놈팡이-1 사내를 낮잡아 이르는 말. 2 직업이 없이 빌빌거리며 노는 사내를 낮잡아 이르는 말. 3 여자의 상대가 되는 사내를 낮잡아 이르는 말.

세 개의 설명 중에 두 번째가 그때 우리의 의도와 맞아떨어졌다. 깡패라는 뜻이 빠졌으니 다소 부족한 감은 있으나, 나름대로 어울리는 별명이었다. 그렇다고 감히 까놓고 입에 올릴 용기와 배짱은 없었기에, 그 별명은 은어처럼 우리 사이에서만 통해 왔다.

이동수가 마을에 들어온 것은 지난겨울이었다. 얼음 덮인 마을 앞 냇가에서, 황량한 들길 어디에서, 저잣거리로 통하는 신작로에서, 모자 달린 외투를 뒤집어쓴 그의 모습을 본 사람은 여럿 있었지만, 무성이네 식객임을 알아챈 이는 몇 안 되었다. 대개는 그저 마을에 볼일이 있어 들른 외지인이려니 무심코 지나쳤다거나, 뉘 집에 온 손님인지에 대해 가벼운 궁금증을 잠시 가져 보다 말았다는 정도였다.

봄이 되어 사람들이 방 안에서 바깥으로 쏟아져 나오고, 다리 건너 들판으로 이어지는 무성이네 집 앞길을 아침저녁으로 지나치게 됐을 때에야, 그가 무성이네 집에 무기한으로 눌러앉은 식객이라는 사실을 온 마을이 알게 되었다. 마을 사람 누구와도 낯이 설었던 그가 무성이네 식구가 된 것은, 죽은 어머니가 일러 주었다는 한 줄 주소만 가지고 찾아든 마을에서, 무턱대고 아래위로 헤맨 끝에, 마루 끝에 불이 켜져 있는 무성이네 문간에 들어서면서부터였다.

실은 이동수가 이 마을에서 나고 어린 시절 몇 해는 이 마을에서 자랐던 터여서, 마을의 나이 든 어른들은 그의 부모와 조부모뿐 아니라 어린 날의 이동수도 어렴풋이나마 기억하고 있었다. 그리하여, 어두운 저녁 낯선 청년이 토방에 눈을 털고 들어서며 오래전에 세상을 뜬 아버지 이름을 댔을 때, 무성이네 부모는 마냥 놀라고 감개무량하였다. 서너 살 때 마을을 떠났던 이동수가 어언 스물아홉 살이라니, 자신들의 덧없이 흘려보낸 세월을 가늠해 보게도 되고, 젊은 날에 시름시름 앓다 죽은 동수 아버지에 대한 기억이 새삼 되살아나기도 했다. 남편이 죽고 한 해가 지났을 때, 젊은 과수댁은 아이를 데리고 홀연히 마을을 떠났다. 이후로 한 번도 얼굴을 보았다는 사람이 없었다. 개혼하여 서울에 산다거나 새로운 남편과의 사이에서 딸을 하나 낳아 이동수와 함께 키운다거나 하는 풍문은 들은 적이 있지만, 그나마도 소식이 아예 끊겨 버린 지 오래였다. 무성이네는 이동수를 진심으로 반겼다. 마침 무성이 아버지와 이동수의 아버지는 형님 아우하며 이웃에서 어울려 살던 처지였다. 그들은 성의껏 손님 대접을 했다. 무성이 엄마는 이미 한참 전에 저녁 설거지를 마친 부엌에 들어가 새잠이로 더운밥을 지었고, 무성이는 어둠과 눈발을 헤치고 이웃 동네 주막까지 걸어가서 막걸리를 받아 왔다. 그리고 안방 장롱 속에 손님용으로 아껴 둔 새 이불 한 채를 무성이 방으로 옮겨다, 무성이의 꾀죄죄하게 낡은 이부자리 곁에 나란히 펴 주었다. 어스름 녘부터 내리기 시작한 눈이 밤새 쌓여 혹시 길이 막힐지라도, 한 나절만 기다리면 찻길은 뚫리기 마련이었다. 무성이 엄마는, 정녕 하룻밤만 묵고 떠나갈 젊은 손님을 정성껏 대접했다. 들고 온 여행 가방이 다소 커 보이긴 했지만, 그 또한 대수롭게 여기지 않았다.

그런데 길이 막힐 만큼 눈이 쌓인 것도 아니고 특별한 볼일이 남아 있는 것 같지도 않건만, 이동수는 사흘이 지나고 나흘이 지나도 길 떠날 염을 보이지 않았다. 아예, 무성이가 쓰고 있는 서랍장 한 칸을 얻어 내어 들고 온 여행 가방 속의 옷가지를 정리하는 기색이더니, 정리되지 않은 무성이의 철지난 옷가지며 횃대에 매달린 메주 때문에 방 안이 퀴퀴하고 지저분하다며 그것들을 다른 방으로 옮겨 달라는 주문까지 보탰다. 불청객의 행동 치고는 어이없었지만, 무성이 엄마는 다소 시큰둥한 낯꽃을 하고 들어주었다. 보아하니 한방을 쓰면서 상대의 눈치를 보는 쪽은 객이 아니라 주인인 무성이였다. 무성이가 점점 제 방에 들기를 꺼리며 밖으로 도는 것은, 저보다 열 살 위인 이동수를 어려워하거나 배려해서라기보다, 같이 있기가 불편하고 껄끄러워서였다. 이부자리 시중에, 자리끼 시중에, 어떤 날은 자는 사람을 깨워 아랫동네 구멍가게까지 담배 심부름을 시켰다. 그것도 마냥 명령조에다 미안한 기색조차 없으니 속이 상할 만도 했다. 아들이 제방에 들기를 꺼리며 마을회관이네 친구 집이네 바깥 잠자기를 거듭하자, 보다 못한 무성이 아버지가 이동수를 불렀다. 인정상 그만 떠나 달라 소리는 못하고, 자네도 하는 일이 있을 텐데 이렇게 오래 쉬어도 되느냐고 에둘러 운을 떼었다.

"뭐, 지금, 나 언제 떠날 것이냐 그거 묻습니까? 갈 때 되면 다 알아서 갈 테니 어른께서는 아무 걱정 말고 일이나 하시지요."

이동수는 눈치 빨라 자랑이라는 듯 불손하게 내뱉고는, 입안에서 요리조리 굴리던 껌을 딱딱 소리 내어 씹으며 문밖으로 나가 버렸다.

그는 너무나 당당하게 식객 노릇을 하고 있었다. 농사철이 되었어도 일을 거들기는 고사하고, 잠자리에서 일어나는 시각조차 일정하지 않았다. 늦잠 자는 그를 기다릴 수 없어 식구들끼리 아침을 먹고 일터로 나가기라도 하면, 저녁 상머리가 편치 못했다. 시답잖은 촌구석에 와서 온갖 더러운 꼴 참아 내는 걸 보니 인간 이동수도 다 됐다느니, 혼자서 찬도 없는 밥 한 덩이를 찾아서 점심이랍시고 입에 넣고 있자면 인생이 참 서글퍼진다느니, 제 위에 아무도 없는 듯 몽니부리고 타박하기를 주저하지 않았다. 식구들은 죄라도 지은 것처럼, 아니꼬운 꼴을 묵묵히 견디고 보아 주었다.

"허우대 멀쩡한 젊은 사람이 왜 그 모양인고. 아, 바쁜 철엘랑 일이라도 조깨 거들 것이지, 식구들이 쎄 빠지게 일하고 들어가면 늘어지게 자빠져 자다 나와서 눈인사도 하는 둥 마는 둥 한다야."

"처녀고 애기 엄마고 가리도 안 하고, 젊은 여자만 지나가면 그저 휘파람을 쌕쌕 불고 눈을 찡긋하고 지랄이라니, 허, 그것 참."

"깡패였디야."

"깡패질을 오래 하다가 어찌어찌 돼서, 같은 패거리한테 뒈지게 맞고 도망 나왔단 소리가 있더랑게."

호기심과 두려움이 뒤섞인 음성으로 마을 사람들은 끼리끼리 수군 거렸다. 불길하고 불안한 수군거림은 마을의 골목골목이며 들판을 바람처럼 연기처럼 떠다녔다.

늦은 봄 어느 날 이동수는 마을 가운데의 냇물에 놓인 다리 위에서 한바탕 소동을 부렸다. 다리의 콘크리트 난간에는 마을 청년 셋이 다리 안쪽을 향해 대충 걸터앉아 있고, 다리 안쪽에는 이동수와 무성이가 있었다. 이동수와 나이가 엇비슷한 마을 청년 셋은 하나같이 분노와 체념이 뒤섞인 묵묵한 표정이고, 무성이는 난감하고도 겁먹은 표정으로 이동수와 몇 걸음 떨어져 엉거주춤 서 있는 가운데, 이동수는 맥주병을 거꾸로 쳐들고 설치는 중이었다.

"이따위 토끼 발맞추는 골짝에 와서 니들하고 어울리니까 인간이 같잖게 뵈냐? 지금부터 눈깔 똑바로 뜨고 봐, 이 무지렁이 새끼들아!"

픽, 하고 묵직한 맥주병이 콘크리트 난간에 부딪혔다. 유리 조각이 튀고, 허연 거품을 일으키며 맥주가 콘크리트 난간을 타고 쏟아져 내렸다. 이동수는 고개를 뒤로 젖혀 섬뜩하게 날이 선 맥주병 꽁무니를 물그릇의 주둥이인 양 입에 대고는, 쏟아지다 남은 맥주 몇 방울을 매우 거만하게 천천히 혀로 핥았다. 그러다가 별안간 와작, 소리를 내며 날카로운 유리병을 안주라도 되는 양 한 조각 베어 물었다. 소설이나 영화 속에서나 한 번쯤 만난 적이 있었는지 말았는지 모를, 놀랍고 소름끼치는 광경이었다. 들일을 나가다 심상찮은 분위기에 조바심하며 멈춰 서 있던 나이 든 남자들 두엇, 냇물에 빨래하거나 김칫거리 씻다 일손 놓고 서 있는 아낙네들 서넛, 학교에서 돌아오던 아이들 몇이, 감히 말릴 엄두도 못 낸 채 다리 위의 이동수를 지켜보고 있었다.

　피가 질금질금 새나오는 잇몸을 벌겋게 내보이며 와작와작 유리 조각을 씹는 한편으로, 병목을 손잡이 삼아 쥐고서 벗은 윗몸을 좌우로 쓱쓱 긋는 남자. 깨어진 모서리가 긋고 지나간 자리를 따라, 이슬처럼 자잘하고 동그란 핏방울들이 송골송골 솟아올라 가로줄을 이루었다. 이동수의 솜씨가 참 예사롭지 않더라고, 그날 밤 내 방에 모인 우리 셋은 낮의 일을 이야기하며 혀를 내둘렀다. 그동안 이동수에 관한 불순한 소문들과 여러 뇌꼴스런 작태에도 수굿하게 참고 있던 동네의 농사꾼 청년들이 큰맘 먹고 어설픈 충고 몇 마디 하려다가 벌어진 사태였다. 자존심이 상한 이동수는 마을 한가운데에 자리한 다리 위로 그들을 불러내 놓고서, 그들 스스로 지레 단념하고 물러설 수밖에 없도록 잔뜩 기를 죽여 놓았다. 우리는 그가 깡패였다는 그간의 뜬소문을 확실히 믿게 되었다.

　"깡패였다는 말 헛소문 아닌 게 분명해. 근데, 치사하고 못난 똘마니 깡패였을 거야."

　다소 만만찮은 상대나 복잡한 상황에 부딪히면, 맥주병을 깨어 들고 그것을 한입 베어 와작와작 씹는 남자. 자신의 웃통 벗은 몸을 유리 조각으로 그어 송골송골 맺히는 핏방울을 과시하는 남자. 그런 식으로 상대의 기를 꺾으려 드는 걸로 봐서, 본래도 못나고 비열한 깡패였음이 분명하다고 입방아를 찧었다. 보아하니 몸에 칼 대는 짓도 한두 번 해 본 솜씨가 아니라는 의견도 나누었다. 정말이지, 그렇게 종종 단련을 한 솜씨가 아니고서야, 들쭉날쭉 깨진 유리병으로 제 몸을 그

어서 내는 여러 줄의 상처가 그리도 고르게 핏방울을 내비치면서도 그리도 고르게 살짝 앓을 수가 있겠는가.

우리는 순임이네 사촌오빠까지 포함된 동네 청년들의 무력함이 속상했고, 때아니게 험한 꼴을 보고 놀라던 나이 든 어른들이 불쌍했고, 겁에 질려 도망치던 꼬마들의 다친 마음이 걱정되었고, 난데없이 나타나서 마을의 평화를 깨고 오래된 질서를 마구 헝클어 놓는 그가 미웠다.

"우리, 앞으로 그 작자를 확 그냥 놈팽이라 부르자!"

이동수의 별명을 짓는 소극적인 방법으로, 우리는 폭력에 대한 반감과 분노를 표시했다. 하지만 그가 몹시 두려웠기에, 우리끼리 있을 적에만 제법 신랄하게 비판도 해 가며 주거니 받거니 그 별명을 불렀지, 다른 사람이 나타나면 뱉던 말도 도로 삼키고 쉬쉬 입을 다물어 버렸다.

그날 낮에는 두리네 콩밭 두벌매기를 하고, 저녁이 되어 내 방에서 쉬는 중이었다. 순임이는 방바닥에 누워, 나는 앉은뱅이책상 앞에 앉아, 소설책인지 잡지인지를 읽는 중이었다. 두리는 언니 오빠뻘 되는 동네 처녀 총각들을 따라, 저녁 숟갈을 놓기가 바쁘게 읍내 극장으로 영화를 보러 간 터였다. 순임이와 나도 드물게는 영화를 보러 갔지만, 두리만큼 자주는 못 갔다. 우선 입장료가 없었다. 두리네 집안 형편이 우리네보다 나을 건 없어도, 두리 엄마가 읍내 장터에서 장사를 하는 덕분에 집에 현금이 조금씩은 늘 있었다. 엄마를 졸라서 품삯조로 용돈을 타내든, 눈속임하여 돈주머니에 슬쩍 손을 대든, 영화관 입장료

정도 마련하기가 두리에게는 그다지 어렵지 않은 일이었다. 또, 두리는 우리 둘과 비교가 안 될 만큼 영화를 좋아했다. 두리가 극장에 다녀온 이튿날이면, 우리는 밭고랑에서 두리의 입을 통해 전날 밤에 상영된 영화를 보았다. 줄거리, 배우, 풍경, 음악. 화면의 상태, 도중에 필름이 끊긴 횟수, 그리고 두리의 감정 변화까지, 전날 밤의 극장 안을 들여다보듯이 세세하게 재생되었다. 두리는 자기가 좋아하는 남자배우와 공연하는 여배우들을 부러워했다. 언감생심 스스로 배우가 되겠다고는 안 하면서도, 만약 배우가 되어 그 남자가 나오는 영화에 단 몇 분간이라도 출연해 본다면 원이 없겠노라고 했다. 내일이면 우리는 순임이네 두벌매기 콩밭에 호미질을 하면서, 그 남자배우가 주연한 오늘 밤의 영화 이야기를 질리도록 듣게 될 참이었다.

누군가가 골목 쪽으로 난 들창문의 문틀을 두드렸다. 잘못 들은 것인가 하고 하던 일을 계속하려는데, 막대기로 문살을 치는지 다시 한 번 똑똑, 마른 나무끼리 부딪는 소리가 들렸다.

누워서 책을 읽던 순임이가 일어나 앉고, 우리 둘의 다소 긴장한 눈빛이 마주치는 것과 때를 같이하여, 속삭이듯 낮으면서도 뭔가 급히 서두르는 투의 남자 목소리가 들렸다.

"안에 있냐? 문 좀 열어 봐."

돌쩌귀에 가로로 걸려 있는 문고리를 벗기고 들창을 들어 올리니, 뜻밖에 안 골목 병수가 서 있었다. 병수는 대처에서 고등학교에 다니는데, 며칠 전부터 여름방학을 보내러 와 있는 중이었다.

"웬일이야?"

내가 물었다.

"여기 남성금지 구역인 거 몰라? 할 말 있음 저만치 다섯 발자국만 떨어져서 하든가!"

나하고 나란히 창틀에 윗몸을 내놓고 서서, 순임이가 새들새들 웃었다.

"그런 거 아니고, 야, 니들 셋 다 그 안에 있지? 그, 그럼 어서 나와!"

우리의 반응이 시큰둥한 것도 아랑곳없이, 병수의 음성은 다급하고 진지했다.

"시간 없으니까 일단 나와, 후딱 나오라고! 지금 회관 앞에서 이동수가 니들 셋 다 죽인다고 맥주병을 깨 들고 난리란 말이야."

이동수, 깨어진 맥주병, 그 두 낱말을 입에 올림으로써 병수는 우리를 설득하기 위해 더 이상 애쓰지 않아도 되었다. 이유를 물을 것도 없이 순간적으로 무섬증에 휩싸인 우리는, 병수가 시키는 대로 우리 집 뒷담을 넘었다. 마을의 여러 골목 맨 안쪽에 자리한 집들은, 논벌을 뒤에 두고 옆으로 나란히 서 있었다. 우리는 벼가 한창 자라는 무논과 경계를 이루며 옆으로 붙어 있는 대여섯 채 집들의 뒷담을 타고 병수네 뒷담에 이르렀다. 병수는, 동네 앞으로 나가 동태를 살피고 연락을 취할 테니, 그때까지 꼼짝 말고 여동생 방에 숨어 있으라며 깜냥에 보호자 시늉을 했다. 미리 이야기를 해 두었는지 병수 여동생 병옥이가 어두운 뒤꼍에 나와서 기다리다 우리가 담장에서 내려서는 것을 도와주었다. 병옥이의 방에는 꽃무늬 덮개를 씌운 침대가 놓여 있었다. 작년에 시집간 병수의 누나가 쓰던 것을 막냇동생 병옥이가 물려받았는데, 아직도 동네에서는 보기 드문 물건이었다. 병옥이는 방바닥까지 늘어진 침대보를 들추고 우리를 침대 밑으로 밀어 넣었다. 저녁을 먹고 그저 바람 쐰다는 구실로 동네 앞 다리목에 나갔던 병수가, 이동수의 난동을 목격하고 달려 들어와 여동생에게 방을 빌려주라고 시킨 거였다.

어디서 마셨는지 술에 취한 이동수는, 양손에다 깨어진 맥주병을 하나씩 쥐고는 회관 앞 공터와 다리목 사이를 성마른 걸음으로 오락가락하면서, 우리 셋의 이름을 거듭해 뇌고 있었다. 오늘 밤중으로 이것들을 다 죽인다면서, 누구에게랄 것도 없이 당장 우리 셋을 회관으로 불러내라고 닦달이었다. 당장 불러내어 대령하지 않으면 각자의 집으로 찾아가 끌고 나오겠다는 으름장도 빠뜨리지 않았다.

그렇다고 당장 우리 집 골목으로 뛰어들 기세는 아닌 채, 회관 앞과 거기에 이어지는 다리목을 오락가락하면서 손에 쥐고 있는 깨어진 맥주병과, 마구잡이로 쏟아 내는 거친 입담으로 자신의 힘을 과시하고 있었다. 병수는 회관 앞에서 바로 이어지는 안 골목의 자기 집으로 급히 가서 동생 병옥이를 만난 다음 다시 우리 집으로 달려온 거였다.

병옥이 손에 떠밀려 비좁은 침대 밑으로 기어들어간 우리는, 서로의 한쪽 팔을 꼭 붙이고 나란히 엎드려 있었다. 눈물이 흘러 방바닥을 적셨다. 이유도 모른 채 겁에 질려 도망쳤다는 사실이 분하고 억울했으며, 숨이 막힐 듯 갑갑한 침대 밑에 기어들어 납작 엎드려 있는 몰골이 후배인 병옥이에게 부끄러웠다. 언젠가 하이네의 시를 곁들여 보낸 병수의 어설픈 연애편지가 같잖다고 비웃던 오만이 무참히 짓뭉개지는 상황이었다. 간간이 밖에 나가서 동태를 살피고 오는 병옥이의 전언에 의하면, 놈팽이라는 별명 때문이라 했다. 아니, 놈팽이 때문에 무성이네 밭을 매러 갈 수 없다고 말한 때문이었다.

"나더러 놈팽이라고? 놈팽이 땜에 무성이네 일하러 못 온다고? 내 이것들 모가지를 오늘 밤에 모조리 따놓지 않으면 이동수 아니다. 야, 이 무지렁이 새끼들아, 왜 이 가시나들 안 데리고 오는 거야? 내가 집 구석마다 찾아가서 지 에미 애비 모가지까지 따는 꼴을 보고 말 셈이냐?"

동네 사람들이 저녁 식사 중이거나 저녁 식사를 막 마칠 무렵부터 회관 앞에서 시작된 이동수의 난동은, 한 시간을 훌쩍 넘겨 계속되고 있었다. 놈팽이 땜에 무성이네 밭 매러 올 수 없다고 말한 계집아이들 셋을 보면 맥주병으로 목을 따겠다, 즉시 회관 앞에 데려와 무릎을 꿇려라, 정 데려오지 않으면 직접 찾아가서 끌어내겠다, 내 발로 찾아가 끌어낼 때는 그 싸가지 없는 것들을 낳아 기른 늙은이들 목도 성하지 못할 것이다. 그런 소리들을 곱씹으며 회관 앞 공터에서 다리목까지의 십여 미터 거리를 바닥이 깨어져 나간 맥주병을 거꾸로 쥐고 흔들며 오락가락하기의 되풀이. 시간이 지나자 처음의 넘쳐나던 박진감은 눈에 띄게 떨어져, 아무리 어수룩한 겁쟁이들한테도 다소 지루한 원맨쇼였다. 저녁 먹고 냇가에 바람 쐬러 나왔다가, 이제야말로 이 이름 없던 동네가 신문이나 라디오 뉴스에 크게 한 번 나오는 거 아닌가 하고 겁에 질렸던 동네 사람 몇은 비로소 안도하며, 하루의 피로를 잠으로 풀기 위해 하품을 토하며 설렁설렁 집으로 들어갔다. 나이 든 어른들은, 동네가 어찌 되려고 저런 물건이 들어와서 애 어른도 몰라보고 설쳐 대는지 모르겠다고 혀를 차며 푸념했다. 기를 쓰고 달려가 말릴 가치도 없다는 듯, 맥없는 담배 연기나 뿜어 날리며 한숨들을 쉬었다. 구경꾼조차 시들하여 하나둘 빠져나간 자리에, 동네 청장년 서너 사람만은 몇 걸음 떨어진 곳의 흙바닥이나 다리 난간에 걸터앉아, 희뿌연 어둠 속에서 움직이는 이동수를 조용히 주시하였다.

구경꾼 없는 무대가 싱거워지자, 이동수는 스스로 예고했던 대로 자리를 이동했다. 회관 앞 돌계단에 앉아 담배 한 대로 잠시 휴식을 취한 그는, 내려놓았던 깨어진 맥주병을 찾아 들고서 우리들 중 두 사람의 집이 나란히 자리 잡고 있는 골목을 향해 돌진했다.

"언니, 그 사람은 놈팽이란 별명이 맘에 안 드는가 봐. 그럼 건달이나 껄렁패는 어떠냐고 내가 가서 물어보고 올까? 흐흐흐."

들락날락 바깥 소식을 전해 주는 중에 병옥이가 키득거렸다. 우리는 웃지 않았다.

"토끼 발맞추는 골짝에서 늙은 연놈들이 저녁 처먹고 할 짓 없으니까 싸가지 없는 가시나들이나 몽땅 만들어 갖고…."

우리 골목의 대추나무집으로 자리를 옮긴 이동수는, 희끄무레하게 웅기중기 모여 있는 사람들이야 듣건 말건, 구정물 같은 욕설들을 쏟아 놓았다. 그렇게 긴 시간 제멋대로 행패를 부리고 있는데도 아무도 나서서 제압하거나 경찰에 신고하지 않고 구경만 하다니, 우리는 가슴이 터질 듯 분하고 답답했다.

다시 밖에 나갔다 들어온 병옥이, 늘어진 침대보를 들추고 부스럭대는 과자 봉지 두 개를 침대 밑으로 들이밀었다.

"언니, 심심하니까 이거라도 먹고 있어. 울 오빠가 언니들 주라고 가져왔어. 이동수가 시방 언니네 골목 안 대추나무집에서, 헛간에 있는 물건들을 다 마당에다 던지고 난리래. 오빠가 나오라고 말할 때까지 이거나 먹으면서 그대로 있으래."

참담하기 이를 데 없는 기분이었다. 순임이와 나는 아예 말을 잊은 채 방바닥에 볼을 대고 고요히 엎드려 있었다.

'아유, 미쳐! 놈팽이 이 지랄 같은 작자를 그냥 어떻게 해야 될까?'

'우리 동네 젊은 남자들은 다 바보 등신이야, 그냥 좀 달려들어서 패줄 것이지. 아니면 경찰에 신고를 해 버리든가.'

'병수 녀석은 또 뭐야? 키는 멀대 같이 커 갖고, 비실비실 진짜 못났어. 죽기라도 할 것처럼 지레 놀라 쫓아와서 우릴 피신시킨 꼴이라니.'

그렇게 주거니 받거니 까불고 투덜거릴 만도 하건만, 입이 얼어붙은 것처럼 아무 말도 나오지 않았다. 낮에 뼈 빠지게 일하고 제대로 쉬지도 못한 채 봉변을 당하고 있을 어른들 걱정에다, 생각 없이 말을 전하여 일을 크게 만든 무성이 엄마에 대한 원망, 그리고 우리에게 그 어떤 재앙이 닥쳐오는 것만 같은 막연한 공포에 휩싸였다. 이제 눈물조차 나오지 않았다. 두 눈을 말똥말똥 뜨고서, 불빛을 받으며 늘어져 있는 침대보의 꽃무늬만 응시했다. 과자 봉지 따위는 뜯지도 않았고, 서로 바짝 붙어 있는 옆 사람의 존재조차 잊을 만큼 공포와 분노와 굴욕감과 복수의 감정에 몰입해 있었다.

"하나 없네?!"

이동수의 일갈은 추상같았다. 바지랑대나, 지겟작대기나, 새끼 뭉치나, 풀려 헝클어진 짚단이나, 크고 작은 돌덩이나, 필시 이동수의 것일 윗도리며 농구화짝 따위가 어지럽게 널린 마당을 전사처럼 씩씩하게 건너질러 토방 앞에 닿아 서 있던 우리는, 간담이 서늘하여 서로의 손을 땀이 나도록 꼭 잡았다. 마루에 엉덩이를 걸치고 앉은 이동수의 발목이 우리의 눈높이에 있었다. 어슴푸레한 반 어둠 속에 드러난 그의 맨발 옆에는, 밑바닥이 떨어져 나간 맥주병 하나가 날카로운 단면을 그러낸 채 누워 있고, 타다 만 지푸라기 몇 올이 아무렇게나 흩어져 있었다. 우리는 이동수의 얼굴이 아닌 토방 끄트머리를 보고 있었지만, 머리 위에 내리꽂히는 이동수의 사나운 시선을 가시처럼 아프게 느끼고 있었다.

"이렇게 늦게 나타나면서 셋이 함께 안 오고 겨우 둘만 왔다고?! 그래, 하나는 어디 갔나?"

우리는 대답 없이 그대로 서 있었다. 그가 갑자기 벌떡 일어나 발밑에 나뒹구는 맥주병 모가지를 집어 들지도 모르는 상황이었지만, 사립문 안팎에서 동네 사람들이 지켜보고 있기에 그다지 무섭지는 않았다. 방금 우리가 걸어 들어온 마당에 함부로 흩어져 있던 잔해들. 온 동네를 발칵 뒤집었다는 그 난동의 흔적들은, 이동수에 대한 극도의 반감과 더불어 경멸을 불러일으켰다. 같잖은 인간의 같잖은 질문에 고분고분 대답하지 않겠다는, 맹랑한 오기조차 발동하였다. 고개를 다소곳이 숙였으나, 우리의 침묵에는 불손함이 묻어났다. 화를 억누르듯, 이를 악무는 소리로 이동수가 다그쳐 물었다.

"대답 안 하나? 여태 어디 있다 이제야 나타난 거야? 그리고 하나는 어디 갔어? 설마 대가리에 피도 안 마른 것이 영화 본다는 핑계로 읍내 밤거리 싸돌아다니는 패거리들 따라간 건 아니겠지?"

우리가 여전히 대답을 안 하고 서 있자, 등 뒤에서 순임이 엄마의 벌벌 떠는 음성이 들렸다. 아무래도 불안해서 마당 안까지 뒤따라 들어온 모양이었다.

"에구, 야들은 저그 안 골목 병옥이 방에서 공부하고 있는 걸 내가 가서 붙잡아 왔당게. 야들이나 두리나, 어린것들이 뭔 극장에를 가겠어? 돈 없어서도 영화는 못 봐. 글쎄 이 철없는 것들이, 동수 총각이 이렇게나 화난 줄도 모르고 정신없이 책만 디다보고 앉았더랑게. 그래 내가 욕을 한 바가치나 퍼붓어 줬구먼. 우리 순임이는 밭에 감서도 책을 갖고 가는 년이지만, 넘의 속을 그렇게나 뒤집어 놨으면 공부고 지랄이고 쫓아와서 빌어야 했는디 철이 없어갖고… 그나저나 두리 가는 잠이 많은디, 하매 자고 있는가 어쩐가… 이눔 가시나들아, 잘못했다고 후딱 빌어!"

순임이 엄마는 두서없고 어설프게 둘러댔다. 대가리에 피도 안 마른 것들이 극장에 가고 빵집에 가는 것부터 익히는 꼴을 그냥 보고 있지 않겠다고, 남들은 대학 입시 준비에 정신없을 때 호밋자루나 들게 하려면서 비슷한 시기에 가시나들은 왜 그리 여럿 만들어 놓았느냐고, 동네가 떠나가라 퍼부어 댄 이동수의 악담이 마음에 걸린 탓이었다.

"됐고요."

순임이 엄마의 장황한 사설이 지루하다는 듯, 이동수는 짧고 시큰둥하게 잘랐다. 잠시 침묵이 흐른 뒤에 그가 낮고 단호하게 내뱉었다.

"두리가 어디 가서 못 오는지 모르지만, 두리 올 때까지 여기서 기다려. 셋이서 까불었는데 둘만 나타나면 빌어 봤자 무효니까. 설마 자정 사이렌 불기 전에는 오겠지?"

어차피 영화 상영도 끝났을 시각이었다. 두리네 집이 바로 옆 골목이니, 곧 집에 돌아올 두리를 기다리는 일이 어려울 것은 없었다. 하지만 우리는 얼마지 않아서, 두리를 기다리는 일이 부질없음을 알아채야 했다. 우리는, 처음 대추나무집 마당에 들어섰을 때의 그 자리 그 자세로, 한 시간 남짓이나 두리를 기다렸다. 그러다가, 대추나무집 내외가 잠을 자도록 해 주어야 한다는 마을 사람들의 설득으로, 우리는 물론 이동수도 골목 앞 길바닥으로 자리를 옮겼다. 골목 바닥에 쪼그려 앉거나 웅기중기 서서 지켜보던 마을 사람들 중의 많은 수가 줄어 있었다. 마을 어른으로서, 혹은 젊은이로서의 책임감 때문에 끝까지 남아 있는 네댓 사람들을 빼고는, 피로와 졸음을 참지 못하거나 혹은 무례가 판치는 꼬락서니에 분개하여 하나 둘 집으로 돌아가 버렸다.

그 사이에 두리 엄마는, 두리의 남동생 광식이를 시켜서 두리를 따돌리도록 했다. 영화를 보고 돌아오는 딸이 멋모르고 마을에 들어서다 이동수 눈에 띄어 봉변이라도 당할까 염려한 때문이었다. 읍내 쪽의 아랫마을 입구에서 마중 나온 광식이를 만난 두리는, 영화를 보고 함께 돌아오던 아래뜸 미자 언니 방에서 잠을 청하고 있는 중이었다.

"동수, 어르신들을 생각해서라도 오늘은 그만 들어가서 자도록 하세. 내가 책임지고, 내일 아침에 야들 셋이서 자네를 찾아가 빌도록 해줄 텐게."

이동수와 나이가 비슷한 순임이네 사촌오빠가, 흙바닥에다 꼬챙이로 뜻 모를 글자를 흘려 쓰면서 이동수를 달랬다. 벌써 두어 시간 남짓, 몇 번이나 되풀이되는 간곡한 설득이었다. 이동수는 길 아래의 냇가에서 주워 올린 넓적한 돌에 엉덩이를 붙이고, 땅바닥에 뻗어 놓은 다리를 촐싹촐싹 까불며 간간이 담배를 피우거나 유행가를 흥얼거리곤 했다. 아직도 집에 들어가지 않고 남아 있는 이들은 몇 미터 떨어진 길바닥에 아예 거적이나 돗자리를 내다 펴고 앉아 막걸리를 한 잔씩 나누고, 우리 둘은 담벼락에 등을 기대고 서 있었다. 우스운 건, 나이 많은 어른들이 막걸리잔과 함께 나누는 이야기 속에 이동수의 조부모나 부모에 얽힌 몇 토막의 사소한 추억담이 섞여 있는 거였다. 이동수의 조부가 초성이 좋아서 동네에 초상이 나면 상여 소리를 메기곤 했다느니, 이동수의 부친은 남달리 덩치가 좋고 기운이 셌는데 왜 그리 일찍 병사했는지 모르겠다느니, 애잔함마저 묻어나는 내용들이었다. 이동수는 어른들의 잡담 따위는 듣고 있지 않았다.

"그럼, 조건이 있어."

지금껏 옹고집을 피우던 그가 비로소 반응을 보인 것은, 그 자신의 체력이 한계에 이른 탓이었다. 사실, 하루 종일 농사일을 하고 돌아온 사람들보다 이동수가 더 피곤할 노릇이었다. 술의 힘을 빌려 체력을 극도로 소모하였던 바, 밤이 깊어지고 술기운이 걷혀 감에 따라 더 이상 버티기 힘든 눈치였다.

"내일 아침, 해뜨기 전에 셋이 함께 와야만 돼! 셋 중 하나라도 빠지거나 해가 뜬 다음에 오기만 해 봐, 그땐 암만 빌어도 무효야."

"벌써 새복 한 시가 넘었는디, 야들이 시간 맞춰 일어날 수나 있겠어? 아직 어린 아덜이잖아. 요새는 원체 해도 일찍 뜨고 말이여."

해 뜨기 전에 와야 한다는 소리에, 순임이 사촌오빠가 시간 조정을 하자고 청했다. 이동수는 콧방귀를 뀌며 일어섰다.

"감히 인간 이동수의 명예와 자존심을 훼손해 놓고, 그 정도도 못한다면 말이 안 되지. 어리다는 건 이유가 될 수 없어!"

해가 뜨려면 아직 먼 이른 새벽에, 우리 셋은 이동수가 사는 무성이네 집으로 갔다. 마침, 무성이 엄마가 앞마당 우물가에서 보리쌀을 씻고 있었다.

"아줌마, 우리 빌러 왔어요."

"명예훼손이라면서요?"

"해 뜨면 무효니까, 해 뜨기 전에 빨리 좀 불러내 주세요."

무성이 엄마한테 유감이 많다는 표시로, 인사도 없고 앞뒤 설명도 없이 툭툭 내뱉었다.

그 자리에 없었어도 어젯밤의 일을 이미 알고 있다는 듯, 무성이 엄마는 보리쌀 함지박을 그대로 둔 채 아래채 툇마루 앞으로 갔다.

"동수, 크내기들이 빌로 왔다야."

방에서 아무런 기척이 없는 모양이었다. 그만 자고 일어나서 나와 보라고 다시 한 번 소리를 치더니, 무성이 엄마는 우물가로 되돌아와 보리쌀을 마저 씻었다. 보리쌀을 다 씻은 무성이 엄마는 부엌으로 들어가고, 셋이서 우물가에 쪼그리고 앉아서 한참을 기다려도 이동수는 나오지 않았다. 무성이 엄마가 열무와 파가 담긴 소쿠리를 들고 다시 우물가로 나왔고, 우리는 그녀 들어 보라는 듯 작은 소리로 투덜거렸다.

"해 뜨면 빌어도 무효라면서, 이렇게 안 나오면 어쩐대요?"

"쳇, 자기가 무슨 귀신인가, 둘이만 오면 무효고 해 뜨면 무효고…."

"야, 암말도 마, 아줌마가 또 일러바치면 큰일 난다. 그땐 해 뜨기 전에 와도 말짱 무효여."

무성이 엄마는 입을 꽉 다문 채, 대충 씻어 건진 열무를 화풀이하듯 두 손으로 우둑우둑 자르고 있었다. 일일이 대꾸하기도 귀찮다는 표정이었다.

그저께였다. 이동수는 잔뜩 일그러진 상판을 하고 저녁밥상 앞에 나와 앉았다. 하던 밭일을 마무리 짓고 오느라 이날따라 저녁 식사 준비가 퍽 늦게 되었다. 뭣이 그리 못마땅한지는 몰라도, 무성이 엄마로서는 처음 겪는 일도 아닌지라 그러려니 무시하고 보리밥을 한술 뜨려 하는데, 이동수가 열무김치 한 가닥을 집어 들고 타박이었다. 김치가 너무 시어서 못 먹겠다는 것이다.

"날이 이렇게나 더운디 그라면 짐치가 시지 안 시어?"

무성이 엄마도 지지 않고 대적했다. 하루 종일 뙤약볕 아래서 녹초가 된 몸에 배도 몹시 고픈 터라, 이동수의 가당찮은 반찬 타박이 이날따라 못 견디게 짜증스러웠다. 지난 반년 남짓 동안 겪은 마음고생 탓에, 힘든 날이면 때때로 악이 받치는 무성이 엄마였다. 그녀는 내친 김에, 당시에는 잘 참아 넘겼던 며칠 전의 일까지 끄집어내어 보탰다.

"세상에, 없는 살림에 애쓴다고 칭송은 못할망정, '내가 염생이냐, 내가 토깽이냐' 밥상을 앞에 두고 그게 뭔 소리디야? 밥상 앞에서 타박하고 억지소리 하먼 복쪼가리 달아난다는 소리도 못 들어 봤는개벼."

날마다 밥상 위에 채소 반찬만 오른다 해서, '내가 염소요? 내가 토끼요?' 하고 이동수가 퍽이나 억울한 듯이 투정하며 대들었을 때, 목구멍까지 치민 욕설을 꿀꺽 삼키고 말았던 무성이 엄마는 생각할수록 분해서 화병이 날 지경이었다.

무성이 엄마의 군소리가 끝나기도 전에, 이동수가 벌떡 일어섰다. 일어서며 동댕이친 숟가락이 강된장 사발을 엎으며 날아와 무성이 엄마의 땀에 찌든 몸뻬 가랑이 위로 떨어졌다. 마침, 무성이 아버지는 남의 집 품앗이 일을 해 주고 저녁까지 얻어먹고 오느라 자리에 없었다.

"아이고 참말로, 성질을 저따구로 쓴게 동네 크내기들이 놈팽이 땜시 밭매로 못 온다는 소리를 하고 그라지."

속이 뒤집힌 무성이 엄마는 문을 박차고 나가는 이동수의 등에 대고 나오는 대로 뱉어 냈고, 되돌아온 이동수의 추궁에 못 이겨 우리들의 이름까지 모두 말해 버린 거였다.

바쁜 무성이 엄마가 두어 번이나 더 문 앞에 다가가서 불렀지만, 이동수는 좀체 모습을 드러내지 않았다. 우리는 그 집 앞 텃밭의 감나무 밑에서 이동수가 나오기를 오래도록 기다렸다. 해 뜨기 전에 와야 한다고 으름장을 놓는 바람에, 행여 깊은 잠이 들어 실수라도 할까 봐 조바심한 일이 무색했다. 두리가 숨어들었던 미자 언니 방에 모여 앉아서, 모두들 꼬박 밤을 새운 터였다. 이동수는 해가 동산에 이마를 얹어 놓았을 때에야 윗도리의 단추도 채우지 않은 채 어기적거리며 나타났다. 머리칼은 부스스 헝클어져서 뻗치고, 얼굴은 푸석푸석 부은 데다 제풀에 날뛰다 긁히고 벗겨진 상처투성이였다. 무성이 엄마가 밭에 나가는 길에 다시 한 번 방문 앞에 가서 소리쳐 부르지 않았더라면, 해가 중천에 떠도 자리에서 못 일어났을 몰골이었다. 그는 귀찮아 죽겠다는 듯 오만상을 찌푸린 채, 됐으니 그만 가 보라는 한마디를 툭 던졌다. 우리도 역시나 잘됐다는 듯, 마음에도 없는 사과의 말 따위를 생략한 채 부루퉁한 낯으로 돌아섰다.

그러면서 속으로는 겁내고 있었다. 또다시 이동수의 난동에 휘말려 드는 일은 상상하기도 싫었다. 다시 그런 일이 일어난다면 절대 굴복하지 말자고 다짐하는 중에도, 두려움은 전보다 더 커져 있었다.

하지만 이동수가 마을에서 크게 난동을 부리는 일은 이후로 일어나지 않았다. 한동안은 마을 사람들의 눈에 띄는 일조차 없었으며, 가끔 눈에 띈다 해도 전혀 딴 사람이 된 듯 조용히 지나칠 뿐이어서 오히려 새로운 화젯거리가 되었다.

그것이 이유라고 장담할 수는 없지만, 우리들과의 그 사건이 있은 지 며칠 뒤에, 초승달 비치는 당산 위 방죽가에서 이동수가 마을 청년들에게 부러지지만 않을 만큼 흠씬 두들겨 맞았다는 소문이 돌았다. 믿기 어려운 소문이었다. 하지만, 한식구인 무성이가 포함된 몇몇 청년들의 이름과, 매 맞기에 지친 이동수가 나이도 한참 어린 그들 앞에서 무릎 꿇고 두 손을 싹싹 비비며 빌었다는 구체적인 정황 설명까지 곁들여진 걸 보면, 말짱 헛소문은 아닌 듯했다.

희망

"정말, 여기 두고 가도 괜찮을까?"

내가 의식을 되찾았을 때, 주저하듯 끊일락 말락 하는 남자 목소리가 들렸다. 소리가 너무 가까이에서 들린 탓에 내 눈이 뜨인 것도 같았다. 허우적거릴수록 더욱 깊이 빠져드는 늪 가운데에 빠진 것 같은 무력감에 나는 빠져들고 있었다. 그래서 아예 눈을 감아 버린 것이, 잠인지 기절인지 모를 무의식 상태에 잠시 머물렀던 모양이다. 목소리의 주인은 반듯하게 누운 나를 가까이에서 내려다보고 있었으므로, 내가 눈을 완전히 떠서 시야가 맑아졌을 때에도 공중에 떠 있는 얼굴 모양이 먹물 번진 천조각인 양 흐늘흐늘 괴기스러웠다.

"괜찮지 않으면 어쩌겠어요, 여기까지 데려다 준 것만도 고맙게 여겨야지."

또 다른 목소리는 발치께에서 들려왔다. 아마도 나를 차에 싣고 이곳까지 온 남자일 터였다. 나를 데리고 처음 들렀던 병원에서 그가 한 말을 나는 제대로 들었다.

"미친 여잔가 봐요. 길에 쓰러져 있기에 싣고 왔는데, 신분증도 없는 것 같아요."

"미쳤으면 정신병원으로 데려가야죠."

허술하고 흐트러진 내 차림새를 한눈에 읽어 버린 당직 의사는 무심한 한마디를 내뱉듯이 던지고 다른 곳으로 가 버렸다. 남자들은 친절하게도 나를 자기네 차에다 다시 싣고 이곳까지 왔다. 유리 가게 청년. 그는 나를 모르겠지만 나는 시내버스를 타러 정류장을 향해 걸어가거나 상가에 무엇을 사러 나간 길에 유리 가게 앞을 지나면서 몇 번인가 그를 보았다. 그는 열어 놓은 문 안에서 작업대 위에 놓인 유리판에 줄을 긋기도 하고, 하얀 트럭 위에 세워진 받침대에다 누군가와 함께 커다란 유리를 세우는 중이기도 했다. 조금 전에 낮고 자신 없는 소리로 나를 걱정하던 사람이 함께 유리를 만지던 남자인지 어쩐지는 모르겠지만, 볼 때마다 같은 차림이었던 청년의 빛바랜 청바지와 소매 둘둘 걷어 올린 밤색 체크무늬 셔츠, 붉은색 부분 염색을 한 머리는 충분히 내 눈에 익었다.

"미친 데다 말도 원래 못하는 거 같아요."

청년은 남자가 서 있는 내 머리맡께로 왔다. 내가 아직도 터지지 않는 말문을 열어 보고자 입술을 달싹이며 안간힘 쓰고 있는 동안, 두 남자는 무슨 말인가를 주고받더니 문 쪽으로 걸어 나갔다.

"에이, 오늘 재수 더럽네. 미친년 땜에 한바탕 놀랐잖아."

청년이 그렇게 말하는 것 같았다. 낮고 음흉한, 그러면서도 대수롭지 않은 어조였다. 그들이 떠나면 영영 이곳에 갇혀 버리고 말 것만 같아 나는 손을 내저으며 소리를 지르려 애썼다. 하지만 입술만 달싹거릴 뿐 아무 소리도 나와 주지 않았고, 그들의 뒷모습은 이내 보이지 않게 되었다.

골목길과 직접 닿아 있는 내 방문이 저만치 바라보이는 곳에서 나는 다시 발길을 돌렸다. 이대로는 아무래도 잠을 이룰 수가 없을 것 같았다. 혼자만의 거처를 마련하던 첫날에 양은 세숫대야에 구색 맞춰서 샀던 보라색 맹꽁이 슬리퍼를 끌고 큰길까지 되돌아 나오는 동안, 나는 오색 양초 곁들인 자그마한 케이크와, 샴페인 한 병과, 제일 비싼 담배 한 갑과, 그리고 장미꽃 한 송이만 생각하기로 했다. 아니, 케이크를 살 때에 제과점 주인이 서른아홉이라는 내 나이를 믿는지 어쩌는지 한 번 살펴보고 싶은 생각도 있었다. 그것은 내가 나이에 비해 젊어 보이는지 늙어 보이는지 따위를 알고 싶어서가 아니라, 오늘이 서른여덟 번째 생일이라는 것이 과연 분명한 현실인지를 확인하고 싶어서였다. 그렇게 시작하고 보니 모든 것이, 내가 서른아홉 살의 여자이며 월세 십오만 원짜리 조그맣고 허술한 방 한 칸을 얻어 살고 있는 이곳이 서울의 변두리 가난한 동네이며 동네 집 담장 안의 목련꽃이 만개한 이 계절을 봄이라 부른다는 것마저, 혹시 내가 꿈결에 만들어 낸 생소하고 터무니없는 가상현실은 아닐까 하고 의심을 하게 되었다. 이것은 집을 나온 이후로 종종 나를 지배하는 현상으로, 내가 얼마 전까지 남편이랑 세 아이와 함께 사는 주부였다는 것부터, 지금도 그들이 같은 서울 하늘 아래 존재한다는 사실마저 확신하기 힘들 때가 있었다. 지난날의 모든 기억, 심지어 내가 살고 있는 이곳이 정녕 이승인지를 확인해 보고 싶을 만큼 현실감 상실에 시달리고 있었다. 나는 그렇게, 익숙한 것들과 철저히 단절되어 외딴 곳에 내던져져 있었다.

아이들한테 전화를 걸러 나갈 때만 해도 케이크니 양초니, 샴페인 따위는 생각하지 않았다. 집을 나온 뒤 식당일로 밥을 벌어먹는 내가 두 주일을 기다려 얻은 휴일이 죽음 같은 잠으로 저물어 버린 것이 허무해서 불현듯 벽에 걸린 달력을 올려다보았을 때, 오늘의 날짜 밑에 15라는 조그만 숫자가 눈에 띄었다. 큼지한 양력 날짜 밑에 초하루와 보름만 표시되는 음력 날짜. 음력 3월 보름은 내 생일이었다. 아이들이 학교에 다니면서부터였던가. 문방구에서 파는 싸구려 목걸이나 머리핀이며, 저희들 취향의 과자와 음료수 따위로나마 깜냥으로 내 생일을 챙겨 주었고, 그에 대한 나의 감격이란 참 소박하고 가련한 것이었다. 이제 사실상 끝나 버린 지난 십오 년 결혼 생활이 완벽하게 불행하지만은 않았다고 친다면, 아이들과의 그런 추억 때문일 것이다.

나는 아이들에게 전화를 걸기로 했다. 아이들이 엄마 없는 생활에 적응하는 데에 되레 방해가 될까 봐, 그리고 내 자신 자리도 잡기 전부터 마음 약해지는 게 무서워 당분간 소식을 끊기로 한 터였지만, 중학교에 다니는 큰딸 하고는 딱 한 번 통화를 했었다. 집 나온 지 열흘만이었는데, 다행히도 남편 아닌 큰딸이 전화를 받아, 내 불안감과는 달리 저희들 삼 남매가 무사히 지내고 있음을 알게 해 주었다.

힘들어도 참고 동생들 잘 돌봐라. 엄마 걱정은 안 해도 돼, 알겠지만 네 아버지한테는 나한테서 전화 왔었단 말 하면 안 돼. 동생들한테도 아직은 말하지 마라…

대강 그런 내용을 두서없이 말하는 가운데 딸아이가 띄엄띄엄 짧은 대답을 했던 것도 같지만, 내 감정에 겨워 눈물 콧물 범벅이었던지라 아무것도 정확히는 기억하지 못한다. 그 이후로 벌써 한 달 남짓이 흘러갔다. 나는 그렇게 많은 날들을 아이들과 소식 두절인 채로 잠자고 밥 먹으며 지내온 스스로의 독함과 태연스러움에 소름이 끼쳤다. 갑자기 아이들이 보고 싶어 미칠 것만 같았다. 내가 전화 한 통 걸지 않는 독살을 부려 가며 혼자만의 삶을 이어 가는 동안에, 어린것들이 겪어냈을 불안과 고통의 날들을 생각하니 당장이라도 그들에게로 달려가고 싶었다. 나는 두 주 동안 쌓인 피로에 못 이겨 빠져들었던 긴 낮잠에서 깨어나, 머리칼이 마구 헝클어져 있는 것도 아랑곳 않고 밖으로 달려 나갔다. 정말이지 아직도 별일은 없었을까?

골목 입구의 공중전화 부스까지 종종걸음 치면서, 불현듯 솟구치는 불길한 예감을 달래느라고 내 손은 몇 번이나 가슴을 쓸어내렸다.

죽어도 같이 죽고 살아도 같이 사는 건데, 내가 독한 어미지.

평소에도 문득문득 그러했듯이, 제 아비한테 맞아 만신창이가 된 아이가 보이고, 어미의 연락처를 몰라 발을 동동거리며 우는 아이의 모습이 눈앞을 가렸다. 초조한 마음에 발걸음이 중심을 잃고 흔들려, 낡고 헐렁한 고무줄 치마는 다리에 휘감기고, 보라색의 맹꽁이 슬리퍼는 두 번이나 벗겨졌다.

"여보세요."

전화는 초등학교 사 학년인 둘째 딸이 받았다. 명랑하고 천진한 음성이었다.

"수, 진, 아!"

내가 부른 그 아이의 이름은 휘파람 소리를 내며 목구멍 속으로 잦아들고, 눈물이 비 오듯이 쏟아져 내렸다.

"여보세요, 누구세요?"

아이는 조금 건성으로 물었다. 나는 아무 말도 못하고 소리 죽여 흐느끼기만 했다.

"여보세요? 언니, 일루 와 봐. 누군지 암말도 안 해."

둘째 딸의 목소리 그 어디에도 오매불망 엄마의 전화만 기다리던 흔적 같은 건 없었다. 오늘이 엄마의 생일임을 기억하고 슬프거나 우울해져 있는 것 같지도 않았다. 전화선을 타고 전해지는 집안 분위기는 대체로 조용하고 태평할 뿐 아니라, 야속할 만큼 무심하기도 했다. 둘째 딸의 등 너머에서 막내인 아들아이의 일상적인 목소리도 어렴풋이 들렸다. 무엇인가 마음대로 안 되어 혼자서 짜증을 부리는 듯했다. 적어도 내가 상상하고 염려했던 무서운 사건들은 일어나지 않은 것 같아서 우선 안심이었다. 내가 격한 감정을 수습하느라 어물거리는 사이에 둘째는 전화기 곁을 아예 떠나 버렸는지, 이번에는 좀 또렷한 목소리로 이름을 불렀지만 아무런 대꾸가 없었다.

"듣고 있니, 수진아?"

그러나 아이의 대답 대신에 이윽고 들리기 시작한 것은 전화가 끊겼음을 알리는 딱딱한 기계음이었다. 나는 동전을 찾기 위하여 지갑을 뒤지려다 말고, 느릿느릿 흐느적거리는 걸음으로 공중전화기 앞을 떠났다. 미묘한 기분이었다. 아이들이 무사히 잘 있다는 사실에 어미가 배신감을 느끼다니! 정말이지 나는 배신감을 느꼈다. 내가 집을 나온 지 두 달 반. 나 역시 배고프면 먹고 졸리면 자고 추우면 옷을 껴입어 가며 일상을 이어 가야 했다. 그럼에도, 나 없이 단 하루도 넘기기 어려울 줄 알고 노심초사했던 그들이 내가 있으나 없으나 마찬가지인 양 천연스럽게 살아가고 있음은 뜻밖이었다. 허망한 안도. 아이들이 잘 있음에 안도하면서도, 오로지 아이들을 지키기 위해서라고 믿었던 그 집에서의 내 세월이 허망했다. 나는 다만 아이들을 핑계 삼아, 무책임하게도 십오 년 동안이나 내 인생을 내팽개쳐 두었던 것일까.

나는 종종 남편에 의해 죽임을 당하는 꿈에 시달렸다. 그는 표정 없이 하얗게 바랜 얼굴로 나를 내려다보며 목을 조르거나, 입가에 비웃음을 잔뜩 머금고 숫돌에 칼을 갈았다. 톱으로 내 다리를 나무 켜듯이 켜거나, 12층 아파트 베란다에서 내 몸을 번쩍 들어 아래로 집어 던졌다. 그때마다 외마디 소리를 지르며 소스라쳐 깨어나면 그것이 꿈이라는 데에 안도하는 대신에, 그보다 나을 것이 없는 현실에 진저리를 치곤했다. 그랬다. 꿈에서 남편이 행하는 잔혹 행위들은 현실에서 적어도 한 번씩은 겪어 본 것들이었으며, 그때마다의 공포와 절망 또한 마찬가지였다.

그가 폭력을 행사하는 데에는 언제고 나름대로의 이유가 있게 마련이었다. 나의 등을 후려치며, 머리채를 잡아 흔들며, 또는 칼이나 몽둥이를 들고 설치며 남편은 그처럼 당해도 싼 나의 죄목을 낱낱이 짚어주었다. 그 죄목이라는 게, 행선지를 밝히지 않고 한나절 외출을 했다거나 벨이 다섯 번이나 울린 후에 전화를 받았다거나 햄스턴지 뭔지 남편이 돈 주고 사다 놓은 쥐새끼를 제대로 돌보지 않아 죽게 했다거나 따위의 사소하기 그지없는 것들이었지만, 그의 치를 떠는 분노와 당장 살인을 저지르고 말 것만 같은 증오심에 휘둘리다 보면, 죄의 내용이야 귓전에서 헝클어져 버린 채로 아무튼 내 자신 죽어도 싼 인간이라는 자기 비하의식에 사로잡히곤 했다. 정말이지 내가 죄인 줄 모르고 행한 사소한 행동도 그의 손에 넘어가면 돌이킬 수 없는 중죄가 되었고, 그날 지은 죄를 다스리는 광란의 시간이면 지난날에 지은 죄까지 조목조목 들먹여져야 했으므로, 날이 가고 해가 갈수록 나의 죄업은 무거워만 갔다. 심지어, 같은 서울 시내에 사는 시어머니를 뵈러 가면서 철 이른 참외 몇 개 사갔다는 것마저 그가 나에게 폭력을 휘두른 이유가 되었다. 참, 그는 거칠기만 한 입버릇과 손버릇에 어울리지 않게도 돈에 대한 애착이 좀스럽고 쫀쫀하고 집요했다. 나나 아이들이 잔돈푼 쓰는 데에까지 일일이 참견하고 관심을 가질 뿐더러, 아무리 체력을 소모하며 난동을 부린 이튿날에도 기적처럼 털고 일어나 돈벌이를 나가곤 했다. 또, 사람 몸에는 함부로 손을 댈지라도 가구 집기를 부수는 일은 좀체 없는 사람이었다. 그래도 그렇지, 세상에 아무리 좀스럽고 못난 사내라도 아내가 제 피붙이한테 후하게 구는 건 얼마든지 말리지 않는다던데, 저를 낳아 기른 어머니한테 쓴 돈을 두고도 여편네 살림 솜씨 헤퍼서 일할 맛 안 난다느니 생트집을 잡는 거였다. 그렇게 인정머리 없는 인간이 징그러운 쥐새끼를 돈 주고 사 오는가 하면, 돈벌이와 연결되지도 않는 열대어 기르기에 무섭도록 집착하는 것을 나는 이해할 수가 없었다. 하지만 곧, 그처럼 여린 구석이 있는 사람을 자꾸만 포악하게 만드는 나의 모자람을 탓했다. 한해 두해 살아 본 것도 아니면서 그의 비위 하나 제대로 못 맞추는 스스로의 미련함이 안타깝고 미웠다. 심지어 죽인다는 협박조차도 그리 부당하게 여겨지지만은 않았다.

"더러운 년, 넌 오늘 내 손에 죽어 줘야겠어. 오늘은 정말 죽여 버릴 테야!"

천 년 동안이나 무덤 속에 갇혀 있던 원혼의 그것처럼 음산하고 사무친 목소리로 그가 내게 사형선고를 내릴 때쯤, 폭풍우를 감지한 산 짐승처럼 아이들은 저희들 방으로 숨어들어 기척이 없었다. 언제부턴 가, 우리 두 사람의 싸움에 아이들이 울며 매달리거나 끼어드는 일은 없게 되었다. 그들에게는 어느덧, 이 모든 게 그저 평범한 일상사로 비 쳐지는지도 몰랐다. 남편은 나를 거실 바닥에 주저앉히고, 미리 준비 한 비닐 끈으로 양팔과 몸통을 한데 묶었다.

"몇 번 만났어? 속인다고 속을 내가 아니니까, 있는 대로 솔직히 대 라고."

"뭘 대라는 거야, 도대체?"

언제나 그렇듯이 속으로는 두려움에 떨면서도, 나는 묶인 몸을 비틀 며 악에 받친 소리로 대들었다. 남편은 주방용 가위로 내 머리를 마구 잘라 내며 코웃음을 쳤다.

"네가 더 잘 아는 일을 내가 꼭 입 아프게 설명해야겠어? 흥, 한가 놈 그 자식 상처한 지가 이 년이나 된다던데 그동안 얼마나 재미가 좋 았냐? 친정에 간 길에 만나고, 시장에 간다는 핑계로 만나고, 또 어디 야? 더러운 년!"

역겹고 억장 막히는 그의 욕설보다는, 얼굴을 타고 묵직하게 떨어 져 내리는 머리 춤 때문에 나는 소리 내어 울었다. 남편은 두피가 꾹 꾹 집힐 만큼 가위를 바짝 대어 내 머리를 깎아 내고 있었다. 거칠면서 도, 소름끼치도록 차근차근 순서 있는 손놀림이었다. 나는 이미 한 차 례 머리를 보얗게 깎인 경험을 갖고 있었다. 친정아버지 제사에 갔다가 늦게 온 것이 이유였는데, 광기가 발동한 그에게는 제부의 승용차를 얻어 타자면 출발 시각을 그 집 사람들에 맞출 수밖에 없었다든가 더구나 오는 길에 차가 많이 밀리더라는 따위의 이유가 통하지 않았다.

한은 나의 첫사랑 애인으로, 그가 군대 가고 없는 사이에 남편과 내가 가까워졌다. 한의 우유부단함에 지쳐 있던 나는, 저돌적이기까지 한 남편의 접근에 마음을 열었다. 내게 있어 남편은 감탄할 정도로 싹싹하고 다정한 남자였으며, 매사에 부지런하고 믿음직하게 굴었다. 하지만 오래가지 않았다.

"더러운 년. 너 말고도 아는 여자가 몇 있었다만, 아무도 너만큼 쉽지는 않았다. 도대체 몇 놈한테나 그 따위로 쉽게 넘어갔던 거야?"

첫 아이를 낳은 지 한 달도 안 된 어느 날에, 술꾼이 담벼락 밑에 오물을 토해 놓듯 남편이 내뱉은 말이었다. 그날을 시작으로 그가 토해내는 오물은 갈수록 걸쭉해지고 갈수록 잦아질 뿐 아니라, 여차하면 주먹질을 동반했다.

두 번째로 머리를 깎인 그날, 무차별로 휘둘러 대는 남편의 주먹을 가슴 한가운데에 맞은 나는, 숨이 막혀 비명 소리조차 내지 못하고 앞으로 고꾸라졌다. 코인지 입술인지에서는 피가 흘러내렸다. 그때 딸아이의 울부짖음을 들었다.

"엄마, 그냥 죽어, 엄마가 죽어야 끝이 나겠어!"

소름이 끼치는, 짐승 같은 울부짖음은 제 아비한테로 향했다.

"차라리 죽이세요. 아예 죽이라고요!"

나는 피범벅이 된 채 바닥에 엎어져 있었다. 한동안 주위가 잠잠했다. 엎드린 채로 나는 눈을 떠 보았다. 그가 조금 허둥대며, 주머니에서 지갑을 꺼내는 모습이 어른어른 보였다. 나를 병원에 데려 가라고 딸아이한테 말하는 소리가 얼핏 들렸다. 그러나 돈이라면 병적으로 쫀쫀하고 집요한 사람답게, 남편은 그 와중에도 딸아이에게 병원비의 액수를 묻고 있었다.

"만 원이면 되냐?"

아내보다 더 소중한 지갑을 다시 집어넣은 그가 침실로 들어가고, 딱 한 장의 만 원짜리 지폐는 내 눈앞으로 낙엽처럼 떨어져 내렸다. 딸아이가 팔을 잡아 일으키며 병원에 가자고 했지만 나는 그대로 좀 더 있고 싶었다.

"괜찮아, 걱정 말고 들어가서 자."

적어도 그런 말을 할 만큼은 내가 아직 멀쩡하다는 걸 확인한 딸은, 머뭇머뭇하다가 저희들 방으로 들어갔다. 죽은 듯이 한참을 더 그대로 엎어져 있었지만 아무도 밖으로 나오지 않았다. 안방에서는 남편이 빼놓지 않고 보는 텔레비전 드라마의 수다스런 대사가, 아이들 방에서는 간간이 다투거나 키들거리는 소리가 새나왔다. 그들에게 있어 조금 전에 휘몰아친 광풍 따위는 가벼운 운동이나 게임하고 크게 다를 것도 없는 것일까. 아직 마룻바닥 귀퉁이에 처참한 몰골로 엎어져 있는 나하고는 전혀 딴 세상의 일인 양, 양쪽 방에서 새나오는 소리들은 제법 평화스럽기까지 했다. 나는 가슴을 움켜쥔 채로 천천히 일어나 앉았다. 화장실에 들어가서 입안에 든 머리카락의 잔 부스러기를 뱉어 내고, 눈물 콧물에 핏물까지 범벅된 얼굴을 물로 씻었다. 수건을 꺼내면서 무심코 바라본 거울 속에, 머리카락이 아무렇게나 잘려 나가서 희끗희끗 층계 진 머리통을 한 우스꽝스런 몰골의 여자가 퉁퉁 부은 낯을 하고 서 있었다. 마룻바닥에는 남편이 떨어뜨린 만 원권이 아직도 그대로 있었다. 머리에 수건 한 장을 둘러쓴 나는 그 돈을 집어

들고 아파트 문 밖으로 나섰다. 거리는 어두웠다. 나는 되는대로 버스에 올라탔고 무작정 집으로부터 멀어졌다.

"별로 많이 다치지도 않은 것 같은데 이 아줌마 내숭떠는 거 아냐?"

차가 병원 가까이 가도록 내가 말대답을 못하자, 유리 가게 청년은 신경질을 냈다. 초저녁만 지나면 인적이 끊기는 어두운 이면도로를 막 벗어나려는 참에 그의 차가 뒤에서 나를 받은 거였다.

"이 아줌마 정말 이상하네. 크게 다친 데도 없는 것 같은데 왜 가슴은 움켜쥐고 엄살이야? 답답하니까 말이나 해 봐요, 좀."

답답하기는 내가 더했다. 핑그르르 돌며 길 위로 나가떨어지는 그 순간부터 목소리를 숫제 낼 수가 없었다. 병원에 가서도 마찬가지였다. 나는 응급실 한쪽 구석 침대에 부려져 있는 동안에도 말문이 전혀 트이지 않았다. 손짓으로라도 의사표시를 하려 애썼지만, 초조해진 유리 가게 청년으로부터 돈 뜯어내려고 연극한다는 욕이나 얻어먹을 뿐이었다. 당직 의사의 건성 질문에도 대답을 못한 나는 드디어 정신병자로 몰리게 되었다.

"길에 쓰러져 있기에 데려와 봤습니다."

처음에는 분명히 아니었으나, 어느 순간부터 유리 가게 청년은 거짓말을 하고 있었다. 의사는 냉정하고 쌀쌀한 한마디를 던지며 빠르게 다른 자리로 옮겨 갔다.

"정신병자는 정신병원으로 데려다 줘야지요."

그리하여 나는 이곳에까지 실려 왔다. 직접 와 보기는 처음이지만, 이곳이 시립정신병원이라는 것을 나는 알았다. 이곳에서는 아무도 내가 하는 말을 믿어 주지 않을 수도 있겠다. 하지만 나는 이곳에 제대로 온 것인지도 모른다. 나는 종종, 내게서 잘려 나간 과거가 정말 이승의 일이었는지, 이곳이 서울이라든가 내가 정말 서른아홉 살의 여자라든가, 아니, 이곳이 아직도 이승인지, 내가 정말 나인지를 확신하지 못해 괴로워하지 않았던가. 스스로 계획한 모처럼의 화려한 생일잔치를 놓치게 된 건 아무래도 유감이나, 이곳에서 만날 누군가가 그토록 절실한 의문에 대답을 해 준다면 오늘의 내 운세는 과히 나쁠 것도 없었다. 그 정도를 희망이라 부르기엔 좀 애매하지만, 나는 아주 오랜만에 희망이라는 매혹적인 낱말을 생각해 냈다.

정 노인의 논

"어르신, 죄송하구먼요. 어르신께 제가 그럴 처지는 아닌데, 있는 전답 다스리기도 점점 힘에 부치다 보니 이거 참말로…."

"자네가 미안해할 거야 있는가. 자네 나이도 오십 줄이고, 벌여 놓은 일이 만만찮은 걸."

필요 이상 머리를 조아려 가며 문간까지 따라 나오는 학수를 안심시키려고 짐짓 아무렇지 않은 척했지만, 정 노인은 뒤통수가 심히 부끄러웠다. 빚 얻으러 왔다가 거부당하고 나설 때에나 느낄 법한 모멸감을 쉽사리 떨쳐 버릴 수 없었다. 점동이, 복술이, 학수까지, 물어볼 만하고 사정해 볼 만하다 싶은 집은 다 들른 셈이다.

"거 참, 세상 많이 변했다."

비단 어제 오늘 생겨난 현상이 아닌 줄 알면서도, 그는 세상 참 많이 변했다는 탄식을 새삼스레 입 밖으로 흘렸다. 손바닥 만한 밭뙈기 하나 딸린 것을 제외하면 가시덤불 우거진 황무지에 불과했던 섬터골 땅을 두고, 퍽이나 좋아했던 삼십 년 전의 일이 그에게는 아직도 어제처럼 생생하기만 했다.

    섬터골은 동네 친구 영두의 땅이었다. 그해 이른 봄날, 어쩌다 둘만 있게 된 사랑방에서 영두가 한숨 섞어 속엣말을 털어놓았다. 흉년과 아내의 병이 겹쳤던 이태 전에 동네 부자 최 영감네서 장리쌀 여섯 가마 얻어다 쓴 게 어느덧 열다섯 가마로 길어나, 부친이 물려준 섬터골 땅을 빼앗기게 되었노라 했다.

    "가을 추수 때에는 한 해 더 물려줄 듯이 하더니, 한 보름 전부터 부쩍 저리 성화네. 돈 없으면 섬터골 땅을 달라는 거여. 별 쓸모도 없는 땅이지만 부모한테 물려받은 거라 지키고 싶었는데, 먹을 양식도 없는 이 봄에 빚 갚을 돈을 어디서 구하겠는가, 아까워도 땅을 내놓는 수밖에 없지. 그렇다면 양식이라도 하게 두어 가마 더 쳐 달라고 사정했더니 들은 시늉도 안 해. 그냥 땅문서만 가져간다는 소리여."

    영두의 탄식을 듣고 있던 정만길은, 열다섯 가마에다 영두에게 식량이며 영농자금으로 당장 필요하다는 다섯 가마를 더 얹어 주고서 자신이 그 땅을 사겠노라 말했다. 누구 할 것 없이 당장의 끼니 이어 나가기도 힘겨웠던 시절, 가을 추수한 곡식들은 이미 바닥을 보이는 곤궁한 봄이었다. 추곡이 바닥나고 보릿가을은 아득히 먼 이른 봄이면, 모든 재화의 가치는 당장 주린 배를 불려 줄 식량 앞에서 빛을 잃었다. 땅이 되었든 물건이 되었든 그것을 지니고 있으면 먼 훗날에 억만금의 보답이 올지라도, 어린 자식들이 굶게 된 마당에야 버틸 재간이 없게 마련이었다. 그 와중에 흉년까지 들면, 소수의 여유 있는 이들은 가난뱅이들이 가진 식량 이외의 재화를 거저 갖다시피 했다. 쌀 한두 가마에 논 한 마지기가 거래되고, 일 년 내내 공들여 길쌈한 삼베 한 필을 겉보리 한 말과 맞바꾼 경우도 있었다. 최 영감은, 가난뱅이들의 배고픔을 제대로 이용하는 동네 부자였다.

배고픈 봄에 동네 사람들이 최 영감네서 빌린 보리 한 가마가 추수철이면 쌀 한 가마로 불어나 있었고, 그렇게 거두어들인 쌀을 내어 챙긴 돈을, 발등에 불 떨어진 근동 사람들이 월 6부나 7부 이자를 물고 빌려다 썼다. 타작마당에서도 변변하게 거둬들일 게 없는 사람들은, 갚지 못한 빚이 눈덩이처럼 불어나는 것을 숙명처럼 견디며 무겁고 추운 겨울을 보내야 했다.

정만길이라 해서 땅 사들일 여유가 있는 건 아니었다. 게다가 당장 곡식을 생산할 수도 없는 황무지가 아닌가. 그저 땔나무 하러 산에 오르내릴 때면 아늑하게 내려다보이던 그 땅을 놓치기 싫었고, 손에 쥐는 것 없이 고스란히 땅을 빼앗기게 된 친구가 안돼 보이기도 했다. 무엇보다, 동네 사람들의 가난을 담보로 해마다 전답을 늘리며 얼굴에 기름기가 도는 최 영감이 미워, 울컥하는 심사에서 호기를 부렸다.

이윽고 모여든 사랑꾼들 중에, 낮의 읍내 장에서 소를 어이새끼 한꺼번에 팔았다는 이가 있었다. 정만길은 그 돈의 일부를 빌리고, 나머지는 읍내에서 장사하는 매형한테 빌려서 섬터골 주인이 되었다.

경작지라고는 가시덤불로 담을 치다시피 한 비탈진 밭뙈기 하나뿐이었지만, 지금껏 제 땅보다는 남의 땅을 주로 갈아온 정만길에게 있어, 섬터골은 희망이요 보람의 터전이 아닐 수 없었다. 높직한 밭둑에 앉아 살담배 한 대 말아서 피워 물고 거친 수풀에 덮인 골짜기를 내려다보며

'아, 저것이 내 땅이로구나! 내 땅이고, 내 자식 놈에게 물려줄 땅이로 구나!'

그렇게 가슴 벅찬 혼잣말을 되기도 여러 번이었다. 물길이 닿는 낮은 지대이나만치, 잘 하면 논이 될 수도 있을 것 같았다.

논! 농부에게 목숨에 버금가도록 소중한 게 있다면 논 아니고 무엇이랴. 추수가 끝난 늦가을 이른 아침, 등에는 도조 쌀가마 짊어지고 손에는 노모와 어린것들한테도 못 먹이는 고기에다 술병까지 들고 소작하는 사람끼리 모여 서리 덮인 고갯길을 넘으며, 서글픈 탄식을 주고받은 일도 많았다. 논을 떼이지 않는다 해서 살림 형편이 나아질 성싶지도 않건만, 행여 이듬해에 논을 떼이기라도 할세라 죄인들 마냥 미리 조바심하며 주눅이 들곤 했다. 논이 있다면 얼마나 좋으랴, 그런 참담함을 겪지 않아도 좋을 진정한 나의 논이 있다면!

정만길이 그렇게 한참 바라보고 있노라면, 살담배 연기 너머의 황무지는 어느덧 방방하게 물이 담긴 논으로 보였다.

"인제 우리도 일 년 내내 쌀밥 먹을 수 있을 게다. 그 골짝을 논으로만 바꾸면 말이다."

일 년 내내 명절이나 생일이라도 된 듯이 쌀밥을 먹을 수 있다는 말에, 노모와 어린것들까지도 논을 치는데 한몫 거들겠다고 나섰다. 일년 내 쌀밥 먹는 것은 고사하고 보리밥이나마 걱정 없이 먹는 세월이 온다면 못할 일이 없을 성싶은 그네들이었다. 정만길이 기억하기로, 노모가 무서워하는 것 중의 하나가 봄에 찾아오는 윤달이었다.

"글안해도 원수 같은 보릿고개가, 윤달마저 들어 놓으니 징그럽게도 멀고 팍팍하구나."

덜 익은 보리 이삭 풋바심하는 며느리를 보며 하는 말이었다. 시름 겨운 봄 가난이 윤달 탓인 양 탄식하였다.

그해 늦가을부터, 정씨네 일가는 황무지를 논으로 바꾸는 작업에 착수했다. 도구라야 고작 괭이와 낫이고 몸은 영양 부족으로 쉽사리 지쳤지만, 얼어붙은 겨울과 배고픈 봄에도 작업은 그칠 줄 모르고 이어졌다. 겨울에는 무밥과 고구마로 쌀을 절약하고, 봄에는 감자알과 쑥과 소다 냄새 풀풀 나는 개떡을 식량에 보태며 바위와 나무뿌리를 캐냈다. 그들의 피로와 허기를 달래 주는 힘은, 오늘보다 나은 내일에의 희망이었다. 돌이켜 보면 땅이 없느니보다 힘들게 보낸 시절이었지만, 고생인 줄 모르고 치러 낸 고생이기도 했다.

개간하랴, 그 땅 사느라 진 빚 갚자고 더 얻어 들인 남의 땅 경작하랴, 고달프기 그지없었다. 일은 늘고 먹고 사는 건 예전만도 못한 생활이었지만, 희망은 그들을 굳건히 지켜 주었고, 시들 줄 모르는 생기를 북돋워 주었다. 두 해가 꼬박 지났을 때, 정만길은 여덟 마지기 논의 주인이 되어 있었다. 비록 다랑다랑한 산골짝 층계 논이었지만 그것은 두고두고 노모와 자식들을 배 곯리지 않게 해 주었다. 정 노인은 지금도 굳게 믿고 있었다, 고생고생하면서나마 자식들에게 대학물을 먹일 수 있었던 것도 거슬러 올라가자면 다 섬터골 땅 덕분이었다는 것을.

무서운 건 배고픔이고 넘어야 할 고개는 보릿고개뿐인 줄 알았던 정만길에게, 먼저 시집간 두 딸을 제외한 삼 남매의 공부 뒷바라지는 넘어야 할 또 다른 산이었다.

"세월이 좋아져서 밥걱정 놓게 되나 했더니, 대학 걱정도 밥걱정에 못지않구먼."

송아지를 팔고 알곡을 끌어내어 객지에서 공부하는 자식들의 등록 금이며 하숙비를 챙겨 보낼 적에, 정만길이 혼잣말을 했다. 눈에 넣어 도 아프지 않을 자식들 반듯하게 키워 내는 일이라는 데에야 무엇인들 아깝지는 않았다. 그저 한평생 그림자처럼 따라오는 지겨운 가난에 푸념이 흘러나올 뿐이었다.

순전히 남의 돈으로 구입했던 섬터골 황무지가 여덟 마지기의 논과 널따란 뽕나무밭으로 탈바꿈했다. 그곳에서 곡식을 생산하고 누에 를 쳐서 이자도 꼬박꼬박 쳐서 빚을 갚았으며, 다시 얼마지 않아 펀더 기 큰 밭이며 용산들 닷 마지기 논을 사 들이던 시절. 그런 추세라면 부자 되는 것도 시간문제일 것만 같았다. 하지만 일에 빠져 사느라 거 울을 들여다보지 못했을 뿐, 어느덧 그의 머리에는 서리가 내려앉기 시 작하고 기력은 눈에 띄게 쇠퇴해 갔다. 늦게 얻은 아이들이 상급학교에 진학해 가면서 급격히 늘어난 지출은, 그가 평생 몸에 익혀 온 검약만 으로 해결할 수 있는 정도가 아니었다. 그는 쉴 새 없이 일과 돈 걱정 에 허덕이며 중년을 보내고 노년을 맞이했다. 허옇게 서리가 내린 머리 를 이고 이리저리 다니며 급전을 구해 아이들에게 부치고, 그것을 갚기 위해 손바닥이 나무껍질 되도록 흙을 주물러 댔다. 그를 위로해 주고 지탱해 주는 것은 언제나 그랬듯이 희망이라는 등불이었다. 언젠가는! 언젠가는 무엇이 어떻게 될 것인지 구체적인 그림을 그려 보기란 막연 했지만, '언젠가는….' 하고 미래를 향해 아득한 눈길을 보내노라면 그의 늙은 다리에는 힘이 솟고 고달픈 가슴은 위안을 얻었다.

학수네 골목을 나오는 정 노인에게, 길옆의 헛간에서 경운기를 손보고 있던 필용이 인사를 했다. 작은 아들 진규와 동갑인 필용은, 진규의 아이가 유치원에 들어간 지금도 여전히 혼자였다. 부지런하고 심성이 고운 청년이건만 시집오겠다는 처녀가 아직은 없는 모양이었다.

참, 이 아이를 생각 못했구나, 하고 정 노인은 필용이 앞으로 한 발 다가섰다.

"필용아, 너 힘들지만 올해 우리 논을 좀 맡아서 부치면 어떻겠냐? 너도 알다시피 논을 부치던 갑식이가 서울로 이사를 가게 돼서 말이다."

"아, 그거요? 아버님 논은 아래뜸 점동이 형이 부쳐 볼까 어쩔까 하던데요?"

"점동이가 말하는 건 용산들 닷 마지긴데, 섬터골 여덟 마지기를 짬 매서 내놓으려고 하니 쉽지가 않다. 내 그 논 도조 달라 소리 안 할 테니, 내 생전에 묵어 자빠진 꼴이나 안 보게 용산들 닷 마지기랑 어떻게 좀 해봤으면 싶구나."

예상했던 대로 필용은 매우 난처한 기색을 띠며 뒷머리를 긁적거렸다.

"아하 참, 어째야 하지요? 서울 작은집 전답조차 제가 맡아서 짓다 보니까 통 여유가 있어야 말이지요. 그나저나 경운기만 쑥쑥 들어간다면 못할 것도 없을 텐데, 농로가 어째 그 아래쪽에서 끊겼는가 모르겠어요."

하긴, 경운기가 쑥쑥 들어간다면야 점동이나 학수가 이미 맡았을 것이다. 넓은 농로에서 이백여 미터 떨어져 있다는 것과 다랑다랑 층계 논이라는 조건 때문에 저렇게들 망설이고 마다하는 것이다. 한동네 조카사위 갑식이가 돌연 서울로 뜬다고 했을 때, 사람 보내는 서운함 못지않게 정 노인을 상심케 했던 것은 주인 잃게 된 논 걱정이었다. 갑식이는 두 해 동안 정 노인의 논을 맡아서 부쳐 온 참이었다.

삼 년 전의 설날에 집에 모인 자녀들은, 정 노인 내외한테 농사를 그만 지으라고 입을 모았다.

"태수 아버지가 그렇게 돌아가셨다는 소식 듣고부터, 한시도 마음을 놓을 수가 없습니다. 정 서운하시면 소일거리 삼아 양념 농사나 조금 지으시고, 특히나 섬터골 논농사는 제발 그만두세요."

그 전 여름, 정 노인과 동갑인 태수 부친이 논을 둘러보러 나갔다가 시신이 되어 돌아온 사건이 있었다. 높직한 논둑에서 실족해 아래 논으로 떨어졌는데, 기운이 부쳐 일어나지 못한 듯 수렁논에 얼굴을 묻고 숨을 거둔 채 발견됐다. 정 노인은 자식들 말을 듣지 않고 한 해 더 농사를 지었다. 평생 해 오던 일을 갑자기 놓기도 허전하였을 뿐더러, 아직 기반이 닦이지 않은 자식들만 믿고 농사일을 그만둔다는 게 부모의 도리가 아니지 싶었다. 몸을 움직일 수 있는 동안에는 내 손으로 농사를 지어, 자식들한테 쌀이라도 한 가마씩 보내 주고 싶었다.

결국 자식 말을 듣는 게 옳았다. 그해 추수도 채 마치지 않아서부터 정 노인은 근 석 달을 누워서 지냈다. 가을일에 지쳐 입맛조차 떨어진 채 억지로 움직이던 어느 날, 짐을 가득 싣고 비탈길을 내려오던 소달구지에서 떨어져 다치는 사고가 났다. 수십 년을 아무 탈 없이 해 오던 일이니, 원숭이가 나무에서 떨어진 격이었다. 자신이 길들여 여러 해째 부리는 소가 별안간 주인을 몰라보고 날뛰었을 리도 없었다. 병원 침대에 누워 있는 그 자신이나 문병객들이나 이구동성으로 나이 탓을 할 수밖에 없는 상황이었다.

"올해는 참말로 논을 누구 줍시다. 아이들이 몇 푼씩 보내 주면 아껴 가며 그럭저럭 살고, 양념 농사나 좀 지어서 가실에 보내 줘요. 우리 나이에 일한다고 고집부리다 몸 상해 누워 있으면 결국 자식들 고생시키는 것을."

애초에 정 노인 혼자서 농사를 더 짓자고 고집부린 게 아니었건만, 아내는 핀잔 투로 남편을 설득했다. 남편이 누워 있는 동안 길바닥에 귀한 돈 깔아 가며 누차 오락가락한 자식들이 안쓰러워서였다. 하기야, 남달리 건강한 체질의 소유자가 아니면 나이 칠십을 훌쩍 넘기고 논농사를 도맡아 짓는다는 게 무리는 무리였다.

한데, 정작 논을 내놓으려드니 부칠 사람이 없었다. 젊은이들은 도시로 떠나가 버리고 나이 든 사람들만 남은 데다, 떠난 사람들이 남겨 둔 농토까지 나이 든 그네들 차지가 되고 보니 문전옥답 아닌 바에는 묵어 자빠진 논밭이 여기저기 늘어 갔다.

농로 확장 공사가 거기까지 미치지 않았던 탓에, 넓은 길까지는 지게질이 불가피한 섬터골 논이었다. 게다가 밀짚모자 밑에 숨어 버릴 만큼 작은 다랑이도 여럿 끼어 있으니, 그 논을 부치마고 선뜻 나서는 이가 없는 건 당연했다. 결국 한동네 조카사위 갑식이가 울며 겨자 먹기로 그 논을 부쳤는데, 도조까지 꼬박꼬박 챙겨 주며 말없이 논을 지켜 주던 조카딸 내외에게 정 노인은 이참에 새삼스런 고마움을 느꼈다.

농토에서 이렇다 할 수확을 바랄 수 없게 된 그에게, 자식들은 농협의 온라인 통장을 통하여 약간씩의 생활비를 다달이 부쳐 주었다. 액수의 많고 적음을 떠나서, 부모를 잊지 않고 다달이 챙겨 준다는 사실만으로도 정 노인 내외는 이웃 노인들의 부러움을 사기에 족했다. 정말이지 저희들 착실한 덕에 이끌리듯 공부시켜 준 것 말고는 아무것도 준 게 없는 부모라고 그들 내외는 생각했다. 저희들도 새끼 낳고 도회지 살림 꾸려 나가느라 오죽 힘들겠나 싶어, 보내 준 돈을 찾아 쓰는 일이 죄스럽기조차 했다. 동전 한 닢조차 그저 애틋하고 오감할 뿐이었다.

하지만 오늘 같은 날, 울적한 심사를 안고 경로당에라도 찾아가게 되는 날, 정 노인은 자신의 호주머니 사정이 넉넉지 않다는 사실에 어쩔 수 없는 비애를 느꼈다.

"사람 팔자 시간문제라더니 그게 정만길이를 두고 나온 말이었지 아마. 저 영감이 양복 빼입고 경로당 출입할 날이 있을 줄 누가 알았겠는가?"

"이 사람 실언하는 것 좀 보소. 아, 모르긴 왜 몰라? 지식들 싹수 있게 커날 때 진작 알아봤어야지."

장기 알을 옮기며, 화투 패를 집어 들며, 경로당의 벗들은 나오는 대로 떠들었다. 처음 얼마간은 그런 소리들을 은근히 즐긴 것도 사실이지만, 지금은 되레 민망하고 불편해져 버렸다. 이럴 때, 호기롭게 만 원권 지폐 두어 장쯤 던져 주며 이 사람들이 막걸리 생각이 나는 모양이구면, 어쩌고 농담이라도 곁들이면 제격일 성싶었다. 그 정도의 보답도 못하면서 종종 치켜세워지니, 염치없는 일만 같아 불편했다.

경로당에는 점심을 건너뛰는 노인들이 드물지 않았다. 가까운 거리에 집이 있는 읍내 노인들은 집에 가서 끼니를 찾고 오기도 했지만 외곽 마을 노인들은 오후 서너 시까지 쫄쫄 굶고 있다 버스 시간에 맞춰 일어서기가 예사였다. 돈 없어 굶는 이들이 여럿이니, 한 끼 밥값 정도 쓸 만한 이들조차 따라 굶었다. 혼자 먹으러 가자니 옆 사람 볼 낯이 없고 여럿 몫을 사자니 사정이 여의치 않아, 굶지 않을 사람조차 어영부영 끼니를 건너뛰는 거였다.

개중에는 방 한쪽에 놓인 야외용 버너에 라면 따위를 끓여 먹는 이도 있었으나, 함께 놀던 벗들을 등지고 앉아 라면 가닥 빨아들이는 모습이 먹는 이에게나 보는 이에게나 좋을 수만은 없었다.

정 노인은 잊히지 않을 만큼 가끔 경로당에 들르는 축에 들었는데, 동네 사랑방조차 자취를 감춘 지금에 그래도 무람없이 찾아가 쉴 만한 곳은 경로당뿐이었다.

그는 양복을 꺼내 입고 구두를 신었다. 양복도 막내 사위를 보던 오년 전에 맞춘 것이지만, 구두의 나이는 열 살이 다 되어 가는 데도 여태껏 새것이었다. 그만치, 구두 신고 나들이할 틈도 없이 그는 일 속에 파묻혀 늙어 왔던 것이다.

"공연한 헛돈 쓰지 말고 우선 하루치만 져 와 봐요. 그럭저럭 갤 테지 맹."

등허리에 이불을 둘러쓴 채 엉거주춤 일어나 앉은 아내가, 연신 기침을 해 대면서도 돈 아까우니 약을 조금만 지어 오라 당부하고 있었다. 정 노인은 무뚝뚝한 뒷모습을 보이며 대문을 나섰지만, 불현듯 아내가 먼저 죽는다면 어떻게 살아갈 것인지에 대한 불안감에 휩싸였다. 언제부터인가 그는, 아내를 절대적으로 의지하고 있는 자신을 발견했다.

경로당에는 예닐곱 명의 노인들이 모여 있었는데, 화투도 장기도 시작했던 흔적들만 놔둔 채 이야기에 열을 올리고 있었다.

"아, 암만 서운해도 그렇지, 부모 된 도리로 어찌 자석 낯을 그렇게 깎는단 말이여? 영감태기 성질머리가 평소에도 고약하다 했더니, 필시 노망이 든 게지."

"그런 소리 마소, 나는 자네하고 달리 생각하네. 박 영감이 아주 잘했네, 잘했어. 부모가 설마 날 어쩌랴, 안심하고서 제멋대로 불효하는 젊은 놈들, 한 번씩 그렇게 혼쭐을 내줘야 하네."

그들의 화제는, 며칠 전부터 경로당에 모습을 보이지 않고 있는 박 영감의 별난 행동이었다. 박 영감이 정부 투자 기관에 근무하는 아들의 직장 우두머리한테, 그것도 공개적인 방법으로 편지를 보내기까지는 나름대로의 곡절이 있었겠지만, 그로써 귀한 외아들 낯에 먹칠을 해 버렸다는 데는 이견이 없었다. 아들의 직장 우두머리 앞으로 보낸 박 영감의 편지는 대강 이랬다.

'…자식 키울 때 고생했던 얘기는 누구나 한가지일 테니 접어 두고, 요새 젊은것들 인간된 도리 외면하는 꼴을 보고 있자니 심기가 편치 않소. 내 자식 박 아무개의 경우, 엄연히 여기 고향 땅에 거주하는 우리 내외의 주민등록을 제가 사는 도시로 옮겨 놓은 지 이미 오래요. 그 돈이 몇 푼 되기야 할까만, 부모와 한집에 사는 데에 따른 금전적 혜택을 보고 그런 듯하오. 얼마 전에 내가, 다만 그 몫이라도 용돈 삼아 다달이 부치라고 말했소. 야박하고 못난 늙은이라고 나를 나무랄 줄은 잘 알고 있소. 그까짓 푼돈 보내 준들 무슨 보탬이 될까 보냐고 웃을지도 모르겠소. 내가 이런 글월을 띄우기로 작심하기까지의 세세

한 얘기는 차마 부끄러워 접어 두기로 하고, 제 녀석 공부시킨다 집 산다 해서 가진 것 다 털어 줘 버리고 생활보호 대상자로 선정이라도 됐으면 딱 좋을 형편이라는 것만 알아주시오. 하여간에 누가 이런 어설픈 법을 만들어서, 부모한테 효도도 안 하면서 효도를 팔아 푼돈이나 챙기는 망나니들을 양산하게 했는지 사장님이 좀 알려 주시오. 만약 수일 내로 대답을 못해 주신다면, 이 늙은이는 청와대든 국회든 쳐들어가서 한번 따져 볼 각오요⋯.'

노인들은 박 영감이 잘못했다 잘했다, 두 패로 나뉘어 침을 튀겼다. 그러다 어느덧 정 노인을 부러워하는 분위기로 이어졌다.

"맘만 갖고도 안 되고 돈만 갖고도 안 되는 일을 자네 자식들은 잘 해내고 있어. 요새 세상에는 드문 일인 줄이나 알게."

그것은 얼마쯤 사실이어서, 정 노인 내외는 늘 고마워하며 살고 있었다. 하지만 정 노인은 또 넉넉잖은 호주머니에 마음이 쓰였다. 우동 한 그릇씩에 막걸리 두어 되면 오늘따라 침통한 경로당 분위기를 말끔히 몰아낼 수 있을 듯한데, 아내의 약을 사고 소 돼지 사료값 갚고 나니 주머니에는 버스비만 달랑 남아 있었다. 정 노인은 민망하여 화제를 바꾸고 싶었다.

"그나저나 걱정일세. 내 논을 부치던 조카사위가 이 바닥을 떴다네. 대신 부칠 사람이 영 나서질 않으니 내라도 어떻게 해야 될 모양인데, 기운이 따라 줄지 어쩔지 막막하구먼."

"어따, 이 영감 보소. 농투성이가 몰라보게 탈태했다고 내동 부추겨 났더니 뭔 뚱딴지 같은 소리여? 말 들으니 경운기도 못 들어가게 험한 골짝이라면서, 자네가 늙은 등허리로 지게질해서 뭣을 얼마나 생산해

내겠는가? 까짓것 묵히게."

"박 영감이 아들 얼굴에 똥칠했다 소리 듣더니 정 영감도 실실 망령기가 발동하는 게지. 이 사람 정만길이, 자고로 자식이 출세를 했으면 부모도 그에 합당한 처신을 해 줘야 되는 법이여."

정 노인은 갑갑한 심사를 누르고 멋쩍게 웃으며 대꾸했다.

"이 사람들아, 기운이 모자라서 탈이지 농사짓는다고 체면 깎일 거야 있는가?"

"체면 깎이지. 암, 늘그막에 남한테 내췄던 농사 새잡이로 시작하면 체면이 깎이고 말고. 효자라고 소문난 그놈들도 역시 제 부모 밥걱정 시키는 모양이라고, 남들이 모다 손가락질한다네."

"그래그래, 딴은 그렇기도 하네. 자식들 체면 생각해서도 기운이 부쳐서도 내 그 논 묵히고 말 참이네, 허허허."

정 노인은 짐짓 큰소리를 내어 웃어 보았다.

"허 참, 그리고 보니 이 방 안에 있는 영감들 중 오 할은 위장 전출자들일세."

아직도 박 영감의 편지 사건 이야기를 끌고 있던 패들 중의 누군가가 쓴웃음 섞어 내뱉었다. 박 영감을 동정하던 이들은 물론, 비난하던 노인들까지도 그의 심정만은 충분히 이해한다는 분위기였다.

약을 받아먹은 아내가 이불을 둘러쓰고 눕는 걸 확인한 정 노인은, 옷도 갈아입지 않은 채 되짚어서 집을 나왔다. 오후의 섬터골 자드락 길을 오르며, 그는 전에 없이 쓰라리게 늙었다는 감회에 젖었다. 대충 확인한 경로 우대증을 거친 손놀림으로 되돌려 주며, 이놈의 산골 버스는 길도 험한 데다 무임승차 노인네들뿐이라고 툴툴거리던 안내원의 불손한 태도 탓만은 아니었다. 지난날 무거운 짐을 지고도 거뜬히 오르내렸던 완만한 비탈길에서, 맨몸의 정 노인은 몇 차례나 호흡을 가다듬어야 했다. 쉬고 쉬어 논의 맨 위쪽 다랑이 둑에 당도한 그는, 푸우, 하고 긴 숨을 토해 내며 부리듯이 털썩 주저앉아 88담배 한 개비를 꺼내 물었다. 집에서야 조금 싼 담배를 피우지만, 나들이 갈 때에는 벽장 속에 보물처럼 아껴 둔 가장 비싼 담배를 잊지 않고 챙겨 넣었다. 누가 뭐라 하는 것도 아니련만, 기왕에 선물로 들어온 담배이니 자식들 체면 세워 주는 데에 써먹고 싶어서였다.

그때, 살담배를 말아 입에 물고서 돌무더기와 가시덤불에 덮여 있는 계곡을 내려다보고 있자면, 은빛 물이 방방하게 넘실대는 논벌에의 꿈으로 행복한 조급증이 밀려왔었다.

정 노인은 가장 비싼 88담배를 피워 물고 앉아서 쓰디쓴 살담배 말아 피우던 시절을 그리워했다. 가을만 되면 행여나 소작하던 논을 떼일세라 지주의 눈치를 살피며 조바심하던, 가난했던 젊은 날을 그리워했다.

담배 연기 너머로, 어쩌면 처음 그의 손에 넘어왔던 삼십여 년 전의 그것처럼 황무지가 되어 버릴지도 모를 섬터골 여덟 마지기 논이 내려다보였다. 그는 갈퀴같이 거칠고 여윈 손으로, 논둑의 마른 풀을 하염없이 쓰다듬고 있었다.

떠나가는 길

전화벨이 울릴 때 불길한 예감이 스쳐 갔고, 달갑지 않게도 예감은 적중했다. 어머니는 위 조직을 떼어 내 검사를 의뢰해 둔 상태였고, 전화를 걸어온 사람은 고향 읍내 병원의 의사였다.

어느 날 친정집에 들렀을 때, 어머니가 며칠 전에 갑자기 음식물을 토했고 토사물에 피가 섞였더라는 아버지의 걱정을 들었다. 오랜 기간 복용하고 있는 관절염 치료제가 너무 독한가 보다고 대충 넘겨짚으면서 읍내 병원에 모셔 갔고, 의사의 권유에 따라 위 조직검사를 의뢰했다. 자체 검사가 되지 않는 시골 의원인지라 결과를 알기까지 이삼 주 걸릴 것이라더니, 딱 그만큼의 시일이 지나 있었다.

간호사도 아닌 의사가 직접 전화를 걸어온 사실만으로, 검사 결과가 좋지 않다는 것을 직감할 수 있었다. 그는 위로하듯 조심스럽게, 그러나 잔인한 현실을 분명하게 전해 주었다.

"어머님을 큰 병원으로 모시고 가야 할 것 같습니다. 위암 삼기예요."

위암 3기. 그것이 무엇을 의미하든 이미 오래전에 시작된 일이고 그로부터 이제껏 꾸준히 진행되고 있었으련만, 모르는 동안에는 아무것도 달라지지 않은 채 일상의 수레바퀴가 제 속도로 순조롭게 굴러가고 있었다. 뒤늦게 알아챈 순간을 기점으로 일상의 수레바퀴는 멈춰 섰고, 마냥 평범했던 지금까지의 시간들은 매순간이 특별한 행운으로 기억되는 과거사가 되어 버렸다.

어머니를 서울의 큰 병원으로 모셔 가기 위하여 막내 남동생이 내려오기로 했고, 그동안에 나는 적절한 설명과 설득, 그리고 짐 꾸리는 일을 맡기로 하고 친정집에 갔다. 내가 사는 도시에서 고향마을까지는 자동차로 한 시간, 언니와 두 명의 남동생이 사는 서울에서는 세 시간 반 거리였다. 가장 가까이에서 가장 자주 만나며 살아온 자식인 나는, 어머니가 그 지경에 이르도록 알아채지 못했다는 사실이 많이 괴롭고 아팠다.

울어서 퉁퉁 부은 눈을 매만지고, 꾸며 낸 명랑함으로 엄마를 외쳐부르며 마당에 들어섰다. 부엌 앞의 수돗가에서 상추와 파를 씻고 있던 어머니는, 놀라움과 반가움으로 크게 뜬 눈, 만면에 환히 피어나는 웃음, 소리는 내지 않고 입 모양으로만 보여 주는 '아이고'라는 감탄사, 곧게 펴지지 않는 허리로 구부정하게 일어서며 두 팔을 가슴 높이로 올려서 내미는 포옹의 자세, 그 모두를 한껏 다하여 나를 맞이했다. 나와 내 아이들을 포함한 여러 자손들에게는 매우 익숙한, 어머니의 인사법이었다.

아버지 어머니는 다섯 남매를 낳아 길렀다. 다섯 남매는 모두 독립하여 일가를 이루었고, 그들의 자녀들 중에도 몇몇은 이미 혼인하여 부모가 되어 있었다. 둘째 언니가 사십대 초반의 나이에 죽은 것이 씻지 못할 상처였지만, 남은 형제들은 부모를 구심점으로 하여 원만하게 교류하며, 모두들 나름대로 앞가림은 하는지라 별다른 걱정이 없었다. 양친은 한평생 매여 살아온 버거운 농사일에서도 가까스로 해방되었고, 자손들과의 교류 또한 활발하여 외로움도 크지 않았다. 적어도 지나간 몇 해는, 아버지 어머니와 그 자손들에게 있어 별다른 걱정 없이 따뜻하고 평화롭기만 한 축복의 세월이었다. 노부부에게 자손들을 만나 음식과 이야기를 나누는 일이 생의 기쁨이고 활력소라면, 자손들에게 있어 노부부가 기다리는 오두막은 더할 나위 없이 편안한 쉼터이고 위안이며 사랑의 원천이었다.

오늘 안으로 막내아들까지 올 것이라는 소리에 양친은 반색을 하면서도 무슨 일이 있는 것 아닌가 싶은 의구심을 내비쳤다. 저녁 시간의 소박한 행복을 깨뜨리고 싶지 않았다. 하지만 두 분이 막내아들을 따라 당장 서울로 가야 한다는 것을, 이 집을 제법 오랫동안 떠나 있어야 한다는 것을, 어떤 식으로든 이야기해 드려야 했다.

이튿날 오전 중으로 짐을 내다 실었다. 남동생의 승용차에 실을 정도의 보따리 몇 개였지만, 두 식구가 장기간 떠나 있을 요량이니 사실상 이삿짐을 꾸린 셈이었다. 어머니가 일흔다섯, 아버지는 그보다 아홉 살 위인 여든넷 고령이니, 얼마나 걸릴지 모를 치료 기간을 시골집에 혼자 남아 보내게 할 수는 없는 노릇이었다.

내일은 고추밭에 웃거름 주기를, 모레는 참깨 포기에 북주기를 계획해 놓고 있던 노부부의 단조롭고 평화로운 일상은 불시에 헝클어지고 있었다. 행여 유람을 가자했으면 극구 사양했을 노부부는, 말 잘 듣는 아이처럼 시키는 대로 순순히 나들이옷을 갈아입었고, 이끄는 대로 순순히 아들의 차에 올랐다.

지나간 일 년 반 동안, 어머니와 관련된 우울한 소식들은 대부분 전화를 통하여 전달되었다. 그러다 보니 면역이 생겨서일까, 설령 어느 날의 전화벨 소리가 유독 좋지 않은 예감 속에 울려 퍼질지라도 담담하게 받을 수가 있게 되었다. 형부의 음성도 차분히 가라앉아 있었다.

"이제는 정말인가 보네. 운전 조심해서 잘 와요."

병세가 많이 악화된 이후의 어머니는, 몇 번인가 죽음의 문턱에 발을 들여놓았다가 되돌아 나왔고, 황급히 달려왔던 자손들은 다소 호전되는 어머니의 상태를 확인하기 바쁘게 각자의 터전으로 되돌아가고는 했다. 때마다 소식을 전하고 불러 모으는 역할을 해 온 형부는, 스스로 거짓말쟁이가 된 기분이었는지 변명이라도 하듯 침통하게 말했다.

"이제는, 정말인 것 같네."

이제는 정말, 어머니를 보내 드릴 각오를 해야 했다.

눈을 덮고 누운 산야는 어둠 속에서도 흰빛을 발하고, 길바닥은 녹다 만 눈이 얼어붙어 미끄러운 구간을 간간이 드러냈다. 어머니가 병원에 누워 계시는 한 달 반 남짓은 겨울의 한가운데였고, 미처 녹을 새도 없이 연거푸 눈이 내려 쌓이곤 했다. 이 눈이 내려와 쌓이던 지난 주말에는 산모롱이 도로에서 자동차 전복사고가 있었다. 어머니를 뵈러 가던 중이었다. 사고가 있었다는 이야기를 들려주지 않았는데도, 병실 창문을 통하여 눈이 오는 것을 확인한 어머니는 느리고 작은 소리로, 길 미끄러운데 무엇 하러 왔느냐고 염려의 말을 했다. 죽음의 문턱 너머에 한 발을 들여놓아 자손들이 급하게 모여드는 사태를 이미 서너 차례나 겪도록, 어머니는 평생 지녀온 자신의 모습을 전혀 흐트러뜨리지 않았다. 고결하다 못해 모질기까지 한 인내심이었다. 말기 암의 통증이라는 게 상상을 초월하는 것이어서, 제 아무리 참을성 강한 사람일지라도 마지막에는 듣는 이의 애간장이 녹을 정도로 원초적인 비명을 내지를 수밖에 없다고 사람들은 말했다. 어머니는 끝내, 그것을 하지 않았다. 진통제도 알부민도 의사의 허락을 받아야만 투약할 수 있는 한계 상황에서, 무엇으로도 막을 길 없는 악마 같은 통증이 덮쳐오면, 눈과 입을 꼭 감고서 앙상하게 마른 주먹을 가슴에 대고 꽉꽉 누르고 문지르는 게 전부였다.

위 절제 수술을 받기 위한 이런저런 검사와 처치 단계에서도, 어머니는 당황하거나 고통을 소리 내어 호소하는 일이 없었다. 비위관을 삽입할 때는 워낙 견디기가 힘들었는지, 눈물만 뚝뚝 떨어뜨리더라고 간호사가 전해 주었다. 수술이 끝났을 때, 위를 거의 들어내다시피 한 어머니의 배는, 물 한 대접은 거뜬히 담길 만큼 움푹하게 패여 있었다.

아프고, 기운 없고, 화장실에라도 갈라치면 누군가의 도움을 받아 팔뚝에 주렁주렁 매달린 수액 걸이를 동반해야 하는 일흔다섯 노인이, 안간힘을 써 가며 머리와 얼굴과 옷차림을 지성으로 씻고 닦고 매무시했다. 수술한 지 겨우 며칠이 지났는데, 대충이라도 머리 염색을 좀 해 달라고 딸에게 부탁했다. 염색한 지 오래되어 뿌리 부분의 백발이 많이 자란 탓에 검은 머리도 흰 머리도 아닌 것이, 머리를 감아 빗어도 정갈한 맛이 없다고 했다.

"할머니, 젊어서 꽤 멋쟁이셨나 봐요. 그 몸으로 힘들지 않으세요?"

옆 병상의 누군가가 경외의 눈초리로 어머니를 보며 물었다. 하지만 어머니는 새색시 시절 이후로 얼굴에 분칠 한 번 한 적 없이 한평생 일 속에 파묻혀 살아온 농부(農婦)일 뿐이었다. 어머니가 그 고통스러운 투병 중에도 용모에 신경 쓰는 것은, 의료진과 문병객들 앞에 흉한 몰골을 보이지 않아야 한다는, 그것이 자식들의 체면을 세워 주는 길이라는, 그렇게나마 자식들을 도와야 한다는 일념에서였다.

어머니의 참을성이 병을 키우는 데 한몫했던 건 아니었을까. 어머니는 난 괜찮아, 아무렇지 않아, 라고 매사에 입버릇처럼 자식들을 안심시키려 들었다. 어머니는 원래 안 먹고도 먹었다고 말하고 아파도 아프지 않다고 말하는 사람이라는 걸 번연히 알면서도, 자식들은 괜찮다는 어머니의 말에 일순간 안도하면서 자신들의 바쁜 일상으로 눈길을 돌리곤 했다. 어쩌면, 관절염 탓일 수도 있었다. 어머니는 여러 해째 관절염 치료를 받는 중이었고, 그것은 쉽사리 치유되는 증상이 아니어서 고생을 하고 있었다. 만성이 된 그 고통에 새로운 고통이나 나쁜 징후들이 가려진 탓일 수도 있었다.

서울 큰 병원에서의 위 절제 수술은 대체로 성공이었다. 식생활을 비롯한 모든 것이 살얼음판 위를 걷듯 조심스러워지긴 했어도, 어머니는 수술 후유증에서 차츰 벗어났다. 걸리는 게 있다면, 항암치료 등의 후속 조치를 생략한 거였다. 항암치료 그게 워낙 독해서, 어머니의 나이와 체력으로 감당해 내기에는 무리라는 이유에서였다. 담당 의사의 말대로, 행운을 비는 수밖에는 없었다. 상경한 지 석 달 가까이 되어 고향 집으로 돌아온 어머니는, 걸음걸이에 제법 힘이 실리고, 얼굴빛은 수술 전보다 밝고 환해져 있었다. 붉고 푸른 고추가 주렁주렁 열린 고추밭을 천천히 둘러보고, 하얀 꽃이 파도치는 메밀밭 둑에서 웃음 지며 사진 찍기에 응하는 모습은 행복해 보이기까지 했다. 아들 집에 기거하면서 어머니의 치료 과정을 지켜봐야 했던 아버지는, 어머니를 먼저 저세상에 보낼 수도 있다는 충격에서 일단은 벗어났다.

두 사람은, 내가 여름에서 가을에 걸쳐 드나들면서 관리해 둔 농사의 마무리 작업에도 즐겨 참여했고, 오랜 이웃들과의 정겨운 교류뿐 아니라 병문안 오는 친척 친지들로 인하여 외롭지 않은 나날을 보냈다. 자기 몸을 위한 일이면 무조건 사양부터 하는 걸 미덕으로 알던, 그 정도와 고집이 지나쳐서 자식들의 속을 태우는 일도 많았던 어머니는, 자신의 몸 상태에 맞는 운동이며 식이요법 등에 귀를 기울이고, 실천하려고 애쓰는 모습도 보였다. 그런 추세라면, 어머니가 암 선고를 받던 그날로 영영 끝날 듯싶었던 우리들의 축복의 계절이 좀 더 길게 이어질 수도 있었다.

하지만 어머니의 병은 우려했던 대로 일 년 만에 재발했고, 이번에는 정말, 손을 쓸 수 없이 절망적인 상태였다. 숨어 있던 암세포가 간에 전이되었으며 상태가 썩 좋지 않아, 이제는 어머니가 그저 고통을 덜 받다가 떠나도록 돕는 수밖에 없다는 것이 의사의 소견이었다. 수술로 한동안 멈칫했던 죽음의 손길이 다시 어머니의 목숨을 휘어잡았을 때, 그 힘의 완벽하고 빈틈없기란 신성의 경지였다.

사실, 위 절제 수술 여부를 놓고도 어머니의 나이와 허약한 몸 상태 때문에 의료진과 가족 간에 상의가 길었다. 그때 이미, 죽음의 손길은 어머니를 휘어잡은 상태였다. 어쨌든 어머니는, 가족들의 절대적인 응원 속에 위의 전부를 들어내다시피 하는 대수술로 죽음에 맞섰다.

이번에는 아무도, 어머니에게 죽음에 맞서라고 응원하거나 등을 떠밀지 않았다. 누가 보아도 그것은 무모한 짓이었고, 얼마 남지 않은 어머니의 날들을 무모하고 고통스러운 싸움에 낭비할 수만은 없는 노릇이었다.

자식들은 어머니를 서울의 큰 병원에 이끌고 다니는 일을 그만두었다. 고향 집에서 생활하면서 필요할 때마다 읍내 의료원의 도움을 받기로 했고, 서울에서 혼자 살고 있던 큰언니가 내려와서 아버지와 어머니를 돌봐 드리기로 했다.

어머니가 한 달이 넘도록 누워 계시는 의료원 4층 입원실로 달려갔다. 하지만 어머니는 그곳에 없었다. 이웃 병상의 낯익은 환자와 보호자들이 앞다투어 건네는 우울한 인사를 뒤로하고, 간호사가 안내하는 아래층의 좁고 기름한 방으로 가니, 침대에 뉘어진 어머니가 그곳에 있었다. 큰언니와 둘째 형부, 그리고 가까운 거리에 사는 사촌들이며 친척들이 어머니 둘레에 모여 있고, 어머니를 지성으로 돌봐주던 담당 의사도 있었다. 어머니의 머리맡 의자에는, 가엾은 아버지가 앉아 있었다. 여자의 평균수명이 남자의 그것보다 훨씬 길다는 것, 게다가 아내의 나이가 자신보다 아홉 살이나 아래라는 사실에 기대어, 아버지는 아내를 먼저 저세상에 보내는 자신의 팔자를 상상해 본 적이 없었다. 신이 약속을 했을 리도 없고, 설령 했더라도 변덕쟁이 신의 약속을 믿을 게 못 된다는 걸 지나온 생의 여러 경험으로 알고 있었지만, 적어도 이 문제를 두고 아버지는 거의 확신을 갖고 살아온 듯했다. 그런 아버지가, 어머니의 죽음을 보기 위하여 겁먹은 눈길로 머리맡을 지키고 있었다. 그곳은, 임종의 방이었다.

어머니의 앙상하게 마른 손을 붙잡았을 때, 손가락 끝에서 찬 기운이 전해져 왔다. 사람의 신체가 죽음을 맞이할 때는, 심장에서 멀리 떨어진 부위에서부터 식어 들어간다고 했다. 어머니의 몸은 이미, 온기를 잃기 시작한 것인가.

엄마, 부르면서도 대답을 기대할 분위기가 아니었다. 그냥, 엄마, 라는 눈물겨운 그 이름이 저절로 흘러나왔고, 어머니가 내 목소리를 무의식중에라도 들어주기만을 바랐다. 그런데 그대로 영영 열리지 못할 듯 굳게 감겨 있던 어머니의 눈꺼풀이 천천히 열렸다. 그리고 메마른 입술이 안간힘을 쓰며 움직였다.

"우리 애기, 팔 수술은, 어찌 됐어? 아플 텐데…."

입 모양의 가냘픈 움직임을 주시하며, 한쪽 귀를 가까이에 기울여서야 비로소 알아들을 수 있었던, 셋째 딸인 내게 남긴 어머니의 마지막 말이었다. 입대를 앞둔 나의 아들은, 하필이면 전날에 팔 수술을 하고 병원에 누워 있는 참이었다. 아마도, 전날에 나하고 통화했던 언니가 아이의 수술 사실을 어머니에게 전해 준 모양이었다.

아이의 수술은 성공적으로 마쳤으며 아프지도 않으니 걱정하지 말라고, 아버지는 우리들이 잘 모시고 보살펴 드릴 것이라고, 어머니가 사랑하는 아들들이 지금 내려오고 있으니 기다려 달라고, 그런 말들을 천천히 담담하게 들려줄 때, 어머니는 닫힌 눈과 입술을 약하게 움직이며 안도의 미소를 지어 보였다.

"엄마, 아무것도 걱정하지 마세요."

병이 재발한 이후로 내내 곁을 지켜 왔던 큰언니가 어머니의 한쪽 손을 붙잡고 울먹였다. 이날이 오기 전에, 어머니는 큰언니에게 몇 가지 부탁을 해 두었다. 각각 다른 날 다른 무게로 언니에게 건네진 그 유언들은 소박하기가 참으로 우리 어머니다운가 하면, 세상 떠나는 어머니의 가장 큰 걱정이 무엇인지를 말해 주고 있었다.

진통제로 고통을 잠재우고 누워 있던 열흘 전쯤의 병상에서 어머니가 큰딸에게 말했다.

'내가 죽더라도 네 동생들에게, 내가 하던 그대로 양념이며 갖가지 장류를 마련해서 대주도록 해라. 도시 살림을 하면서 그런 것들을 챙기기란 쉽지 않을 뿐더러 어미가 떠났다고 그런 것마저 갑자기 끊기면 서운하고 서럽지 않겠느냐.'

때가 임박했음이 느껴졌을까, 이틀 전의 어머니가 다시 말했다.

'집에 가서 광 속에 보관해 둔 마른 고사리와 취를 물에 담가라. 미리미리 물에 불려 두었다 삶아야 나물이 부드럽게 되어서 제맛이 나느니라.'

읍내 의료원 장례식장은 문상객들 식사 대접을 상주가 맡아 하도록 되어 있었다. 식자재는 상주가 장을 보아다 대어 주고, 일은 품앗이로 찾아와 돕는 마을 사람들이나 일가친척, 또는 품삯을 받는 놉들이 맡아 하는 식이었다. 어머니는, 자신의 빈소에 찾아올 손님들의 반찬거리로 쓸 묵나물 준비를 지시하고 있었다.

어머니의 가장 큰 걱정이 담긴, 그래서 의료원에 입원하기 며칠 전에 안방에서 들려주었던 간절하고도 무거운 유언은 아버지에 관한 것이었다.

'어쩌겠느냐, 힘들어도 아버지를 네가 맡아서 돌보도록 하여라. 비용 문제는 네 동생들하고 이야기를 해 두마.'

도시와 농촌이라는 먼 거리를 두고 따로 바쁘게 살던 며느리들이 홀로 된 시아버지를 새삼 나서서 모셔 가기 바란다는 것은 누가 보아도 비현실적인 세상이 되었다.

아버지는 한평생 부엌 출입 따위의 잔일과 거리를 둔 채 일상의 소소한 부분까지 어머니의 극진한 시중을 받으며 살았다. 그렇다 해서 아버지가 어머니를 하대하거나 소홀히 한 것은 아니었다. 두 사람은 그저 오래전에 학습한 자기 영역과 역할에 충실할 뿐이었고, 시중을 받는 쪽보다도 시중을 드는 쪽이 그러한 관계에 적극적이고 긍정적인 것처럼 보였다. 어머니가 아홉 살이나 연하인 데다 남성보다 훨씬 긴 여성의 평균수명까지 더해져서 아버지의 오랜 예측대로 어머니가 더 오래 살게만 되었더라면, 시중을 들고 또 받으며 늙어 온 두 사람의 관계가 문제될 일은 끝내 없었을 터였다.

다행히, 언니는 그저 어머니의 유언에 진심을 담아 답하면 되었다. 어머니의 그 부탁은, 형제끼리 이미 합의한 내용과 일치했다. 자녀들은 모두 결혼했고 남편과도 사별한 언니는, 서울에서 혼자 살다가 어머니의 병이 위중해지면서 아예 집을 처분하고 내려왔다. 역설적이게도, 언니가 당장에 딸린 식구 없이 혼자라는 사실이 이 상황에서 아버지에게는 천만다행이었다. 또한, 아버지의 다른 자식들에게도 고마운 노릇이었다.

의자에 앉은 아버지는 어머니의 손을 잡고 있었다.

어머니가 잠시 눈을 뜨고 마른 입술을 달싹였을 때, 언니는 미음에

적신 숟가락 끝을 어머니의 혀에 갖다 댔다. 부질없는 짓이었다. 묽은 죽물도, 거기에 따라갔던 단 하나의 풀어진 쌀알도, 맥없이 밖으로 밀려나왔다. 아버지는 어머니의 혀끝에서 밀려난 풀어진 쌀알을 손으로 받아 휴지에 싸 들고 있었다. 아버지의 눈빛에는 슬픔보다 더 큰 두려움이 서려 있었다. 처음 중병을 선고받고 놀라던 날로부터 일 년 반의 세월이 흘렀어도, 아버지에게는 어머니를 먼저 보내야 한다는 사실이 내내 충격이고 두려움이었을 터였다.

어머니가 암을 선고받기 전, 그러니까 우리 모두가 오래도록 이어질 평범한 일상이려니 믿고서 누리던 그 축복의 세월 어느 날에, 나의 딸과 어머니가 마을길을 걸으며 주고받았다.

"할머니, 할머니는 할아버지 사랑했어?"

"그냥 살았지 뭔 사랑."

"에이, 할머니랑 할아버지는 평생 부부싸움도 안 했다면서?"

"부부싸움 했지 왜 안 해. 젊었을 적에 한 번은, 할아버지가 뭔 일로 부아가 나갖고 물건을 집어 던지고서 들에 나가셨어. 나도 부아가 나서 속으로 욕을 했더니, 그만 그날 저녁때 할아버지가 손목을 크게 다쳐 갖고 오셨어. 밭가에 풀을 치다가 낫이 돌에 걸려서 빗나간 것이지."

"할머니가 속으로 욕한 것 때문에 할아버지가 다치셨다고?"

"썩을 놈의 손모가지, 라고 구시렁거렸으니 아니랄 수도 없지. 그때 입놀림이 무섭다는 걸 알고 후로는 암만 부아가 나도 참았어."

"그것 말고는 언제 싸웠어?"

"한 번은, 호롱불 아래서 바느질하면서 부르는 노래를 듣고 할아버지가 화를 내셨어."

"무슨 노래였어?"

"살다 살다가 정 못 살거든 머리라도 깎고서 에헤야 중노릇 갈까나."

"하하하, 할아버지 마음 이해되네."

딸아이가 재미있어 웃고 있는 사이로 내가 끼어들었다.

"엄마, 이 노래도 있잖아. 나를 울리네, 나를 울리네, 악마야 금전이 에헤야 나를 울리네."

아버지가 화를 냈다는 어머니의 노래도, 내가 기억해 낸 노래도, 밭 고랑이나 길쌈 방에서 동네 아낙네들이 육자배기 가락에 맞춰 부르던 여러 종류의 가사들 가운데 하나였다. 그 여러 종류의 가사들은, 하나같이 마냥 시름겨웠다. 밭일이나 바느질 따위에 열중해 있는 어머니가 나직하게 흥얼거리면, 어린 마음에도 알 수 없는 서글픔이 밀려왔다. 그러니 마음은 훤한데 가난하여 아무것도 할 수 없는 젊은 남편이 들으면 괴로워서 화가 났음직도 했다.

"그것뿐인가, 더 많지."

어머니가 웃으며 대답했다.

"할머니, 그럼 할아버지가 듣기 싫어한 노래도 다신 안 했어?"

"안 듣는 데서 많이 했어."

어쨌든 두 사람은 평생 큰소리 내지 않고 도란도란 잘 살았다. 다섯 남매의 자식들도 잘 자라서 저마다 일가를 이루었다. 그런데 가장 가까운 곳에 시집가 살면서 의지가 되어 주던 둘째 딸이 마흔두 살 젊은 나이로 죽었다. 그날, 문상객이 되어 언니네 집에 가 있던 형제자매가 아버지 어머니 걱정이 되어 집으로 달려갔을 때, 아버지의 회색 얼굴을 보았다. '얼굴이 백지장이 되다, 얼굴이 흑색으로 변하다.' 그런 표현들을 문학작품 따위에서 더러 접했지만, 실감나는 표현을 위해 과장법을 썼거니 믿어 왔다. 그런데 자식들을 맞이하는 아버지의 얼굴은, 조금의 과장도 할 것 없이 잿빛 그대로였다. 살아 있는 황인종 사람의 피부가 그런 색으로 변할 수 있다는 것을 그날 알았다.

자식들이 안 보는 데서 울고 또 울었을 어머니는, 무너지려는 스스로를 당조짐하듯 독한 소리를 했다. 오래전 아들들을 군대에 보낼 적에도 그랬던 것처럼.

"나 안 운다. 남은 자식들이 넷이나 되는데 내가 정신 놓고 울 수는 없다."

그로부터 십 년이 지나도록, 적어도 자식들 앞에서만은 모질게도 가두어 두었던 어머니의 뜨거운 눈물이, 지난 추석날 밤에 봇물 터진 듯 흘러내렸다.

그날이 어머니의 마지막 추석이라는 것을 모두들 알고 있었고, 거역할 수 없는 현실이었다. 식당을 겸한 주방 바닥에 상을 차리고, 온 가족이 둘러앉았다. 아버지 어머니의 아들 딸 사위 며느리에 손자 손녀까지, 올 수 있는 사람은 다 와 있었다. 식사가 끝나고 아이들은 더러 방으로 옮겨 간 다음이었다. 어머니가 왼손을 가슴께로 들어 올려, 깡마른 손등을 가만히 들여다보았다.

"이거, 우리 은자가 해 준 반지네."

중지와 약지에 반지가 끼워져 있는 손에서 눈을 떼지 않은 채, 어머니가 나직하게 중얼거렸다. 맞은편에 앉은 둘째 사위에게 건네는 말 같기도 하고, 혼잣말 같기도 했다. 어머니는 중지에 끼워져 있는 은반지를 보고 있었다. 둘째 언니가 죽기 몇 년 전에 어머니에게 선물했던 용 무늬가 새겨진 은반지. 용의 해는 열두 해마다 돌아오건만, 딸이 친정 어머니한테 용무늬의 은반지를 해 드리면 어머니가 무병장수하신다는 속설이 용의 해 치고도 전무후무하도록 극성스럽게 나돌았으므로, 친 정어머니의 은반지를 사려는 딸들로 금은방이 붐비었다. 어머니와 가 장 가까운 거리에 사는 둘째 언니가 재빨리 어머니의 손가락에 은반지 를 끼워 드려서, 기회를 놓친 나는 조금 섭섭하기까지 했었다.

은반지를 어루만지는 어머니의 오른 손등 위로 눈물이 떨어졌다. 그 렇게 한 방울로 시작된 눈물은, 그칠 줄 모르고 소리 없이 쏟아져 내 렸다. 형부가 자기 앞에 놓인 술잔을 비웠다. 그리고 어깨를 들썩이며 퍽퍽 울기 시작했다. 그 역시 우리 앞에서는 좀체 눈물을 보이지 않던 사람이었다. 소리를 죽인 흐느낌들이었지만, 자리에 있는 가족 모두가 울고 울어 상머리가 온통 눈물 바다였다.

그 가을에서 겨울까지, 걸핏하면 눈물이 흐르곤 했다. 일을 하다 가도, 길을 걷다가도, 기도를 할 때도, 그리고 혼곤히 잠에 빠진 어머니의 머리맡에서, 예고 없이 소리 없이 눈물이 흘러내리곤 했다. 어머니의 내 의를 갈아입히던 중에 말라빠진 젖을 만져 본 다음, 요 위에 힘없이 누 운 어머니를 따라 곁에 누울 때도 눈물이 흘렀다.

"엄마, 미안해. 엄마, 미안해."

좀 더 일찍 관심을 갖고 살펴 어머니의 건강을 챙겼어야 했는데, 이리 도 하릴없이 죽음을 기다리게 해서 미안하다고, 불효자식 용서해 달라 고 말하고 싶었지만, 어머니는 그쯤에서 알아들었다.

"미안하긴, 우리 딸 참 잘했지. 우리 새끼들, 어떻게 그 이상 잘할 수가 있어."

나를 위로하는 어머니의 음성은 애틋하면서도 평온했다.

어머니의 상태는 나날이 나빠져 갔다. 입에서도 속에서도 받지 않아 먹을 수 없는 음식이 자꾸 늘어났다. 기력이 워낙 약해진 어머니는, 대부분의 시간을 안방 아랫목에 펼쳐진 요 위에 누워서 지냈다. 우리는 어머니를 보기 위하여 예전보다 훨씬 자주 드나들었고, 어머니의 고통과는 별도로 식당에는 풍성하고 따뜻한 음식상이 차려지곤 했다. 아버지 어머니를 중심에 둔 식사 시간이 끝나면, 식당에 남은 형제들끼리 잘 먹지 못하는 술상을 앞에 놓고 앉아 밤늦도록 이런저런 이야기를 나누곤 했다.

언니는 어머니의 고집에 대하여 불평했다. 전혀 그럴 필요가 없다고 말리는데도 없는 기운을 짜내어 속옷 따위를 손수 빨거나, 주방의 개수대에서 해치울 만한 가벼운 물일거리를 굳이 바깥의 수돗가로 들고 나가서 처리하려 든다는 하소연이었다. 속옷 시중보다 더한 시중도 들어드릴 만한 딸을 두고 번번이 수고를 자처하는가 하면, 물 넉넉히 나오는 입식 주방을 놔두고 마루를 거쳐 토방으로 내려서야 접근할 수 있는 한데 수돗가까지 가서 일하는 걸 이해할 수 없다고 했다.

더운물이 나오는 주방과 욕실까지 두고서 웬만한 물일은 바깥 수돗가에서 하는 건 이전부터 어머니의 생활 방식이었다. 트인 공간인 마당에서 물일을 하면 마음이 시원해진다는 말도 사실이었지만, 바깥물은 산에서 물을 모아 끌어내린 마을 간이 상수도로 비용을 전혀 지불할 필요가 없는데, 주방이며 욕실에서 쓰는 물은 전기를 이용하여 끌어올리는 지하수라는 게 중요한 이유였다. 안에서 해치울 만한 자잘한 물일거리를 들고 일삼아 바깥으로 나가는 모습을 보고 말리면, 어머니는 대답했다.

"자식들이 애 터지게 벌어서 준 돈으로 살면서, 어찌 이 정도 수고도 안 한단 말이냐."

그럴 필요 없다고, 그건 아끼고 아끼지 않고의 차이가 거의 나지 않는 일이라고, 심지어, 나 엄마가 생각하는 것보다 훨씬 더 돈 잘 번다고 남동생이 허풍도 쳐 봤건만, 어머니의 고집은 쉽사리 꺾이지 않았다.

그날은, 근처에 사는 친척의 결혼식에 참석했던 자녀들이 어머니의 집으로 옮겨 와 밤을 보내고 있었다. 어머니의 체력은, 소변을 보기 위해 일일이 화장실까지 걸어가는 게 부담이 될 만큼 약해져 있었다. 그리하여 안방 바로 앞의 마루에 요강을 들여놓고 있었다. 모두들 잠든 밤중에 마루에 나가 소변을 본 어머니는, 방 안으로 들어가는 대신에 유리문 밖의 토방으로 내려섰다. 아들들과 사위들에게 오줌 담긴 요강을 들키고 싶지 않아서였을까. 바깥 수돗가에 가서 요강을 부셔 들고 마루에 올라서던 어머니는, 무엇에 발이 걸린 것도 아니건만 허깨비처럼 넘어지며 치명적인 골절상을 입었다. 어머니는 그 길로 영영 집을 떠나야 했고, 미약한 활동마저 접고 누워서만 지내는 병원 생활은 어머니의 명을 더욱 재촉했다.

어머니의 이마, 그리고 손과 발에는 냉기가 돌았다. 얼굴은 아직 따뜻한데 이마는 차고, 팔다리는 아직 따뜻한데 손발은 찼다. 어머니가 다니는 교회 사람들이 와서 기도를 하고 있었다. 이승과 저승으로 갈리는 석별의 정과, 떠나가는 영혼을 절대자에게 의탁하는 내용의 슬프고도 엄숙한 내용이었다. 기도와 찬송가, 그리고 목사의 설교가 이어졌다. 기도가 시작되어서 끝날 때까지 어머니의 눈꺼풀은 굳게 닫혀 있었다.

어머니는 열심히 교회에 다니고 열심히 기도했지만, 기독교의 교리에 대해서 제대로 알지도 못했고 그다지 심취하지도 않았다. 예전의 어머니는 세상 떠난 할머니의 뒤를 이어 민속신앙의 풍습들을 지켰고, 삼진날이며 초파일, 칠석, 동짓날에는 절을 찾아가 자식들을 위해 불공을 드렸다. 자식들을 모두 혼인시킨 이후에야 교회로 옮겨 간 어머니에게 까닭을 물으니, 답변이 명료했다.

'며느리들이 둘 다 기독교 신자라서 그리하기로 했다. 어떻든지 자식들하고 통일이 돼야 집안이 편하지.'

기도를 하고 찬송가를 불러도, 집사님, 이복례 집사님, 이라고 다정하게 불러 주어도 그대로 영영 굳어 버린 듯 움직이지 않던 어머니의 눈꺼풀이, 막내아들의 목소리가 들리자 거짓말처럼 스르르 열렸다.

"엄마, 나 왔어."

침대 옆에 무릎을 꿇고 앉은 막냇동생은 어머니의 식어 가는 손을 붙잡았다. 어머니가 곧 눈을 떴고, 하얗게 바랜 입술을 달싹거렸다. 아득히 먼 곳에서 들리는 휘파람 소리같이 가느다랗고 약하게, 그러나 입 모양만 보아도 알아들을 수 있게 어머니가 말을 했다. 이미 진행된 상태로 보아 그것은 기적 같은 일이었다.

"그 일은…, 어찌되고 있어?"

"어머니, 우리 일은 다 잘 되었어요. 걱정하지 마세요."

막내며느리가 울먹이며 대답했다.

"그래야지…."

바쁜 막내아들이 자신을 보기 위해 번번이 급한 걸음 하는 걸 못내 안타까워하던 어머니였다. 최근에 사업 문제로 다소 어려움을 겪었다는 말을 전해들은 어머니의 걱정 그리고 안도가, 결국 막내아들한테 남기는 마지막 말이 되었다. 어렵사리 거기까지 말하고 눈을 감은 어머니는, '엄마, 아버지 걱정은 하지 마. 잘 모실게.' 라고 효성 지극한 막내아들이 귀 가까이 대고 속삭인 말에는 보일 듯 말 듯 희미한 미소만 지을 뿐 대답을 하지 못했다.

거칠어지려야 거칠어질 기운조차도 없이 미약한 대로, 이따금 거친 숨을 몰아쉬다 고요해지곤 했다.

밤이 깊어 가고, 어머니의 이마, 어머니의 손, 어머니의 발에서 시작된 냉기는 차츰 심장 방향으로 번져 가고 있었다. 번져 가는 냉기를 막아 보기라도 하려는 듯, 식어 가는 손과 발을 눈물로 적시고, 안타까이 부여잡고 뺨을 비볐다. 이제는 양쪽 볼과 콧날이 차갑고, 팔이 차갑고, 정강이 아래의 다리가 차가웠다.

이윽고 큰아들이 도착했다. 어머니, 라고 큰아들이 애절하게 어머니를 불렀다. 큰아들이 임종할 기회를 주지 않고 떠나는 것 아닐까 그것만을 걱정하게 된 상태였는데, 어머니는 다시 눈을 떴다. 눈을 떠서, 큰아들의 얼굴을 애틋하게 그윽하게 바라보며 입술을 천천히 힘겹게 움직였다. 미약하기 그지없는 움직임이었지만, 어머니는 큰아들에게 소리 나지 않으나 분명한 한마디를 남겼다.

"오, 너, 왔냐?"

큰아들을 보고 떠나기 위하여, 큰아들의 가슴에 임종하지 못한 한을 남기지 않기 위하여, 지독한 모정으로 모질게 기다려 준 어머니는, 큰아들에게 주었던 애틋하고 그윽한 눈길로 주변에 모인 가족들을 천천히 훑어보았다. 이어서 큰 숨을 한 번 몰아쉬고는 그대로 고요히 먼 길을 떠나갔다. 지켜보던 아버지가 어머니의 눈꺼풀을 쓸어 주었다.

"되었다."

아버지가 말했다. 탄식인 듯, 안도인 듯, 한 세상 무난하고 따뜻하게 마무리하고 떠나는 늙은 아내에 대한 찬사인 듯 나직한 한마디였다. 자식들은 어머니에게 뜨거운 눈물을 바치고, 지켜보던 이들 중의 누군가는 소리 내어 기도를 하고, 또 누군가는 뒷수습을 위하여 움직이고 있었다.

고결한 비상

아침부터 몸이 찌뿌드드한 게 영 심상치 않더니, 저녁 무렵이 되면서 부터는 다리와 날갯죽지와 더듬이가 떨어져 나갈 듯 아파 온다. 작은 갑옷 속에 억지로 몸통을 집어넣고 옥죄는 것처럼 갑갑하다. 시간이 흐르면서 어질어질 호흡곤란 증세마저 보태져, 고통은 점차 강도를 너해 간다. 미미의 체온을 느끼면 고통이 좀 줄어들 것인가, 오늘따라 아득히 멀게만 느껴지는 방바닥 아랫목에 눈길을 보낸다. 늦잠에서 깨어난 미미가 허둥지둥 빠져나간 방바닥에는, 동굴 모양으로 가운데가 뻥 뚫린 춘추 이불과 때 묻은 베개, 도르르 말린 속옷과 허드레옷이며 물 묻은 수건들이 제멋대로 널려 있다. 낯익은 풍경이지만 볼 때마다 내 마음은 그윽하게 젖는다. 방 안에 있는 미미를 몰래 숨어 지켜보는 일도 즐겁지만, 미미가 없는 방바닥에 진출하여 그녀의 흔적을 이것저것 살피고 느껴 보는 일 또한 그에 못지않다. 마음껏 미미의 냄새를 맡으며 미래의 공상에 빠질 수 있다는 점에서는, 미미가 방 안에 있을 때보다 오히려 낫다. 동굴 모양으로 들떠 있는 이불 속에는 아직도 미미의 체온이 숨 쉬고 있을 것만 같다. 그곳에다 숨구멍이 막히도록 아랫배를 밀착시키고, 더듬이와 꼬리 뿔을 휘저어 미미의 체취를 들이마시고 싶다. 그러면 이 고통이 좀 가실 것도 같다. 하지만 곧 단념하고 미미의 눈길이 한 번도 미친 적 없는 이곳 개수대 밑 장판 귀퉁이에다 머리를 틀어박는다. 덜커덩거리는 문을 밀고서 금방이라도 미미가 들어설 것만 같다. 아픈 몸으로 허둥지둥하다가 미미의 눈에 띄기라도 한다면 이만저만 낭패가 아니다. 내가 사람의 모습을 되찾기 전에는 더 이상 미미의 눈에 띄지 않기를 원한다. 나를 보고 내지르는 미미의 비명 소리를 들으면 죽고 싶을 만큼 비참한 기분이 될 게 뻔하다. 텔레비전을 통하여 알아낸 바에 의하면, 마법에 걸려 짐승이나 곤충이나 파충류로 변한 사나이는, 젊고 아름다운 여자의 사랑을 받음으로써 마법에서 풀려난다. 개구리 왕자는 공주의 결혼 승낙을 얻어 내자 원래의 왕자로 돌아갔고, 미녀와 야수의 야수는 미녀의 입맞춤으로 늠름한 공자의 모습을 되찾았다. 나도 한때는 미미의 사랑으로 사람 되기를 꿈꾸었지만, 실현되기 어려운 꿈이라는 걸 이내 알아채야 했다. 미미는 나를 보는 것만도 끔찍하다는 듯 비명을 지르는가 하면, 차마 듣기 거북한 저주의 말들을 거침없이 내뱉었다. 미미의 사랑으로 사람이 되는 건 고사하고, 미미의 손에 죽임을 당하거나 반대로 미미가 나 때문에 죽기라도 할까 봐 걱정이었다. 하필이면 왜 사람들이 그토록 싫어하는 바퀴벌레였을까, 나에게 마법을 건 그 누구를 한동안은 그렇게 원망도 해 보았다. 그러나 바퀴벌레의 특성을 곰곰이 짚어 본 결과, 탈피라는 독특한 과정을 통하여 사람으로 다시 태어날 것이라 믿게 되었다. 이후로 내 탈피의 순간들은 가슴 벅찬 기대와 설렘을 동반하여 찾아왔다. 우울하게도 그때마다 조금 더 성숙한 바퀴벌레가 되었을 뿐, 여태껏 사람이 될 조짐 따위는 보이지 않았다. 하지만 나는 여전히 믿는다. 열두 번째 탈피를 눈앞에 두고 있는 지금에는 더욱더 굳게 믿는다. 열두 번째의 탈피. 바퀴벌레로서는 성충이 되는 마지막 관문이다. 마지막 탈피를 앞두고서야 그동안의 내가 너무 조급했음을 깨닫는다. 바퀴벌레로서도 어른이 되지 못한 터에 어떻게 미미처럼 성숙한 처녀의 남자 친구가 될 수 있었겠는가. 오늘의 마지막 탈피의 순간에야 비로소, 나는 지긋지긋한 바퀴벌레로서의 생을 마감하고 버젓한 성인 남자로 태어날 것이다. 가슴이 벅차오른다. 어서 시간이 가서 미미 앞에 사람의 모습으로 떳떳이 나타나고 싶다.

다른 인간들도 그렇지만, 미미는 정말이지 바퀴벌레를 싫어한다.

언젠가 미미가 외출하고 없는 방바닥으로 기어 나가서, 오늘처럼 동굴 모양으로 둥글게 뚫려 있는 이불 속에 들어가 미미의 체온을 즐기고 있었다. 외출복을 입고 나간 지 한 시간도 못 된지라 방심하고 있던 터에, 미미가 불쑥 방 안으로 들어섰다. 미미가 무서워서라기보다는, 아직은 바퀴벌레인 내 모습을 미미에게 보여 주고 싶지 않아 황급히 싱크대 쪽으로 내빼기 시작했다. 하지만 이미 내 모습을 보아 버린 미미는, 곧 기절이라도 할 듯 외마디 소리를 질렀다.

"으악! 바, 바퀴벌레!"

전력을 다하여 달리는 중에도 나는 몹시 부끄럽고 자존심이 상했다. 동료 바퀴벌레들의 숱한 경험담 중에도 사람한테 환영받았던 이야기는 없었지만, 정작 미미가 놀라는 소리를 들으니 바퀴구멍에 영영 숨어 버리고 싶을 만큼 비통한 기분이 되었다. 미미가 자는 모습, 미미가 텔레비전을 보는 모습, 미미가 옷을 갈아입는 모습, 미미가 거울을 보며 투덜대는 모습, 그리고 여러 날을 굶은 미미가 더 이상 참지 못하고 라면 두 개를 한꺼번에 삶아서 국물까지 말끔히 먹어 치우는 모습이며 먹은 음식을 토해 내기 위해 화장실로 달려가는 모습까지도 나는 흐뭇한 미소로 지켜보곤 했다. 미미의 모습뿐 아니라, 미미가 비워 두고 나간 방 안 풍경을 바라보거나 미미의 체온이 남아 있는 방바닥을 한 바퀴 돌기만 해도 온몸에 생기가 돌고 기쁨이 샘솟았다. 아무리 사람들이 싫어하는 바퀴벌레의 모습을 하고 있다지만, 내가 바라보는 미미와 미미가 바라보는 내가 이렇게 다를 수가 있다니! 그렇게 슬퍼하며 눈물 없는 울음 한 모금을 삼키는데, 이번에는 기운 빠지고 짜증이 듬뿍 실린 미미의 투덜거림이 꽁무니에 따라붙었다.

"징그러워, 더러워, 무서워! 엄마라면 이럴 때 당장 달려가서 때려잡았을 텐데… 아, 그런데 왜 이렇게 기운이 없지? 벌써 몇 끼를 굶었는지 이제는 어지러워서 기억조차 할 수가 없어."

가까스로 싱크대 아래의 봉긋하게 일어선 장판 모서리 뒤에 도착한 나는 납작한 아랫배를 불룩거리며 가쁜 숨을 골랐다. 안집 아주머니 같으면 이럴 때 분무식 살충제를 무차별 살포하는 것도 부족해서 구석구석 붕산가루를 뿌리고 법석을 떨었을 것이다. 하지만 착한 미미는 몇 마디의 혼잣소리로 끝이었다. 한숨 고른 나는 몸을 돌려 앞발로 장판 귀퉁이의 끝을 잡고, 기다란 더듬이를 방바닥 쪽으로 바짝 세우고는 미미의 동정을 살폈다.

"기운 없어 죽겠다. 너무 기운이 없어서 기운 없다는 말조차 하기 싫어…."

미미는 윗도리 겉옷 한 장을 벗어 조립식 행거 위에 아무렇게나 던져 놓고, 바지는 그대로 입은 채 무너지듯 몸을 부렸다. 아침에 몸만 쏘옥 빠져나갔던 동굴 모양의 이불 위로 미미가 쓰러지자 동굴은 폭삭 갈앉아 버렸다. 나는 조금 전의 숨 가쁜 도망도 잊고서 안타까운 눈으로 미미를 지켜보았다. 쓰러진 채 저대로 영영 일어나지 못하는 건 아닐까 겁이 나기도 했다. 지난 방학 때 집에 다녀온 이후로, 미미는 전보다 더 자주 굶었다. 그리고 한 번 굶기 시작하면 사흘쯤은 거뜬히 물만 마시며 버텼다.

"미미야, 너 집에 갔다 오더니 약간 살찐 거 같다, 얘."

학교 친구가 무심코 건넨 한마디에 충격을 받은 미미는, 그날 저녁 밥부터 당장에 굶었다. 친구들과 저녁 약속이 있었지만, 굶기 위하여 약속을 취소하고 돌아왔다. 미미처럼 살을 빼기 위하여 굶는 여자아이들일수록, 남에게 그 사실을 털어놓지 않는 법이다. 그처럼 처절한 노력의 결과물보다는 선천적으로 타고난 날씬함이 자랑스러운 모양이다. 수능 시험 최고 득점자가 자고 싶은 잠 적당히 다 자면서 교과서만 갖고 공부했노라고 느긋하게 대답하는 모양새나, 미스 코리아로 뽑힌 여자가 주위에서 등을 떠밀어 별 욕심이나 준비도 없이 나와 본 것뿐이라며 우아하게 미소 짓는 모양새 따위를 보면, 그렇게나 열심히 굶으면서 그렇게나 기를 쓰고 남들 앞에서는 아닌 척하는 미미의 속마음을 알 것도 같다.

언제부턴가 미미는, 화장실에 가고 싶어도 움직이는 게 귀찮아서 참을 수 있는 데까지 참고, 이쯤에서 한 끼 먹으려다가도 자리에서 일어날 기운이 없어 또 굶고 그랬다. 그런데도 몸무게는 시원스레 줄어들지 않는다고, 종종 거울 앞에서 짜증을 냈다. 짜증이 나면 살쪘다고 말 건넸던 친구를 욕하기도 하고, 집에 내려가 있는 동안 삼시 세끼 챙겨 먹이는데 극성이었던 어머니를 원망하기도 했다.

무너진 동굴 위에 한참 동안 널브러져 있던 미미는 잠시 뒤 봄을 절반쯤 일으키더니, 작은 창문 아래에 놓인 텔레비전 앞까지 기어갔다. 미미가 스위치를 누르자 한낮에도 늘 침침한 기운이 감도는 방 안에 희푸른 빛이 한 겹 깔리면서, 와자한 사람 소리가 한꺼번에 쏟아져 나왔다.

"호호호, 그렇게나 말랐다고 말해 주시니 고마워요. 그렇지만 잘못 보신 거예요. 지난 번 일일 드라마 끝나고 한동안 쉬었더니 글쎄… 이 말을 정말 솔직하게 해 버려도 되나? 음, 오 킬로나 쪘지 뭐예요. 울 엄마가 꿀돼지 뚱보라고 막 놀린답니다."

"설마 그런 엽기적인 일이? 그렇다면 궁금해하는 팬들을 위하여 강마리 씨의 현재 몸무게가 몇 킬로 나가는지 좀 밝혀 주시겠어요? 가능하면 소수점 둘째 자리까지 정확하게…"

차림새도 자세도 경박스러움 일색으로 주루룩 늘어앉은 남녀 가운데서 사회자로 보이는 남자가 보채듯이 물었다. 그와 동시에 '인기 캡 강마리, 신비로운 그녀의 몸무게는 과연 얼마?'라는 큼직한 자막이 떴다.

"아이 참, 숙녀한테 그런 질문은 실례다 진짜. 이건, 예전 몸무게로 원상 복귀할 때까지 비밀로 하려 했는데, 음, 그냥 솔직히 고백할게요. 엽기적으로 불어난 저의 현재 몸무게는, 음, 45.09킬로랍니다. 놀라셨

죠? 하지만, 이건 일시적인 현상일 뿐, 예전의 44.99킬로 몸무게를 머지 않아 꼭 되찾고 말 테니 팬 여러분, 믿고 기다려 주세요."

말투와는 달리 매우 자랑스러운 표정으로 강마리가 재잘거리는 동안, 화면 하단에는 또 다른 내용의 자막이 큼직하게 떴다. '그만하면 정상인데 웬 내숭?'

"그 문제에 대해서 약혼자인 가수 이차돌 씨는 뭐라고 해요?"

"음, 약혼자? 호호호, 약혼 발표니 뭐니 그딴 건 사실 젊고 솔직한 사람들의 감정 표현이었을 뿐이고요, 우린 앞으로 그냥 좋은 친구 사이로 남을 거예요. 하여튼 키 168.66센티에 몸무게가 45.09라면, 어휴 이게 어디 여자의 몸인가요? 솔직히 넘 창피해요."

"그래도 강마리 씨는 워낙 롱다리라서 보기 좋은데요, 뭘. 여기 있는 배동실 씨처럼, 숏 다리에 오십 킬로를 넘고 육십 킬로가 다 돼 가면서도 입만 열면 사랑타령인 분도 계십니다, 하하."

머리칼을 허옇게 염색한 남자 사회자가 강마리의 반대편에 앉은 여자 코미디언을 가리키며 킬킬거렸다. 자기 자신을 비롯한 그 어떤 남자도 배동실을 사랑의 대상으로 삼을 일은 결코 없으리라 확신하는 건 물론, 강마리보다 다리도 짧고 몸무게도 더 나가는 배동실은 그 누구와 사랑할 자격조차 없다는 투였다. 배동실의 약간 넙데데한 얼굴은 그런대로 복스러워 보이고, 강마리보다는 훨씬 통통하지만 결코 뚱보 축에 들지 않는 몸매였다.

"으흠, 사랑 사랑 사랑 사랑이로구나아… 네에, 저 이렇게 사랑타령을 잘 부릅니다. 안정감 있는 숏다리가 받쳐 주는 볼륨 있는 뱃살에서 나오는 넉넉한 소리로…."

배동실은 속없이 한술 더 떠 맞장구를 치며 킬킬거렸다. 속이 없어서 가 아니라, 이미 굳어 버린 세상의 가치 기준에 순응하는 모습이거나, 직업의 세계에서 살아남기 위하여 저절로 터득한 가식적인 몸짓 같았다.

이불 위에 벌렁 누운 채 텔레비전을 지켜보고 있던 미미가 별안간 뒤집기를 히더니 앞으로 나아갔다. 여전히 기운은 없되 믿기지 않을 만큼 빠른 속도로 텔레비전 앞까지 기어간 미미는 거칠게 채널을 다른 곳으로 돌렸다.

"아, 짜증나! 168.66센티에 45.09킬로가 어떻고 어떻다고? 가식과 내숭으로 똘똘 뭉친 저 계집애 좀 안 보고 살 수 없어? 드라마에, 연예프로에, 게다가 씨 에프까지도 온통 겹치기 출연이라니!"

미미는 분을 못 이기겠다는 듯이 씨근덕거렸다. 채널을 돌려 바뀐 화면에도 역시 아까와 별반 다를 바 없는 구도로 남자 둘 여자 셋이 죽 소파에 늘어앉아서 뒤죽박죽 잡담을 하고 있었다. 그중에서 내가 보기로 가장 인기가 높은, 그러니까 미미가 자주 틀어놓는 텔레비전 화면에 나오던 강마리 만큼이나 걸핏하면 얼굴을 내밀곤 하는 여자가 억지로 얌전을 빼며 작위적인 목소리로 말하고 있었다.

"음, 뭐 특별한 미용법 같은 건 없어요. 그냥 잘 먹고 잘 자고 하는데도 몸무게가 출산 전하고 같은 걸 보면, 오로지 타고난 체질인가 봐요. 이런 체질을 물려주신 어머니께 감사드릴 뿐이에요."

화면 하단에 자막이 뜨는 것 역시 채널 바꾸기 이전하고 다르지 않았다. 인기 높은 여자 연예인의 말이 끝나기도 전에 이런 말이 큼지막하게 새겨졌다. '인기 스타 한내순의 날씬함은 타고난 체질'.

"자, 여러분, 그러면 저희들이 미리 담아 온 한내순 씨의 귀염둥이 아들 별나의 모습을 보시겠습니다. 그 이전에 에이 알 에스 퀴즈를 내드리겠습니다. 우리의 귀염둥이 별나가 이를 내놓고 웃는 장면이 나오기 전에 전화를 걸어 주셔야 유효합니다. 하긴, 별나가 웃는 모습을 보고 답을 알아낸다 해서 그것이 정답이란 보장은 없습니다. 아기의 이는 며칠 전까지 없다가도 새로 돋아나는 수가 있는데, 저희가 한내순 씨 집을 방문했던 건 일주일 하고도 열다섯 시간 전이니까요. 답을 정확하게 맞히는 분께는 푸짐한 상품을 우송해 드리겠습니다. 문제 드리죠, 한내순 씨 아들 별나의 이는 현재 모두 몇 개나 났을까요?"

수다쟁이 같은 인상의 나이 먹은 남자 사회자는 마치 세상 모든 사람이 알아야 할 중대한 문제라도 되는 양 정색하며 소리를 높였다. 역시 이번에도 '현재 한내순 아들 별나의 치아는 모두 몇 개?'라는 자막이 긴급뉴스 때보다 더 크게 화면 하단을 가로지르고 있었다. 미미가 신경질을 내며 채널을 휙 돌려서 본래의 화면으로 되돌려 놓았다.

"진짜 진짜 왕짜증! 누가 뭐 지네 애기 이빨 몇 개 났는지 알고 싶댔어? 그걸로 내 몸무게가 0.01킬로라도 빠진다면 혹시 또 몰라. 아, 근데 정말 기운이 없네. 리모컨도 없는 고물딱지 텔레비전은 지겨워. 리모컨이 있으면 누운 자리에서 손가락 하나로 채널을 바꿀 수가 있을 텐데…"

처음의 화면으로 되돌아간 텔레비전을 뒤로하고 엉금엉금 기어 이부자리 위로 돌아오면서 미미는 힘없이 구시렁구시렁, 불평을 늘어놓았다.

이불 위에 누워 텔레비전을 시청하는 동안, 미미는 강마리라는 그 여자 탤런트를 세 번쯤 더 욕했다. 거짓말쟁이, 내숭쟁이, 바람둥이, 날라리.

하지만 그것이 미미의 속마음 전부가 아니라는 걸 나는 알았다. 드라마가 됐건 쇼가 됐건 시 에프가 됐건, 미미는 강마리가 텔레비전 화면에 나타나는 시간을 잘도 기억해 두었다가 기를 쓰고 찾아서 지켜보았다. 보면서는 꼭 그렇게 욕을 하거나 눈을 흘기기 십상이었다. 하지만 프로가 끝나기 무섭게 거울 앞에 앉거나 서서 강마리의 자세나 표정을 흉내 내고, 바뀐 헤어스타일을 흉내 내고, 길거리 노점상에서 강마리가 착용하고 나왔던 것하고 비슷한 머리핀이나 브로치, 스카프를 사 나르기에 바빴다. 그 물건들을 사기 위하여, 바로 얼마 전까지도 미미는 식당에서 음식쟁반 나르는 아르바이트를 했다. 살을 빼기 위하여 굶기를 밥 먹듯이 하는 미미에게, 식당 아르바이트는 최악이었다. 고픈 배로 코밑에서 뭉게뭉게 솟구쳐 오르는 음식 냄새를 때마다 견뎌 낸다는 건 그야말로 고문이었다. 그러던 어느 날, 영양실조에다 정신적인 인내가 한계에 달한 미미는 음식 접시가 가득 담긴 쟁반을 든 채 손님의 식탁 옆에 쓰러지고 말았다. 새로 산 정장 오지랖에 따끈하고 얼큰하고 걸쭉한 음식물 세례를 받은 손님은 노발대발했고, 미미는 그날로 일자리에서 쫓겨났다.

텔레비전 화면에서 연예인들의 모습이 퇴장하고 뉴스가 나오기 시작했을 때, 미미는 책상의 맨 아래 서랍을 열고 머리핀과 브로치를 꺼냈다. 머리핀은, 한 달 전에 끝난 일일 연속극에 강마리가 달고 나왔다 해서 대번에 유행이 되었던 '강마리 핀'이다. 벗어 던졌던 웃옷을 다시 걸치고 거울 앞에 선 미미는, 머리핀과 브로치를 달고 잠시 흐뭇한 미소를 짓는가 싶더니 이내 짜증을 내었다.

"도대체 얼마나 더 굶어야 강마리처럼 되는 거지? 이러다간 강마리 근처에도 못 가 본 채 죽고 말겠어."

미미는 아르바이트 한 돈으로 어렵사리 구한 그것들을 방바닥에 패대기쳤다. 내가 지켜본 바로는, 말라깽이에 예쁜 척만 하는 강마리보다는 우리 미미가 훨씬 나았다. 사실 미미는 아예 처음부터 뚱뚱한 축에는 들지 않았다. 161센티미터의 키에 53킬로그램, 볼이 좀 통통한 편의 건강하고 귀여운 아가씨였다. 지나친 말라깽이 강마리를 왜 그토록 닮고 싶어 애를 쓰는지 이해가 안 될 정도로 미미는 사랑스러웠다. 하지만 미미가 한낱 바퀴벌레인 내 생각 따위를 알리는 없었다. 그녀는 패대기쳤던 물건들을 다시 긁어모아서 거울 앞에 서고, 거울 앞에 섰다가는 짜증을 못 이겨 이불 위에 엎어져 울었다.

"강마리, 예전엔 말썽쟁이 날라리에다 공부도 지지리 못했대. 스타 대접받는 지금은 또 어떻고? 속 보이는 내숭에 가식에, 혀가 짧은지 발음도 이상해. 예쁜 거 하나 빼면 도대체 뭐가 남지?"

미미는 화장지에 코를 풀어 한 발 앞의 방구석에 놓인 쓰레기통을 향해 던졌다. 코 묻은 화장지는 쓰레기통 옆구리를 살짝 맞추고 방바닥으로 떨어졌다.

"그렇지만…."

미미는 다시 이불 위에 얼굴을 묻고 자신 없는 목소리로 중얼거렸다.

"그렇지만, 강마리가 부러워. 강마리처럼 되고 싶어!"

오늘 미미에게는 작지만 불쾌한 사건이 있었다. 남자들끼리 모인 자리에서 무심코 내뱉는 농담을 우연히 엿들은 것이긴 해도, 미미는 너무나 창피하고 분했다. 당사자들은 전혀 아닌 듯 천연덕스러운 표정이었지만, 미미에게는 어쩐지 저를 빗대어 하는 말로 들렸다. 더구나 그 시시한 농담을 먼저 꺼낸 사람이 미미가 짝사랑하는 같은 과의 남학생이라는 걸 알았을 때, 미미의 기분은 말이 아니었다.

"뭐, 뚱뚱한 여자는 돼지 같고, 바퀴벌레만큼이나 싫다고? 또 뭐랬지? 여자의 과거는 용서해도 뚱뚱한 건 용서할 수가 없다네!"

미미는 간간이 흐느끼며 푸념을 늘어놓았다.

"그래, 뚱뚱한 여자들은 설령 필기시험에 좋은 성적으로 합격해도 면접에서 다 떨어져 취직도 못하는 세상이다. 뚱뚱한 여자들을 돼지라 부르든 바퀴벌레보다 싫어하든 맘대로 해라, 돼지보다 멍청한 자식들아."

나는 안타까움으로 숨구멍이 막혀 드는 기분이었다. 그 이전의 어느 날 늦은 저녁에 돌아온 미미는 누군가가 마음에 들었다고, 남몰래 찜해 두었다고, 혼잣말을 되풀이한 적이 있었다. 나는 속으로 놀랐지만, 아직은 그저 가벼운 설렘일 뿐인 듯해서 크게 마음 쓰지 않고 있었다. 그런데 미미는 내 예상보다 빠른 속도로 그 남자에게 빠져들며 사소한 일에도 상처를 받곤 했다.

나는 기분이 몹시 울적해져서, 장판 끝을 잡고 있던 앞다리에서 힘을 빼고 아무렇게나 누워 버렸다. 사흘 동안 물만 마시고 지내서 말할 기운조차 없다고 징징거리면서도, 미미는 여전히 아무것도 먹지 않았다. 그래서인지 하루 종일 풀기 없이 후줄근한 모양새로 쓰러져서 잠만 잤다.

지금 나는 마지막 탈피의 순간을 앞두고, 몸에 붙은 모든 기관들이 한꺼번에 떨어져 나가는 듯한 아픔을 견디고 있다. 한두 번 겪어 낸 일도 아니건만, 오늘처럼 고통스러운 적은 없었다고 기억된다. 온몸이 바스러질 것만 같은 아픔에다 호흡 곤란까지 겹쳐서 정신이 흐릿해지려 한다. 그래, 이것은 다만 어른 바퀴벌레로 가는 과정의 고통만은 아니다. 고통이 심한만큼이나 나의 기대도 부풀어 오른다. 지나간 열한 차례의 탈피가 조금 더 어른스러운 바퀴벌레가 되는 과정이었다면, 오늘에 있을 열두 번째의 탈피는 원래의 나로 돌아가는 성스러운 관문이 될 것이 틀림없다. 꼭 그렇게 되어야만 한다. 나는 최대한 경건한 자세로 그 순간을 맞이하기 위해 흐릿해지려는 정신을 애써 가다듬는다. 날개가 파르르 떨리고 몸통이 삼백육십 도로 뒤틀리는 고통 속에서, 믿기지 않을 만큼 행복한 꿈을 꾼다. 저기 보이는 노르끄레한 비닐장판 바닥에 미미하고 당당히 마주 앉아서 밥을 먹고, 적당히 때가 끼어서 더욱 포근해 보이는 저 이불 속에서 미미랑 함께 잠들 날을 그려 본다. 아니다. 우리는 결코 이따위 꾀죄죄한 자취방에서 살지 않을 것이다. 텔레비전을 통하여 알아 놓은 세상 속의 크고 사치스러운 집으로 이사해서, 가장 마음에 드는 옷을 입고, 사람의 입맛에 가장 잘 맞는 음식을 먹으며 살 것이다. 미미가 늘 몽롱한 눈길로 지켜보는 연속극 속의 청춘 남녀처럼, 화려한 결혼식을 올리고 인형 같은 아이들을 낳고 날마다 먹고 마시고 물건을 사러 다니며 삼백육십 날이 온통 명절인 양 살 것이다. 우리가 낳은 아이들의 학교에서 곤충의 한살이에 대해 알아보라는 과제라도 낸다면, 나는 아버지의 역할을 톡톡히 할 자신이 있다. 만약 바퀴벌레의 한살이가 과제에 포함된다면 말이다. 물론, 바퀴벌레에 대한 해박한 지식이 순전히 나의 체험담이라는 것을 아이들한테 고백할 만큼 어리석은 짓은 하지 않을 것이다. 미미나 아이들뿐 아니라 필시 내가 알고 지내게 될 그 누구에게도, 내가 한때 바퀴벌레였다는 사실은 무덤까지 안고 갈 비밀이 될 것이다.

통증에 호흡곤란은 바야흐로 극에 달하건만, 화려한 변신 이후를 상상하는 내 마음은 뿌듯해 오고, 나의 뾰족한 세모꼴 얼굴에 행복한 미소마저 스쳐 간다.

바퀴벌레들은 알에서 깨어나 성충이 될 때까지 열두 차례의 탈피 과정을 겪는다. 대개의 다른 곤충들이 알에서 애벌레로, 애벌레에서 번데기로의 과정을 거쳐서야 겨우 나방으로 거듭나는 것과는 달리, 바퀴벌레들은 몸집만 작을 뿐 처음부터 성충의 모습과 색깔, 기능을 그대로 지닌 채 알에서 깨어나는 독특함을 지니고 있다. 알에서 깨어날 적에 흰색이었다가 차츰 황갈색이라든가 검은색의 완성된 빛깔로 변모하는 종류가 아주 없지는 않지만, 내가 현재까지 모습을 빌리고 있는 이 질바퀴벌레를 비롯한 대부분의 바퀴벌레는 알에서 깨어나는 순간부터 거의 완전한 모양과 색깔을 갖춘다. 좁쌀알 만하던 어린 바퀴벌레는 왕성하게 영양을 섭취하는 가운데, 시간이 흐르면서 스스로를 감싸고 있는 껍질이 너무 작다는 걸 느끼기 시작한다. 쉴 새 없이 몸집이 불어나는 데 반하여 껍질의 크기는 그대로 있는 때문이다. 그리하여 갑갑함을 도저히 견디지 못하게 된 어느 날엔가는 드디어, 몸집보다 작아진 묵은 껍질을 벗어 던지게 된다. 묵은 껍질 속에는 이미 새 껍질이 준비되어 있는 터여서, 벗어 던지는 고통만 잘 견뎌내고 나면 자연스럽게 조금 더 성숙한 바퀴벌레의 모습으로 태어나는 것이다. 이러한 탈피의 과정을 열두 차례 거듭하고 나면 완전한 어른 바퀴벌레가 된다. 알에서 깨어나 완전한 성충이 되기까지 대체로 일 년쯤 걸리는데, 환경이 좋으면 기간이 단축되기도 하고, 열악한 환경에서는 좀 더 긴 시간이 요구된다. 바퀴벌레에게 좋은 환경이란, 알맞은 습기와 따뜻함과 어둠과 다양한 틈새들과 먹을거리가 풍부하게 널려 있는 상태이다. 먹을거리가 상했느니 썩었느니 하는 투정 따위는 바퀴벌레 왕국의 왕일지라도 결코 입 밖에 내는 법이 없다. 오히려, 인간들이 선호하는 따끈하고 신선한 음식은 발효와 부패의 과정을 거치게 해서 먹는 게 바퀴벌레들의 입맛이다. 사람이나 짐승의 토사물을 즐겨 먹는 건 물론이고, 제가 먹은 걸 토해 놓고서 천천히 그 맛을 즐기는 습성도 있다. 썩은 음식물, 토사물, 재래식 변소에 그득한 묵은 변, 사람 몸에서 떨어진 비늘, 심지어 여자들의 생리혈 말라붙은 것까지, 사람들이 알면 혐오감으로 부들부들 떨기에 딱 좋을 것들이 바퀴벌레에게는 별식 대접을 받으며 그것들을 구하기 위해서라면 못 갈 곳 또한 없다. 내가 겨우 첫 번째 탈피를 한 어린 바퀴였을 적에 미미가 이사를 왔는데, 일 년이 채 못 된 지금 역사적인 열두 번째 탈피를 눈앞에 두고 있으니 이 방은 퍽 괜찮은 환경 축에 든다. 환경이 좋으면 성충이 될 때까지의 기간이 단축되는 게 바퀴벌레의 생리이니까.

적당한 습기와 어둠침침함과 다양한 틈새로 치자면, 그 어느 집 살림방에 견줄 바 없이 이 방은 우수하다. 그런데 미미가 이사 오기 전, 그러니까 서쪽 출입문에 서너 달 동안 자물통을 매달아 놓았던 빈방 시절의 한때, 이 방 바퀴벌레들은 약간의 고생을 경험했다. 노총각 날품팔이꾼이 몇 년간 자취를 하다 홀연히 떠난 뒤에도, 한동안은 별다른 불편이 없었다. 방을 다른 사람한테 세놓기 위하여 주인아주머니가 모처럼 청소를 했다지만, 마지못해 건성으로 휘젓는 빗자루 끝이 구석구석 닿지는 못했다. 개수대 밑 깊은 구석에는 상한 음식물 찌꺼기나 기름때가 넉넉하게 눌어붙어 있고, 장판 밑에는 먹음직스런 쥐며느리 시체와 빈대 알, 검은 곰팡이와 집먼지진드기 따위의 먹을거리가 여전히 널려 있었다. 바퀴벌레들의 왕성한 번식력을 감안할 때 그것들이 결코 넉넉한 식량은 아니었으나, 설령 그것마저 바닥이 난다 해도 크게 걱정할 건 없었다. 바퀴벌레가 먹을 수 있는 건 거의 무한정이어서, 사람들이 지어 놓은 집 자체가 식량이 될 수 있다. 목재 문틀이나 기둥, 낡은 벽지를 갉아 먹어도 되고, 궁하면 전선 피복이나 플라스틱 종류의 가구 집기조차 먹을 수 있다. 바퀴벌레가 삼억 년의 긴 역사를 지니게 된 데는 이처럼 소탈한 식성에다 뛰어난 적응력 덕분이었을 것이다. 삼억 년이라면 이루 헤아릴 수 없는 생물의 종이 생겨나고 또 멸망해 갔을 세월이다. 오늘날에 와서 바퀴벌레들은 그 어느 때보다 사람들의 공격을 자주 받으며 가공할 독한 약품들에 노출되어 있다. 내가 좋아하는 텔레비전 화면에서도 하루에 서너 차례씩은 바퀴벌레 죽이는 약품 광고가 나온다. 바퀴벌레가 밟고만 지나가도 다 죽는다느니, 먹고 집으로 들어가서 분비물을 내놓으면 알조차 모조리 죽는다느니 호들갑을 떨며, 바퀴벌레 싫어하는 사람들의 호주머니에서 돈을 긁어내 보자는 수작들이다. 그들의 말을 듣고 있자면, 바퀴벌레들의 긴긴 역사가 이쯤에서 막을 내릴 것만 같다. 하지만 장담하건대, 지구가 멸망하지 않는 한 바퀴벌레의 멸종도 없을 것이다. 바퀴벌레의 알은 얇은 막에 둘러싸인 열네 개에서 열여섯 개가 한 덩이를 이루고 있다. 그것들은 사람의 시선이 도저히 닿을 수 없는 좁은 틈새에 감쪽같이 놓여지고, 종이 나부랭이나 나뭇잎 따위로 자연스럽게 위장된다. 얇고 투명한 알주머니는 여간한 약물쯤은 차단해 줄 뿐더러, 강한 점액질을 갖고 있다. 틈새가 마땅찮은 새집일 경우에는 알주머니의 점액질을 이용하여 가구 밑바닥에 거꾸로 매달 수도 있고, 묵은 신문지나 보지 않는 책 사이에 붙여 두기도 한다. 심지어 아프리카에 사는 어떤 종류의 바퀴벌레는, 수컷이 없을 경우에는 암컷 혼자서도 번식이 가능하다. 한 마리의 바퀴벌레가 독약 중독으로 죽어 가는 뒤편에는 언제나, 점액질 막의 보호를 받는 수십 마리의 예비 바퀴벌레가 왕성하고 강인한 생명력으로 부화를 준비하고 있을 게 틀림없다.

무엇이나 먹을 수 있는 덕에 굶어 죽을 염려가 없는 바퀴벌레들이지만, 사람 없는 빈 방에서 서너 달을 지내다 보니 가끔은 사람의 음식 맛이 그리웠다. 그 부드러움, 말랑말랑함, 달콤 짭짤함, 비릿비릿함과 고소함, 더욱이 그것들이 상하면서 내뿜는 쉬지근한 냄새며 구리터분한 감칠맛을 생각하면, 바퀴벌레들의 입에서는 참을 수 없도록 군침이 돌았다. 그럴 때면 벽에 난 작은 틈새로 안집 주방을 침범했는데, 그곳은 이 방에 비하여 대체로 밝고 넓으며 깨끗한 것부터 마음에 들지 않았다. 게다가 바퀴라면 기를 쓰고 덤비는 주인아주머니가 있어, 때마다 목숨을 걸어야 했다. 실제로, 사람의 음식 맛을 단념하지 못하고 무모하게 안집으로 넘어갔다가 영영 돌아오지 못한 바퀴벌레도 여럿이었다. 그토록 바퀴라면 진저리를 치는 주인아주머니건만, 노총각이 이사한 뒤에 한 번 건성으로 청소를 한 것 빼고는 이 방에는 숫제 그림자도 비추지 않았다. 비어 있을 때든 사람이 살고 있을 때든 이 방에는 살충제 한 번 뿌리는 법이 없었다. 아주머니는 좁고 어둠침침한 방을 들여다보는 것만도 끔찍한 듯, 문 앞에서 킁킁 소리 내어 코를 벌름거리다가는 애꿎은 노총각 흉만 늘어놓고 나갔다.

"아이고 냄새야, 이거야 곰팡이 냄샌지 노총각 냄샌지 머리가 다 어지럽네. 이렇게나 게으르고 지저분하니까 그 나이 되도록 장가도 못가고 돈도 못 벌고 이 따위 골방 신세나 지다 나갔지. 퉷!"

노총각이 떠나기 전에도 그랬듯이, 바퀴벌레들의 안전에 있어서 이 방은 단연 최고였다. 단 하나, 사람이 살지 않으니 추워서 괴로웠다. 모든 물질을 먹을거리로 삼을 수 있는 강인함을 지닌 반면에, 추위에는 맥을 못 추는 게 바퀴벌레다. 무르익은 봄에서 초가을까지는 상관이 없지만, 나머지의 계절에는 사람의 온기가 없는 빈집에서 견뎌 내기가 무척 어렵다. 이 방의 바퀴벌레들이 곧 닥쳐올 겨울을 두려워하고 있을 무렵에 미미가 이사를 왔다. 전에 살던 곳의 방세가 올라서, 그보다 좀 못한 곳으로 옮긴 것이라 했다. 바퀴벌레들은 미미도 알아채지 못하는 미미 환영 잔치를 벌이고, 살벌한 추위에서 놓여나게 되었음을 자축했다. 예전의 노총각이 그러했듯이, 미미 또한 바퀴벌레들한테 두고두고 관대했다.

"미미는 참 착한 아가씨야. 그 흔한 모기약 한 번을 안 뿌리는 거 봐."

"음식물 인심은 또 어떻고. 안집은 식구도 여럿인 데다 삼시 세끼 다 챙겨 먹으면서도 찌꺼기 하나 물어가는 걸 용납 못 하던데, 우리 미미는 굶기를 안집 식구들 밥 먹듯이 하면서도 우리들 먹을거리는 후하고 넉넉하게 남긴다니까."

"가스레인지 위의 말라붙은 라면 가닥, 방바닥에 떨어진 빵 쪼가리도 우린 편안하게 주워 먹을 수가 있고, 수채 구멍이나 부엌 바닥의 쓰레기봉투도 몇 날씩 한자리에 머물러 있으니까 마음에 여유가 있잖아. 하긴 뭐 미미뿐인가? 전에 살았던 노총각도 미미만큼이나 마음씨가 좋았어. 한밤중 술에 취해 들어오면 그냥 쓰러져 자고, 아침이면 라면이나 식은 밥 한 덩이 먹고 나서 설거지를 꼭 미뤘지."

바퀴벌레들은 종종 이 방의 살기 좋음과 미미의 너그러움에 대하여 이야기했다. 미미가 이사를 옴으로써, 추위에의 근심도 별미 음식에의 갈증도 사라진 것이다.

부족함 없이 풍요로운 날들이 이어졌다. 그런 어느 날에, 나는 불현 듯 내가 누구인가에 대하여 강한 의구심을 품게 되었다. 사람들의 말로 정체성이 흔들렸다고나 할까. 그때까지 나는 내가 어린 바퀴벌레라는 사실에 조그만 의심도 갖지 않았다. 그런데 미미가 켜 놓은 텔레비전을 지켜보고 있던 중에, 번개 같은 깨달음이 내 머릿속을 스쳐 갔던 것이다. 난 사람이었을지도 모른다는, 지금은 비록 바퀴벌레의 껍질을 쓰고 있지만 예전에는 분명히 사람이었다는!

집에 있는 시간에, 미미는 중고품 재활용센터에서 구입해 온 텔레비전을 줄곧 켜 놓은 채로 살았다. 켜 놓은 대로만 치자면 텔레비전 보느라고 밥도 못 먹고 세수도 못하고 화장실에도 못 갈 정도였지만, 켜 놓기만 한 채로 무심히 다른 일을 하거나 잠드는 경우도 허다했다. 호기심 많은 나는 밝은 아침에도 싱크대 뒤편의 내 집에 박혀 있지 못하고, 싱크대 앞다리 근처까지 과감하게 진출하여 텔레비전을 훔쳐보곤 했다. 텔레비전에는 온갖 색깔과 모양의 그림들이 그에 걸맞은 소리와 함께 시시때때로 흔들리며 바뀌고 있었다. 처음엔 그저 신기해서 바라보기 시작했지만, 볼수록 재미가 붙었다. 그러다 보니, 동료 바퀴벌레들과 어울리기보다는 싱크대 앞다리에 몸통을 숨기고 엎드려서 텔레비전 보는 일을 더욱 좋아하게 되었다. 동료들도 차츰 나를 멀리

하더니, 미미가 외출하거나 잠들어서 텔레비전을 볼 수 없을 적에도 아예 나를 본체만체했다. 나는 어느덧 텔레비전 말고는 친구가 없는 처지였다.

"난, 왕따 바퀴벌레야."

어느 날, 내 입에서 탄식처럼 새나온 이 말에 스스로 놀라고 말았다. 미미를 따라 날마다 텔레비전을 시청하는 동안에 사람의 말을 모조리 다 알아듣게 된 것을 나는 그 순간까지도 깨닫지 못하고 있었다. 왕따라는 말은 텔레비전에서 배운 거였다. 하긴 다른 바퀴벌레들도 사람이 하는 말의 뜻을 어느 정도는 파악하고, 나름대로 해석하기도 한다. 하지만 어디까지나 바퀴벌레의 시각으로 보고 들으며 바퀴벌레의 언어로 이야기할 뿐이다. 나는 그들하고 달랐다. 다르다는 걸 알고부터는 텔레비전 시청에 더욱더 집착했다. 이제는 다른 바퀴벌레들이 날 상대해 주지 않는 게 전혀 아쉽게 느껴지지 않았다. 오히려, 어쩌다 나를 아는 체 하는 바퀴벌레라도 있으면 귀찮았다. 사람 세상을 동경하게 된 내 눈에, 바퀴벌레는 그야말로 사람들 눈에 비치는 바퀴벌레 그 자체일 뿐이었다. 그런 만큼 내가 바퀴벌레라는 사실이 한없이 부끄럽고 싫었다. 나는 오직 사람이고 싶었다. 어쩌면 애초에 사람이었는데 알 수 없는 이유로 바퀴벌레의 껍질을 쓰고 있을 거야, 라고 생각했다. 처음에는 막연한 의구심이었던 그 생각이, 차츰 굳어져서 이윽고 확신이 되었다. 확신을 하고 나니 바퀴벌레로 사는 하루하루가 너무 지루하고 시들했다. 나를 위로해 주는 것은 미미의 모습을 훔쳐보다 몰래 다가가 체취를 맡는 것하고, 텔레비전을 보며 꿈꾸는 일이었다. 텔레비전 속에는 미루어 짐작되는 나의 화려했던 지난날과 더불어, 역시 화려하게 펼쳐질 미래가 들어 있었다.

'개구리 왕자'에 나오는 개구리도 마법에 걸린 청년이고, '미녀와 야수'에 나오는 야수도 마찬가지였다. 그들은 사람들이 매우 싫어하는 모습을 하고 있는 중에도 각각 예쁜 처녀의 사랑을 받는다. 그리고 사랑을 받게 됨과 동시에 본래의 사람 모습을 되찾는다. 행운이 봇물 터지듯 한꺼번에 터진 것이다. 나에게도 사람으로의 변신과 더불어 미미의 사랑을 얻게 될 날이 언젠가는 올 거라고 믿기 시작했다. 정말 난 미미를 좋아하고 있었다. 하지만 나의 변신에 앞서 미미의 사랑을 얻게 되는 일은 결코 없으리라는 걸 누구보다 내가 잘 알았다. 어린이 시간에 '개구리 왕자'를 본 후에, 개구리 왕자가 공주의 황금 공을 연못에서 건져 주었듯이 나도 행여나 미미를 도울 일이 있을까 싶어 방바닥으로 나간 적이 있었다. 결과는 뻔했다. 그렇다고 나를 때려잡을 태세를 취하거나 약을 살포하는 따위의 부지런을 떨지는 않았지만, 미미는 숨넘어갈 듯 비명을 지른 끝에 바퀴벌레에 대한 온갖 저주의 말을 연거푸 쏟아 놓았다. 나 역시 미미가 기절을 해 버리나 싶어 겁을 잔뜩 먹은 채 줄행랑쳤다. 슬프게도, 미미는 나를 평범한 바퀴벌레들하고 전혀 분간하지 못했다. 그래도 나는 절망하지 않았다. 개구리 왕자의 개구리나 미녀와 야수의 야수와 달리, 나의 변신 수수께끼는 탈피의 과정에 있다는 걸 스스로 생각해서 알아냈다. 그리하여 나는 드디어 마지막 열두 번째 탈피의 순간을 맞이하게 되었다.

나는 싱크대 바로 앞의 방바닥에 엎드려 있다. 진통이 잠시 주춤한 사이에 이곳으로 기어 나왔다. 불현듯, 장판 밑 그 좁은 공간에서 덩치 큰 성인 남자로 변신한 뒤 빠져나오지 못할 일이 걱정되었다. 밤이 되어 어두워진 방바닥에 배를 대고 엎드린 채, 나는 예전에 함께 지냈던 또래 바퀴벌레들을 생각한다. 그들 중의 몇몇도 지금쯤 장판 틈새나 화장실 변기 뒤, 쓰레기통 밑 어디쯤에서 마지막 탈피를 맞고 있을 것이다. 탈피가 끝난 다음에는 예전에 다른 바퀴벌레들이 했던 것처럼 잔치랍시고 벌여 놓고 둘러앉아 시시덕거리겠지. 가장 어둡고 가장 축축하고 가장 틈새가 다양한 곳을 찾아 한데 모여서, 그간 물어다 쌓아 놓은 음식물 가운데 제일 부패한 걸로 골라 먹어 가며 흐뭇해할 그들의 모습이 우스꽝스럽게 여겨진다. 나의 마지막 탈피를 지저분하고 너절한 그들과 견준다는 것조차 모욕이라 여겨진다. 불과 몇 분 후부터, 내가 한때 바퀴벌레였다는 사실은 내 자신조차 알 수 없게 될 것이다. 난 그렇게 할 것이다.

미미가 돌아왔다. 극심한 진통 속에서도 덜거덕거리는 유리문 소리는 또렷이 들린다. 내가 좋아하는 미미의 소리이니까. 낡은 유리문 안쪽의 성냥갑만한 시멘트 바닥에다 황급히 구두를 떨어뜨려 놓고 방바닥으로 올라선 미미는, 벽을 더듬어 전등 스위치를 올림과 동시에 메고 있던 가방을 팽개치듯 내려놓는다.

"급해! 소화되기 전에 서둘러야 해."

미미가 불에 덴 것처럼 내가 있는 방향으로 달려오는 통에, 나는 아픈 몸을 추스를 새도 없이 싱크대 다리 뒤편으로 도망친다. 다행히 미미는 나를 발견하지 못한 채 그대로 화장실을 향한다. 화장실 문은 싱크대 바로 옆에 있다. 출입문 반대편의 벽면에 한 칸짜리 싱크대가 놓여 있고, 그 바로 옆에 바깥 출입문보다 더 낡고 우중충한 화장실

문이 달려 있다. 미미가 허리를 기역자로 꺾어야만 드나들 수 있을 만큼 낮은 그 문은 방 쪽으로 열게 돼 있다. 그래서 열 때마다 싱크대 모서리와 화장실문은 서로 부딪는 소리를 낸다. 싱크대 모서리에 문 부딪는 소리를 내며 화장실에 들어간 미미는 그대로 토악질을 시작한다. 하긴, 변기에 앉은 채로도 맘만 먹으면 얼마든지 문을 열거나 닫을 수가 있도록 좁은 공간인 탓이겠지만, 미미는 늘 그렇게 문을 열어 놓고 볼일을 본다. 미미가 요란한 소리를 내어 가며 토하는 게 놀랍지는 않다. 오늘 친구들하고 저녁 약속이 있다더니, 모처럼 음식답게 배불리 먹은 걸 억지로 토해 내는 중일 것이다. 나는 엉뚱하게도, 내가 사람이 되면 맨 먼저, 세탁기와 변기가 함께 놓인 널찍한 화장실을 미미에게 선물하고 싶다는 생각을 한다. 화장실이 너무 좁아서, 골목 입구의 어떤 집에서 버린 헌 세탁기를 주워다 쓰고 싶어도 못 쓴다던 미미의 불평이 기억나서이다.

나에게는 또다시 쥐어짜는 듯 심한 고통이 시작된다. 이거야말로 결정적인 순간이다 싶도록, 정말이지 더 이상은 존재할 성싶지 않은 고통이 내 몸을 쥐어흔든다. 다음 순간, 고통보다 강한 희열이 내 온몸을 휩싼다. 오오, 지겨운 바퀴벌레 세계여, 영원히 안녕!

"으악! 이게 뭐야!"

조금 전에 겪었던 신체의 고통은 거짓말처럼 가시고 없는데, 나는 비명을 지른다. 아픔이 극에 달했을 적에도 질러 본 적이 없던 단말마의 비명이다. 나의 비명 소리는 화장실에서 나는 물소리에 덧없이 묻혀 버린다. 나는 다시 내 몸을 살핀다. 윤기 자르르 흐르는 갈색의 새 날개, 여섯 개의 튼튼한 다리와 길고 성능 좋아 보이는 더듬이. 조금 전까지 입고 있던 껍질은 하릴없는 꼴이 되어 허리 부분에 헐렁하게 걸쳐져 있다. 절망이 나의 넋을 사정없이 덮치려고 덤빈다. 하지만 나는 쉽게 쓰러지지 않는다. 공주의 결혼 승낙으로 변신에 성공한 개구리 왕자를 떠올리고, 미녀의 키스로 귀공자의 모습을 되찾은 야수를 생각해 낸다. 어떻게든 미미의 사랑을 얻었어야 하는 것을, 마지막 달피 그 사체에 너무 많은 기대를 걸었다. 어쨌든 늦은 건 아니다. 나는 전속력으로 화장실을 향해 달린다. 미미는 한 손으로 변기 테두리를 짚고 엎드려 있다. 노랗게 염색한 긴 머리 두어 가닥이 변기 몸통에 축축하게 감겨 있다. 미미의 나머지 한 손이 입속으로 들어간다. 우엑, 목젖까지 닿았던 손가락이 입에서 나옴과 동시에 미미가 심하게 구역질을 한다. 변기 속에는 이미 물에 쓸려 가고 남은 토사물 찌꺼기 두어 점이 천천히 맴을 돈다. 전에도 더러 그랬다. 굶주림에 지쳐 폭식을 한 미미는, 마치 큰 죄라도 지은 듯 곧바로 자책하고 후회하며 일삼아 토했다. 더 이상 견디지 못할 만큼 굶주린 상태에서 예전에 좋아하던 음식을 대하거나, 살을 빼기 위해 굶는다는 걸 남에게 들킬 위험이 있을 때 저도 몰래 폭식을 했다. 그런 다음 음식이 소화될 시간을 주지 않기 위해 거짓 핑계를 꾸며 대고 집으로 달려온 미미는, 손가락으로 목구멍을 자극하여 모조리 게워 냈다.

"엄마, 나 죽겠어. 나 이러다 정말 죽을 것 같아…"

더 이상 토할 것이 없는지 헛구역질만 하다 지친 미미가 변기 테두리에 한쪽 볼을 부리듯 올려 놓으며 중얼거린다. 축축하고 더러운 바닥에 무릎을 꿇고, 눈을 감은 채 가쁜 숨을 고른다. 어느새 변기 위로 올라간 나는 미미의 가로놓인 팔을 타고, 얼굴을 향하여 재빠르게 다가

간다. 허리에 걸쳐져 있던 묵은 껍질은 이제 꽁무니 끝에 아슬아슬 매달려 있다. 나에게 남은 한 가닥 희망은, 묵은 껍질로부터 완전히 벗어나기 전에 미미와 뽀뽀하는 것이다. 미미 얼굴의 따뜻함을 느껴 볼 겨를도 없이, 열려 있는 입술에 황급히 더듬이 끝을 갖다 댄다. 순간, 변기 입구에 힘없이 걸쳐져 있던 미미의 손이 저절로 들리는가 싶더니 나의 몸통을 신경질적으로 밀어낸다. 기운 없이 얼결에 내저은 손짓이건만, 방심했던 내 몸은 순식간에 물속으로 떨어진다. 바퀴벌레에게 물은 치명적이다. 습한 곳을 좋아한다지만 그건 그저 축축한 정도의 습기일 뿐, 온몸에 방수용 막을 입고 있어야 할 만큼 물에는 약하다. 지렁이가 습기를 좋아하지만 물에서는 호흡을 못해 죽고 마는 것과 같은 이치다. 몸이 물에 젖으면 방수용 막도 파괴되어 쓸모가 없어진다.

손을 내저으면서 무심결에 눈을 떠 변기 속의 나를 발견한 미미는, 숨이 꼴깍 멎어 버릴 것처럼 토막토막 뱉어 낸다.

"바, 바, 바퀴, 바퀴벌레…."

가까스로 치켜든 오른손을 변기 꼭지 위에 부리듯 떨어뜨림과 동시에, 미미의 머리통은 아예 변기 속으로 처박혀 버린다.

"무서워, 더러워, 싫어! 더 이상 버틸 수가 없어…."

잦아들 듯 작고 힘없는 미미의 울음소리는 요란한 물소리에 파묻힌다. 내 몸도 소용돌이치는 물살에 파묻혀 간다.

신변소설과 하이브리드

유한근

(문학평론가 · 디지털서울문화예술대 교수)

　새삼스럽게, 나는 김명희 소설들을 읽으면서 소설의 속과 겉을 환기한다. 새삼스러울 것까지는 없지만 실제적인 인간의 삶이 소설에 어떻게 반영되는가에 대한 원론적 의혹을 갖게도 된다. 나는 자연인으로서의 김명희를 알지 못한다. 그를 한 번도 본 적이 없다. 그럼에도 불구하고 나는 김명희 소설에서 삶의 디테일을 포착하는 미시서사를 발견하게 된다. 그리고 변용된 리얼리즘의 형태를 탐색하게 된다.

　미시서사란 작가가 자기 자신을 주인공으로 하며 일상적 삶의 체험을 예술적 감동 미학으로 승화시키려는 소설, 즉 사(私)소설을 지칭한다. 대개는 1인칭 서술로 쓰여지지만 작가관찰자 서술로도 쓰여진다. 물론 두말할 것 없이 사소설은 픽션이다. 사소설은 1920년대 나타난 일본의 특유한 작가 심경 토로 소설 형식이지만 독일의 '이히 로만(Ich-Roman) 소설'도 이와 유사한 소설 형식이다. 우리나라에서는

1930년 중반에 신변소설(身邊小說)이라는 명칭으로 본격소설과 함께 그 문학적 가치가 비교 검토되면서 등장된다. 대표적 신변소설가는 안회남(安懷南)을 들고, 이봉구(李鳳九), 오영수(吳永壽) 등도 사소설 적인 소설을 쓴 것으로 알려져 있다. 그러나 사소설에 대한 논란은 일본에서도 그러하고 우리의 경우에도 아직 정리되지 못하고 있다. 어쩌면 우리들의 관심 밖의 것이 되었는지도 모른다. 그것은 사소설 속의 주인공이 작가 자신이며, 그 소설 공간 속에서 벌어지는 사건들이 사실이냐 사실이 아니어도 되는가에 대한 쟁점 때문이다. 그러나 수필이라는 장르가 아니고 소설이라는 명칭이 붙으면 그것은 가공의 이야기, 픽션을 용납할 수밖에는 없다. 사소설, 신변소설, 심경소설 등 어떤 명칭이 붙더라도 그것은 픽션이어야 한다.

소설은 작가가 탐색한 삶에 대한 진실을 전달하기 위해 픽션으로 꾸민 이야기다. 그것은 가공된 이야기라 해도 삶의 진실을 전달하기 위한 방편으로 사용된 것이다. 그러나 소설의 모티프가 작가의 신변적인 이야기일 때, 그 소설은 일본의 사소설적이라는 혐의를 받게 된다. 김명희 소설이 그러하다. 자전적 소설이라는 소설 형식에서 더욱 그러하다.

『소설의 양상(Aspects of the Novel)』을 쓴 E.M. 포스터(Forster)는 '형식'을 찬성하지 않는다. 여기에서의 '형식'은 곧 관점(the point of view)을 의미하는데 그가 '형식'을 좋아하지 않는 이유는 한 편의 소설이 하나의 관점에 매여야 할 이유가 없다는 생각 때문이다. 소설가는 자기 소설 속의 인물들을 어떻게 독자로 하여금 믿게 하여, 자신이 말하고자 하는 바 인생관을 제시하는 것만으로 만족한다. 그래서 소설에서의 관심이나 형식이 그렇게 큰 문제가 되지 않는다. 자신의 소설이 사소설적이든 자전적 소설이든 신변소설이든 간에.

그러나 소설에서 간과할 수 없는 것은 그 소설이 형식적인 측면에서 어떤 특징을 가지고 있는가 보다는 그 소설의 모티프이다. 그것은 소설가가 말하고 싶어 하는 인생관이고 세계관이며, 유기적인 목적성을 가진 인간 삶에 대한 패턴이기 때문이다. 우리 삶에는 패턴이 있다. 그래서 소설에서도 패턴이 있기 마련이다. E. 뮤어는 자신의 저서 『소설의 구조(The Structure of Novel)』에서 이렇게 말한다. "미래의 작가들은 창조의 세계를 유기적인 패턴으로 형성시키려고 할 때에는 생명 자체의 정신에 입각해서 창조 활동을 하고, 그가 창작하는 '공[球]처럼 속이 꽉 차 있는 것들' 속에는, 주위가 견고해서 불순한 요소가 들어갈 수 없는, 실제의 세계에는 발견할 수 있는 것과 동일한 실제성, 동일한 진실성이 포함되어 있다고 믿게 될 것"이라고 말한다. 이처럼 이 글에서 간과할 수 없는 '동일한 실제성, 동일한 진실성'은 소설의 생명이자, 작가가 말하고 보여 주고자 하는 그것이다.

그렇다면 김명희 소설은 무엇을 보여 주려 하는 것일까?

1. 허위성과 진정성의 가치

소설 〈팬〉은 허위 조작된 무명작가가 방송을 통해 일약 유명해진 자괴감을 잔잔하게 그린 소설이다. 그리고 한편으로는 허명과 진실, 매스컴의 굴절된 메커니즘을 비판하고 있다. 그러나 이 소설에서 정작 말하고자 하는 작가의 메시지는 다른 데 있다. 이 소설의 주인공은 '가난한 시골뜨기 아줌마'인 순옥이다. 이 소설의 시작은 그녀가 여의

256 행복한 남자

도 방송국에 출연하고 나오는 장면부터 시작된다. 생방송 〈아줌마 만세〉의 프로그램에서 농사꾼 아줌마라는 신분으로 '글씩이나 쓰는 순옥은 특별히 능력 있는 여인'으로 소개되는 방송을 하고 나오는 길부터이다.

가난한 시골뜨기 아줌마로서의 순옥의 현실이 공연히 과장되고, 그 속에서 글을 쓰는 삶은 터무니없이 극적으로 묘사되었다. 어떤 기사에서의 순옥은, 무공해의 이상향에서 욕심 없이 맑은 공기와 이슬만을 먹고 착하고 순수하게 살면서 취미 생활로 고상하게 글도 쓰는 신선놀음 여인네였다. 또 다른 기사에서의 순옥은, 집안일과 자녀 양육은 물론이고 강도 높은 농사일도 도맡아 하여 집안 경제를 이끄는가 하면, 그 가운데에서 소설까지 쓰는 대단한 여인이었다. 그럴 때는 사실보다 터무니없이 가난하고 고달픈 인생으로 묘사되었다.

(…)

그렇게 순옥의 생활은 풍경화 속의 밀짚모자 소녀인 양 목가적이고 비현실적으로 그려졌는가 하면, 어느 부분에 가서는 힘들고 고달픈 농사일을 도맡아 해내어 가난한 집안 살림을 제 힘으로 팍팍 꾸려 나가는 억척스럽고 능력 있는 촌 아낙으로도 둔갑을 했다.

(…)

방송이 끝나자 머리를 질끈 묶은 작가가 옆으로 다가와서, 생방송에서 침묵은 쥐약이라고 신경질적으로 내뱉었다. 쥐약이거나 말거나 순옥은 여지없이 자괴감을 느꼈고, 누구 못지않게 생업에 충실한 남편을 모욕한 것만 같아 미안했고, 부끄러움에 사로잡혔다. 그녀는 결심 하나 하는 것으로 스스로를 위로했다.

'앞으로 좋은 작품을 많이 쓰겠어. 그때에 이곳에 오면, 당신들은 나
를 오로지 작가로만 상대하게 될 거야.'

_소설 〈팬〉에서

이렇듯 〈팬〉의 주인공 순옥은 시골 아줌마로서 글을 쓰고 있는 자
신을 왜곡 보도라는 매스컴에 환멸과 자괴감을 느끼면서 생업에 충실
한 남편에게 미안하고 부끄러웠다. 그리고 한편으로는 좋은 작품을
쓰는 작가로서 진실을 굴절시키고 왜곡시키는 그들(방송 종사자 등
매스컴 관련자)에게 앞으로는 작가로서만 상대할 것을 결심한다. 작
가라는 액세서리를 걸친 자연인으로서 그들과 만날 것이 아니라, 작가
로서 만나야겠다는 결심이 그것이다. 매스미디어의 역기능에 대한 고
발보다는 한 인간에 대한 이해에 있어서 외부적 폭력이라 할 수 있는
매스컴의 영향이나 선입견이 진실을 은폐하고 있는 우리 현실을 보여
주려 한 소설이다. 운전기사와의 만남 에피소드가 그것이다. 친정어머
니께 드리려는 언니로부터 받은 물건들을 싼 보따리를 들고 시골로
내려가는 길에 만난 운전기사가 생방송을 보고 그녀를 아는 체한다.
'운전기사에게 있어서 순옥은 예술의 전당에 볼일이 있는 예술가였고
순옥에게 있어 그는, 조금 전에 환멸과 혐오감 속에 등지고 걸어 나온
대중매체로부터 선물 받은 첫 번째 열혈팬' 이라고 작가는 인식한다.
그 운전기사는 '순옥의 작품을 한 줄도 읽은 적 없이 순옥을 예술가
로 대접해 준 대중매체 팬' 이다.

이러한 작은 에피소드를 통해서 작가는 이렇게 깨닫는다. '문학이든

예술이든 정치든, 어떤 분야의 흥망성쇠를 좌우하는 주체를 대중으로 친다면, 그 대중의 상당수가 바로 이렇게 만들어지지 않았을까? 대중 매체는 그렇게 스타도 만들고 그렇게 바보도 만들며, 그렇게 승자도 만들고 패자도 만들 거였다. 대중은 그런 식으로 주체가 되기도 하고, 그런 식으로 분위기 따라 휩쓸리기도 한다는 것을, 순옥은 새삼스런 기회에 다시 배웠다.'라는 이 부분이 곧 작가의 메시지다.

그래서 순옥은 첫 번째 팬인 운전기사가 '예술의 전당에 볼일이 있는 예술가'로 인정하여 잘못 내려준 그것에서부터 '무거운 보따리를 들고 남부터미널까지 걸어갈 일이 막막하면서도, 가슴이 따뜻해져 옴을 느끼게' 된다. 그 느낌은 진실을 굴절시키고 왜곡시키는 매스미디어보다는 자신이 쓴 글 한 줄 본 적이 없는 운전기사의 마음에서 진실성, 그 진정성을 느꼈기 때문일 것이다.

〈노미네 문간방〉은 사글셋방에 사는 신혼부부의 임신, 시댁 이야기 그곳에 사는 아낙들의 이야기를 풍경처럼 그린 소설이다. '허름한 잠바 차림에 기름기 부족한 얼굴, 맥없이 처져 보이는 피곤한 어깨. 설령 모처럼 새 옷을 걸쳤을지라도 서글픈 가난이 좀처럼 가려지지 않는 사람들'의 이야기. 그 남편과의 사글셋방이라는 공간에서의 삶을 아름답게 그린 소설이다.

연회색 하늘을 수놓으며 잔잔하게 날아 내리는 눈송이들을 올려다보며, 나는 금세 부자라도 된 양 뿌듯했다. 좁고 가파르고 틈이 숭숭 벌어진 철 계단이 아기에게 위험하지 않을까 싶었지만, 그것은 너무 이른 걱정이었다. 아기가 태어나 걸음마를 배울 때쯤이면, 우리는 이보다 훨씬 덜 가난해져 있을 것이고, 따라서 좀 더 넓고 안전한 전셋집으로 옮겨 가 있을 것이다. 스스로를 안심시키며 철 계단을 내려서던 나는, 아! 하고 외마디 소리를 질렀다.

계단은 눈으로 얇게 덮여 미끄러웠다. 나는 머리와 허리에 둔탁한 충격을 느끼며 무수한 작은 불빛들이 흩어지는 걸 보았다. 동시에 밤보다 짙은 어둠 속에 잠기면서, 나는 무슨 말인가 하고 싶어 애가 탔다. 하지만 말은, 목구멍인지 가슴인지 저 깊은 어디쯤에서 가위눌림인 양 퍼덕거릴 뿐이었다.

_〈노미네 문간방〉 끝 부분

위의 인용문에서 주목되는 부분은 마지막 단락이다. 눈에 미끄러져 머리와 허리에 둔탁한 충격을 받으면서 본 흩어지는 작은 불빛, 그리고 '밤보다 짙은 어둠 속에 잠기면서, (…) 애가' 타게 했던 말들, '목구멍인지 가슴인지 저 깊은 어디쯤에서 가위눌림인 양 퍼덕거'리는 말들이 주목된다. 그것을 작가는 소설을 통해 말하려고 할 것이다.

이 두 편의 소설을 일별할 때, 김명희 소설은 사소설 혹은 작가의 신변소설이라는 느낌을 갖게 한다. (나의 짐작이 맞는가를 판별하는 잣대는 작가에게 직접 물어야 하는데) 많은 소설의 그러하듯 〈팬〉과 〈노미네 문간방〉도 작가의 체험을 바탕하여 창작된 픽션이기는 하지만, 사소설이라는 느낌을 갖게 하는 것은 작중인물이나 사건에 대한 리얼(rial) 때문이다. 그러나 그의 소설 특징이 사소설적이든 심경소설적이든 그의 소설 경향은 리얼리즘 소설 범주 속에 있다고 보아야 할 것이다.

우리 문학의 소설 경향의 주류는 근대소설부터 지금까지도 리얼리즘이다. 리얼리즘은 우리가 잘 알고 있듯이, 중세 문학의 종교주의적이고 초현실적이고 신비주의적인 신 중심적인 경향에 대한 반발로 인간중심적인 문학 경향이다. 이에 따라 그 개념이 현상 세계의 모사(模寫)라는 예술적 개념으로 전환된다. 현실적이고 현세적이고 객관적이고 외향성을 특징으로 하는 문예사조이다. 그 발상 자체는 어디까지나 몰개성적이고 객관적이지 않을 수 없다. 시대와의 연관성, 사회적·개인적 삶의 형태 간의 인과관계, 시간적·공간적 세부 묘사의 정확성, 등장인물의 자세한 심리묘사를 그 특징하여 리얼리즘의 당대의 사회문제나 인간의 심리 문제에서 벗어나지 못한다.

이에 따라, 김명희 소설은 우리 시대의 당면 과제에 고개를 돌린다. 그것이 노인 문제이다.

2. 시니어 세대 갈등과 하이브리드 소설적 특징

김명희 작가는 많은 소설에서 농촌 거주 노인을 등장시킨다. 〈마지막 패〉에서는 김 영감, 〈목숨〉에서는 임종을 앞두고 있는 노인, 〈행복한 남자〉에서는 소설적 나레이터인 '나'의 아버지와 당숙, 〈다슬기 잡이〉에서는 서울이모, 〈놈팽이〉에서는 순임이 엄마, 〈정 노인의 논〉에서는 정 노인, 〈돌아가는 길〉에서는 위암 3기인 어머니 등 이 작품집에 수록된 대부분의 소설들이 노인 문제와 깊은 관계를 가지고 있다. 이 소설들 속에서 갈등과 화해와 추억과 죽음 등 인간의 근본 문제가 있다.

①　하지만, 김 영감에게도 미미하나마 자존심의 부스러기 같은 게 남아 있었다. 마누라의 만행도 도를 넘었거니와, 자식들의 배신에는 허탈감이 컸다. 제 어미야 본데없고 그악스런 여편네라 그렇거니 치더라도, 그런 어미 편에 붙어 아비 입장을 헤아려 주지 않은 딸년들의 소행은 서운하고 괘씸하기 이를 데 없었다.

(…)

"이 속에 뭣이 들었는지 잘 알지? 이 인정머리 없고 싸가지 없는 예펜네야. 나 죽는 게 정 소원이면 잘 보란 말이여!"

설마하니 놀라서 달려들 줄 알았는데, 마당 가운데에 멈춰선 아내는 실눈으로 김 영감을 째려봤다. 해가 서쪽에서 뜨고 말지 그런 일은 없으리라고 확신하는 표정이었다. 김 영감은 순간적으로 열적은 생각이 들었다. 어쩔 수가 없었다. 그는 눈을 질끈 감으며 제초제를 입안에 들이부었다. 차마 꿀꺽 삼키지는 못하고 흘리듯이 앞자락에 뱉어 내는데, 그제야 아내가 소리를 내지르며 황급히 달려들었다. 본의 아니게 소량의 약액이 목구멍에 흘러드는 걸 느꼈지만, 아내가 전화로 택시 부르는 소리를 들었으므로 김 영감은 적이 안심이 되었다. 하지만 제초제는 김 영감의 생각만큼 호락호락한 약이 아니었다. 목구멍이 타고 혀가 오그라들어 말 한마디 못하고 고생하던 김 영감은, 보름째 되는 날에 숨을 거두었다.

_⟨마지막 패⟩에서

②　그 밤, 금세라도 숨이 끊겨져 버릴 것 같던 노인의 작은 육신은 둘이 아닌 것이 유감이었다. 아들은 아들대로, 딸은 딸대로, 아버지를 자기네 집으로 모셔 가고 싶어 했다. 더는 가망이 없다고 병원에서 퇴원을 종

용한 만큼, 임종을 보기 위하여 노인의 누이동생과 조카까지 병원으로 달려와 있는 참이었다. 병원 문을 나설 때까지도, 노인을 어느 집으로 모실 것인지 결정하지 못한 채 신경전이 이어졌다. 퇴원 수속을 마치고 돌아서는 누이동생에게, 오빠는 아무렇지 않게 통고했다.

"아버지를 우리 집으로 모셔야겠다."(서두 부분)

(…)

시누이올케의 대화를 모조리 엿들은 방 안의 아버지가, 차마 도움도 청하지 못한 채 옷에다 일을 보게 된 것도 모른 채, 두 여자 사이에는 다시 긴장감이 돌았다. (결말 부분)

_〈목숨〉에서

위의 소설 〈마지막 패〉와 〈목숨〉은 가족과의 갈등 문제를 다룬 소설이다. ①의 소설 〈마지막 패〉는 위의 인용문에서 보듯이 김 영감과 아내, 그리고 아내 편만 드는 딸년들과의 갈등을 그린 소설로 제목에서 시사한 바 '마지막 패'를 제초제 마시는 자살 행위로 상황을 설정한다. 이에 반해 ②는 대소변 가리지 못하는 노인을 시누이올케가 서로 모셔 가려는 행복한(?) 갈등을 그린 소설이다. 노인은 반어적인 의미에서 행복한 사람인 셈이다. 아들 내외의 속셈에는 노인이 죽은 후 차지하게 되는 '농가주택 소유권'과 헛된 욕심을 두고 있기 때문이다.

사람과 사람의 갈등은 욕망 때문에 일어나게 된다. 물론 감정적 대립이 원초적이긴 하지만, 사람 간의 갈등은 요인인 금권과 깊은 관련을 가지고 있다. 욕망은 인간의 본질 그 자체이다. 욕망은 인간의 모든 감정 뒤에 똬리를 틀고 있다가 고개를 처드는 충동이다. 스피노자는 '욕망은 자신의 의식을 동반하는 충동'이며, '충동은 인간의 본질이 자신을 유지할 수 있도록 이익이 되는 쪽으로 행위할 수 있도록 결정하는 한에서 인간의 본질 자체'라고 말한다. 부에 대한 무절제한 욕망과 사랑은 탐욕이라 지칭된다. 한편으로는 모든 감정을 키우며 강화하는 욕망은 일반적으로 야심이라 표현한다. 그러니까 야심은 긍정적으로 이해되는 욕망이다. 그것이 감정을 촉발시켜 확산시키기 때문이다. 위의 소설 ②의 경우가 그 예가 되기 때문이다. '농가주택 소유권'과 거짓된 욕심을 두고 있는 아들 내외의 야심이 노인의 딸과 갈등을 일으키고 있기 때문이다. 위의 결말 부분 '시누이올케의 대화를 모조리 엿들은 방 안의 아버지가, 차마 도움도 청하지 못한 채 옷에다 일을 보게 된 것도 모른 채, 두 여자 사이에는 다시 긴장감이 돌았다.'라는 표현은 가식적 효도라는 비판과 함께 삶의 희극성을 풍자하고 있어 시사하는 바가 크다. 갈등 구조를 한 번에 붕괴시키는 구조미학이 경쾌하고 슬프다. 진지한 삶의 갈등을 냉소적으로 바라보는 작가의 시선이 오히려 따스하게 느껴지는 것은 작가의 인간에 대한 이해가 따스하기 때문일 것이다.

이러한 작가의 따스한 시선이 직접 독자들의 피부에 전달되는 소설은 〈행복한 남자〉와 〈다슬기 잡이〉, 〈희망〉, 〈놈팽이〉, 〈떠나가는 길〉 등이다.

막 솟아오른 태양이 간밤의 무서리를 녹이기 시작할 때, 아버지와 당숙과 나는 산 밑까지 나 있는 농로를 걷고 있었다. 늘 입던 옷차림에 점심 도시락을 챙겨 들고 가까운 산을 찾아 나선 그냥 가벼운 소풍 길이었지만, 아버지로서는 큰맘 먹고 잡은 하루 일정이었다. 모든 농부들이 그러하듯, 아버지는 언제나 일 속에 파묻혀 마냥 바빴다. 그리하여, 가까운 앞산으로 마음먹고 소풍 한 번 가는 일조차도 먹고 살 걱정 없는 부자들 아니면 철부지 아이들한테나 해당되는 사치쯤으로 여겼다. 객지에서 공부하는 자식들의 학비며 하숙비를 마련하는 일은, 가난한 아버지가 떠안은 최대의 과제이며 보람이기도 했다. 아버지의 생활은 그저 쉼 없이 고달픈 노동의 연속이었다. 그러다 보니, 일이 좀 뜸해져도 동네 사랑방이나 잠깐씩 기웃거려 보는 게 고작이지, 하루 날 잡아 놀이를 떠나는 일 따위하고는 도무지 인연이 없는 것처럼 보였다. 그 아버지의 뜻에 따라, 무릎이 불편한 어머니를 제외한 우리 세 사람은 길을 나섰다. 아침 해가 둥실 얹혀 있는 동쪽 산을 바라고, 텅 빈 논벌과 김장 채소밭과 억새 숲 사이를 걸어갔다. 별 말이 없으나 잔잔하게 유쾌한 기분 속에, 느리거나 빠르지 않은 보통의 걸음걸이로.

"인제 가을일도 엔간히 마무리가 된 것 같으니, 동생이랑 함께 산에나 한 번 댕겨 와야겠네."

(…)

해가 서쪽으로 많이 기울어 있었다. 옷 속에 스며드는 바람이 제법 찼다.

"술이 적어서 서운했지?"

배낭을 챙기기 시작할 때, 온화하고 다정한 음성으로 아버지가 물었다. 그냥, 따뜻이 대해 주고 밥을 먹여 주고, 떠나면 붙잡지 않는 사촌형이 되기로 마음을 정한 듯했다. 능선을 타고 선녀봉을 향해 걸으며, 아버지는 아직 논바닥에 남아 있는 소먹이 짚을 운반할 일과 땔나무 걱정을 했다. 당숙은 뱃사람이 되기 위해 부산 갈 궁리에 골몰한 사이사이에, 명절 기다리는 아이 같은 표정으로 오래된 곡조의 휘파람을 불었다. 선녀봉 아래의 잡목 숲은 잎이 반나마 떨어져서 헤성헤성해 보였다. 불타는 듯 화려했던 가을날의 자취는, 가지에 달린 잎들의 붉고 노란 빛깔에 가까스로 남아 있었다. 그러다 비가 한 번 내리면, 남은 잎들마저 떨어지고 겨울이 닥쳐올 것이었다. (끝 부분)

_〈행복한 남자〉에서

위의 〈행복한 남자〉는 나와 아버지와 당숙의 농촌의 일상적인 삶에 대해서 수필적 서술이 이루어진다. 농촌소설적 특징을 보인다. '전원일기'와 같은 가족소설 혹은 농촌 사람들의 갈등 에피소드를 티나지 않게 자연스럽게 써 나간다. 친척 간의 인정의 기미(機微)를 디테일하고 따뜻하게 그려 나간다.

위의 인용문만 읽어 보면 이 글은 소설이라기보다는 수필적 문체와 흐름임을 느끼게 된다. 흔히들 화자의 이야기를 수필적으로 쓰는 소설은 사소설이라 한다. 그러나 나는 이러한 소설은 하이브리드적인 소설이라 명칭한다. 장르 파괴가 아닌 장르를 넘나드는 소설, 최근의 우리 소설의 대세인 하이브리드 성향을 지닌 소설이 그것이다.

'하이브리드(hybrid)'는 IT 용어로 '어떠한 목적을 위해 두 가지 기능이나 역할이 하나로 합쳐진 것'을 의미한다. 요즘의 셀폰이 폰과 카메라 기능 등을 합친 것처럼, 하이브리드 컴퓨터가 아나로그 컴퓨터와 디지털 컴퓨터가 상호 결합된 컴퓨터 시스템을 지칭하는 것처럼, 또한 현대인이 아나로그와 디지털의 경계에서 사는 것처럼 또는 그것을 공유한 현대인의 의식을 반영하는 것처럼 이런 경향의 소설은 하이브리드 소설로 특징을 규정하고 그렇게 편의상 지칭할 수 있을 것이다.

〈다슬기 잡이〉에서는 정희와 남편, 서울이모와의 이야기를 '다슬기 잡이'라는 모티프를 통해 여인네들의 삶의 애환과 인정 기미를 디테일하게 묘사한다. 시골살이라는 갑갑하고 막막한 현실로부터 무작정 도피하고자 하는 여인들의 충동을 잘 표현한 부분이 이 소설의 백미다. 특히, 다슬기 잡이의 추억을 되새기는 이모의 넋두리 설정이 더욱 그러하다. '모심기 끝나면 다슬기 잡이 한 번 가자고 동네 각시들끼리 계획을 세웠을 때, 모처럼 바깥바람 쐬러 간다는 게 마냥 좋기만 했어요. (…) 그래서 소풍날 받아 놓은 애들처럼 우물가에서고 빨래터에서고 마주치면 다슬기 잡이 갈 이야기였어요. 저 앞 둥구나무 아래서 모이기로 한 그날 아침, 일행을 기다리는 중에 나이 좀 많은 각시 하나가 무심코 던진 농담이 병이었어요. '시집살이 고달픈데 우리 이 길로 냅다 도망이나 가 볼까.' 아, 이기구나 싶더라고요. 어떡하면 이 생활을 벗어나나, 그전부터 딴에는 궁리가 많으면서도 감히 엄두를 못 내고 있던 참이었는데, 머리에 전깃불이 들어왔던 거예요. (…) 가만 보니, 각시들이고 처녀들이고 다슬기 줍기에 정신이 팔려, 옆 사람이 뭘 하나 관심도 없는 거야. 슬그머니 신작로로 올라서서, 그길로 원천읍내 버스 정류장까지 꽁지 빠지게 내달았지요.'라는 대사가 그것이다.

소설 〈놈팽이〉는 나레이터인 '나'와 두리와 순임이가 품앗이 밭매기에 재미를 붙인다. 밭농사에 있어서는 잡초와의 싸움인 여름철 농사에 바쁜데도 불구하고, 이동수 같은 농촌 마을의 놈팽이 노릇하는 남정

네의 단면을 그리고 있어 오늘의 농촌 삶의 모습을 들여다볼 수 있다. 그러나 김명희 작가는 그것마저도 애정의 눈으로 바라본다.

이런 농촌소설의 백미는 〈정 노인의 논〉이다. 요즘의 농촌은 노인들만 살고 있어 과거와는 달리 무농이 아니라 자신의 논을 지니고 있어도 '전답 다스리기'가 힘든 상태이다. 그래서 비교적 젊은 50대가 주축이 되어 조합을 결성하여 기계화로 대규모 농사짓기를 하는 것을 알고 있다. 그런 상황에서 소농민들의 어려움, 노인들의 위장 전출 등 아직도 산골 마을의 농민들의 애환을 통해 '논'의 의미를 환기시켜 주는 소설이다. 특히 한평생 농사를 지으면서 살았던 정 노인의 '논' 사랑을 디테일하게 그리고 있어 주목되는 소설이다.

그때, 살담배를 말아 입에 물고서 돌무더기와 가시덤불에 덮여 있는 계곡을 내려다보고 있자면, 은빛 물이 방방하게 넘실대는 논벌에의 꿈으로 행복한 조급증이 밀려왔었다.
정 노인은 가장 비싼 88담배를 피워 물고 앉아서 쓰디쓴 살담배 말아 피우던 시절을 그리워했다. 가을만 되면 행여나 소작하던 논을 뗴일세라 지주의 눈치를 살피며 조바심하던, 가난했던 젊은 날을 그리워했다.
담배 연기 너머로, 어쩌면 처음 그의 손에 넘어왔던 삼십여 년 전의 그것처럼 황무지가 되어 버릴지도 모를 섬터골 여덟 마지기 논이 내려다보였다. 그는 갈퀴같이 거칠고 여윈 손으로, 논둑의 마른 풀을 하염없이 쓰다듬고 있었다.
_〈정 노인의 논〉 결말 부분

과거를 그리워하는 정 노인. 고급 담배인 88담배를 피우면서 독한 살담배를 그리워하는 정 노인. 그리고 어렵게 개간한 섬터골 여덟 마지기 논이 다시 황무지로 변할 것을 염려하는 정 노인의 논 사랑하는 마음을 잘 표현하고 있다. 기계화 농사가 가능하지 않는 계곡 논, 이 농현상으로 그것을 힘들게 지어 먹을 수 없는 농촌, 산골 논의 농사 짓기 모습을 이 소설은 표상적으로 그려 준다. 과거의 농촌 · 산촌 소설이 개간과 소농의 핍박한 삶의 모습을 그린데 반해, 김명희의 소설들은 오늘의 농촌 사회를 반영하여 그 문제점들을 모티프로 삼아 쓰고 있다는 점이 주목된다.

3. 죽음과 변신 모티프의 새 지표

〈떠나가는 길〉은 위암 판정을 받은 어머니의 죽음을 모티프로 한 가정사 소설이다. 이 소설의 서두 부분은 이렇게 시작된다. '전화벨이 울릴 때 불길한 예감이 스쳐 갔고, 달갑지 않게도 예감은 적중했다. 어머니는 위 조직을 떼어 내 검사를 의뢰해 둔 상태였고, 전화를 걸어온 사람은 고향 읍내 병원의 의사'이다. 이 문장으로 볼 때 이 소설도 수필 문체이다. 일인칭 서술로 작가 자신의 이야기를 서술하는 것처럼 보이는 사소설 혹은 하이브리드 소설이다. 이 소설에서도 가족 간의 사랑의 마음을 연결시키는 선(線)이 따뜻하게 느껴진다.

이윽고 큰아들이 도착했다. 어머니, 라고 큰아들이 애절하게 어머니를 불렀다. 큰아들이 임종할 기회를 주지 않고 떠나는 것 아닐까 그것만을 걱정하게 된 상태였는데, 어머니는 다시 눈을 떴다. 눈을 떠서, 큰아들의 얼굴을 애틋하게 그윽하게 바라보며 입술을 천천히 힘겹게 움직였다. 미약하기 그지없는 움직임이었지만, 어머니는 큰아들에게 소리 나지 않으나 분명한 한마디를 남겼다.

"오, 너, 왔냐?"

큰아들을 보고 떠나기 위하여, 큰아들의 가슴에 임종하지 못한 흔을 남기지 않기 위하여, 지독한 모정으로 모질게 기다려 준 어머니는, 큰아들에게 주었던 애틋하고 그윽한 눈길로 주변에 모인 가족들을 천천히 훑어보았다. 이어서 큰 숨을 한 번 몰아쉬고는 그대로 고요히 먼 길을 떠나갔다. 지켜보던 아버지가 어머니의 눈꺼풀을 쓸어 주었다.

"되었다."

아버지가 말했다. 탄식인 듯, 안도인 듯, 한 세상 무난하고 따뜻하게 마무리하고 떠나는 늙은 아내에 대한 찬사인 듯 나직한 한마디였다. 자식들은 어머니에게 뜨거운 눈물을 바치고, 지켜보던 이들 중의 누군가는 소리 내어 기도를 하고, 또 누군가는 뒷수습을 위하여 움직이고 있었다.

_〈떠나가는 길〉의 결말 부분

위의 인용문에서 보듯이 임종하기 전 큰아들을 마지막 보고, 한마디 유언을 하기 위해 힘든 목숨 줄을 놓지 않는 어머니의 임종의 말 "오, 너, 왔냐."와 어머니를 떠나보내는 아버지의 마지막 말 "되었다."라는 대사가 이 소설의 백미다. 이 짧은 한마디 대사를 통해 인물의 성격 설정과 주제 전언을 성공적으로 실현하고 있다. 또한, 이 대사는 소설의 분위기나 톤까지도 드러내 준다. 이 점에서 이 소설은 감동적이다. 소설의 내러티브는 인간 삶의 자잘한 스토리를 과단순화(過單純化)하여 보여 준다. 시와는 다르지만 모티프에 따라 스토리 절제를 통해 서술된다. 소설 작법상 하나의 방법이 그것인데 그것을 이런 대사로 통해 실현시킨다. 이 점이 특히 주목된다.

　작가 김명희 소설의 특징은 농민소설이다. 농촌의 원체험 공간을 살려 농민들의 삶의 애환과 모습을 담는 소재에 따른 장르소설이다. 그동안 한국소설사에서 주목받는 농민·농촌소설의 작가는 이광수와 심훈의 계몽주의적인 농민소설과 이기영, 조명희 등을 중심으로 하는 사회주의적인 농민소설이 있다. 이들 소설은 당대의 역사나 사회를 반영하는 소설들이다. 인간 본위적인 휴머니즘 소설이라기보다는 이념을 먼저 생각한 목적소설이라 할 수 있을 것이다. 그리고 김유정과 이효석의 향토적인 순수소설도 있었다. 그러나 이무영의 농민소설에 이르러서, 귀농을 모티프로 한 소설들로 이념보다는 감동을 염두에 둔 순수문학적 소설로 낭만주의적인 요소가 강해 도피문학이라는 오명으로 질타도 받았다. 그리고 해방 후 김정환, 이동희 등에 이르러 농민소설의 연구가 본격화되고 전문화되면서 본격적인 농민소설이 등장하게 되지만, 이농이라는 사회적 문제와 함께 민중문학이라는 목적문학으로 편향됨에 따라서 일반 독자들로부터 외면당해 왔던 것도 사실이다.

　그러나 김명희 소설에서 보여 준 지금, 현재의 농촌의 실상과 농민들의 삶은 식민지 시대나 해방공간의 농촌 사회, 그리고 산업시대 이후의 농촌 사회의 모습이 다른 만큼 그들 소설과는 변별성이 있다는 점에서 주목될 수 있을 것이다. 특히, 도시를 탈출하여 귀농하는 사람들이 많아, 이 시대의 농촌 사회의 현실을 좀 더 미시적으로 디테일하게 투영된다면, 김명희 소설은 우리 시대의 농민·농촌소설의 새 지평을 열수 있을 것으로 보인다. 문제는 그 지표가 무엇인가이다. 그 지표를 농촌이라는 공간에서 찾기보다는 그 공간에서 사는 사람들의 의식 속에서 찾아낼 때 가능할 것으로 믿는다.